阅读之前 没有真相

午夜文库

——— 米克·赫伦作品

米克·赫伦
Mick Herron（1963— ）

米克·赫伦，一九六三年生于英国纽卡斯尔，英国间谍小说巨匠、著名悬疑小说作家。他毕业于牛津大学最古老、最负盛名的贝利奥尔学院，获得英语学士学位。代表作为"流人"系列。该系列目前已出版八部，前五部已改编为APPTV TV大爆剧集《流人》，由奥斯卡影帝加里·奥德曼领衔主演，新生代人气演员杰克·劳登倾情加盟，携一众英伦戏骨精彩飙戏，演绎后冷战时代的失意间谍群像，写就当代打工人的辛酸苦难史。目前本剧已播放前三季，在国内外均获得绝佳口碑，在豆瓣更是取得9.1分的亮眼成绩。

赫伦凭借"流人"系列第二部《亡狮》获得二〇一三年英国犯罪作家协会金匕首奖。他被誉为约翰·勒·卡雷的继承者、新时代的间谍小说之王，《纽约时报》《星期日泰晤士报》等媒体盛赞他为英国在世悬疑作家中最杰出的一位。

"流人"系列 01
驽马
Slow Horses

［英］米克·赫伦 著
郑雁 译

新 星 出 版 社　NEW STAR PRESS

主要人物表

斯劳小队

杰克逊·兰姆

凯瑟琳·斯坦迪什

瑞弗·卡特怀特

希多尼·贝克/希多

罗德里克·何/罗迪

明·哈珀

路易莎·盖伊

斯图安·罗伊

凯·怀特

杰德·穆迪

军情五处

查尔斯·帕特纳	前局长
英格丽德·蒂尔尼	现局长
戴安娜·泰维纳	副局长
蜘蛛/詹姆斯·韦布	泰维纳的心腹
尼克·达菲	"看门狗"主管
丹·霍布斯	达菲手下

大卫·卡特怀特	瑞弗的外祖父
萝丝·卡特怀特	瑞弗的外祖母
伊泽贝尔	瑞弗的母亲
哈桑·艾哈迈德	被绑架的巴基斯坦裔男孩
罗伯特·霍布顿	右翼记者
彼得·贾德	右翼政客
莱纳德·布拉德利	威斯敏斯特内阁大臣
罗杰·巴罗比	摄政公园总部监察人员
艾伦·布莱克	前斯劳小队成员
德莫特·雷德克里夫	艾伦·布莱克的假身份
拉瑞、摩尔和库里	绑匪三人组
马哈茂德·古尔	上将,巴基斯坦三军情报局的副局长
格雷戈里·西蒙兹	阿尔比恩之声成员

致,
DA, SC, AJ, 以及 RL
如同我丢失的蜡烛,闪着萤火虫挚爱的光。
——约翰·贝里曼[1]

---

[1] 节选自约翰·贝里曼作品《向布雷兹特里特夫人致意》(Homage to Mistress Bradstreet)。约翰·贝里曼 (John Berryman, 1914-1972),美国诗人,学者。二十世纪下半叶美国诗歌界的重要人物,被认为是"自白"诗歌派的关键人物。代表作为《梦之歌》。

目 录

13 | 第一部 斯劳屋
169 | 第二部 狡猾的妓女

1

瑞弗·卡特怀特由千里马沦为下等马的过程大致如下。

星期二早上八点二十分,国王十字车站里挤满了平民。"也叫非作战人员,瑞弗。在和平年代算是个体面的身份。"老家伙说完又补充道,"当然了,一九一四年九月之后,这个世界就再也没见过和平二字。"

瑞弗的大脑自动把这句话翻译成了罗马数字:$MCMXIV$[①]。

他停下,假装看手表,演技非常精湛,就像真的在看手表一样。路人流水般绕过他这颗顽石,用频繁的咂舌和抱怨对他表达不满。时值一月,微弱的阳光照亮侧边的出口,两个身穿黑衣、全副武装的执行员驻守在那里。自一九一四年以来,见惯了大场面的非作战人员对此熟视无睹。

这些人被称作"执行员",因为他们能完美地执行任务。此时他们听从指挥,按兵不动。

目标就在二十码开外。"白色 T 恤,蓝色衬衫。"瑞弗默念道。他现在终于能丰富"蜘蛛"干巴巴的描述了:青年男性,中

[①] MCMXIV,英国诗人菲利普·拉金(Philip Larkin)写的一首诗。主要内容是对第一次世界大战给英国带来的重大变化的反思。

东人，蓝色衬衫的袖子卷起，黑色的牛仔裤笔直而崭新。他为什么要特地买一条新裤子穿上？瑞弗将这份疑惑暂且搁置，留给未来的自己。

目标右肩上的书包向下滑落，说明里面的东西很沉。和瑞弗一样，那人耳中也塞着耳麦，当然也可能只是在听音乐。

"目标确认。"

瑞弗的左手摸向左耳，轻声对袖扣说道："目标已确认。"

游客聚集在候车厅，身边带着大包小包的行李。瑞弗紧盯着目标，穿过游客，走向远处的站台。那里的火车开往东边剑桥方向。

一般会比北上的高速列车人少。

他脑海中浮现出最糟糕的情况：铁路断裂，方圆几英里散落着扭曲的金属碎片。路旁的灌木被烈焰吞没，树枝上挂着焦黑的肉块。

"你要记住，"老家伙说过，"事态永远可以继续恶化。"

确实，过去几年发生的事一直在不停突破他的底线。

检票口前的两名警卫无视了目标，反而打量起瑞弗。不要过来，他无声地警告道，休想靠近我。千里之堤，溃于蚁穴。他最不希望看到的就是自己被喊住，然后打草惊蛇。

警卫没理他，扭过头继续聊天。

瑞弗停顿片刻，重整旗鼓。

这个名为瑞弗·卡特怀特的年轻人中等身高，一头金发，皮肤苍白，鼻梁高耸，上唇有一颗小痣，灰色的双眼总在沉思。他集中精神思考时会眉头紧蹙，经常被误认为是迷惑不解。今天他穿着蓝色牛仔裤，深色夹克。但如果你在早上问起他的打扮，他一定会提起自己的头发。最近他常去一家土耳其理发店，剃须时，店员会用一根点燃的棒子烧掉耳朵附近细小的绒毛。理发师点火之前毫无预兆，瑞弗像被烧了屁股一样"噌"地站起身。现在他的脑袋还像遭了旱灾，感觉火辣辣的。

目标就在四十码开外。他紧盯着那人，尤其是他的书包，再次小声对纽扣说道："跟上，但别打草惊蛇。"

最糟糕的情况是炸弹在车厢里爆炸，第二糟糕的是在站台上爆炸。近期调查表明：通勤时是人类最脆弱的时刻。倒不是说此时人们更虚弱，而是因为这个时候人多，乘客都挤在一起，任人宰割。

他没有回头看，相信那些可靠的执行员就在不远处。

左侧是咖啡厅、三明治店、酒吧，还有一家甜品店；右侧是一列长长的火车。站台上，乘客们每隔一段就推着行李上车，聒噪的鸽子在顶棚上到处扑腾。广播里重复着注意事项，大厅里的人群不断涌向瑞弗，又绕过他继续向前。

火车站里总有一种紧张的氛围，人群就像是一颗定时炸弹，随时有可能陷入恐慌。但乘客们一无所知。

目标消失在一群游客身后。

瑞弗向左走了几步，目标再次出现。

他经过了一家咖啡店，坐在桌边的一对情侣唤醒了他的记忆。昨天的此时，他正在伊斯灵顿执行任务。为了通过评估测试，他们要给某位公众人物创建翔实的个人档案——瑞弗的目标是文化部长。可惜，这位部长突发两次中风，被送进了赫特福德郡的一家私人诊所。上面不太可能临时给他指派另一个目标，所以瑞弗擅自将目标改成了戴女士。他跟踪了整整两天，完全没有被发现。她的生活路线就是：办公室、健身房、办公室、酒吧、办公室、回家、咖啡店、办公室、健身房……这家咖啡店的商标他有印象。老家伙在他意识深处告诫道:"把你的脑子放在工作上,行吗?"

行。

目标向左移动。

"要去魔法世界了。"瑞弗自言自语道。

他穿过二楼横在头顶的架桥,同样拐向左边。

玻璃顶棚外的天空灰暗而潮湿,就像一张旧抹布。瑞弗拐进了九、十、十一号站台的迷你候车厅。候车厅外侧的墙上有一辆被推进砖墙的行李车,霍格沃茨特快专列就停在九又四分之三站台上。瑞弗走进候车厅,目标正在向着十号站台进发。

一切都开始加速。

周围人并不多,只有一个男人坐在长椅上读报纸。下一班列车十五分钟之后才会出站。瑞弗加快脚步,追上目标。身后的喧哗声变成了窃窃私语,他知道,是执行员引起了他们的注意。

但是目标没有回头,继续前进,似乎是想走到最远的那节车厢。

他穿着白色T恤,蓝色衬衫,背着双肩包。

瑞弗再次低头对纽扣发出指令:动手。

然后他冲向前去。

"所有人,趴下!"

长椅上的男人站起身,被一个黑衣执行员击倒在地。

"趴下!"

前方,两个人从列车顶上跳下,挡住了目标的去路。他回头,看到了瑞弗,瑞弗伸出手,手掌向下,示意他不要轻举妄动。

执行员喊道:

放下包!

放下背包!

"把你的背包放下,"瑞弗说,"然后跪在地上。"

"但是我不——"

"放下包!"

目标放下了背包,一只手迅速伸过去将包夺走。更多的手伸过来,抓住他的四肢,把他死死地按在了地上。执行员把背包递给瑞弗,他小心地将其放在空无一人的长椅上,拉开拉链。

头顶响起了一则自动广播,广播的声音萦绕在顶棚的柱子之间:请萨姆斯警官速至指挥室报道。

双肩包里有一本书,一个A4大小的笔记本,一个铅笔盒。

请萨姆斯警官

一个特百惠饭盒,里面装着奶酪三明治和一颗苹果。

速至

瑞弗抬起头,双唇紧抿,冷静地说道——

指挥室报道。

"搜身。"

"请不要伤害我!"男子的头紧贴地板,声音含混不清,几把手枪正指着他的脑袋。

是目标,不是男子。瑞弗提醒自己:是目标。

请萨姆斯警官

"搜!"瑞弗继续回去翻书包,铅笔盒里装着三根圆珠笔,还有一只曲别针。

速至

"他是清白的。"

瑞弗把笔盒扔到长椅上,将书包倒过来,里面的东西都落在了地上。书、笔记本、一根铅笔,还有一包餐巾纸。

指挥室报道。

他又使劲抖了抖手里的书包，里面什么都没有了。

"再搜一遍身。"

"他身上什么都没有。"

请萨姆斯警官

"有人能把那个该死的广播关掉吗？"

他发现自己的声音里有一丝慌乱，立刻闭上了嘴。

"他是清白的，长官。"

速至

瑞弗再次使劲抖动双肩包，然后把它丢到了地上。

指挥室报道。

其中一名执行员神情凝重地向领口的无线麦克风里轻声说了句什么。

列车的窗户后有人在看他，他无视了她，冲出站台。

"长官？"

这句话里似乎夹杂了一丝嘲讽的意味。

请萨姆斯警官速至指挥室报道。

白色T恤，蓝色衬衫。

还是蓝色T恤，白色衬衫？

他加快脚步，到检票口时，一位安保人员站了出来，但是瑞弗绕过了他，嘴里喊着什么指令，全速冲回了候车大厅。

请萨姆斯警官——这则录制好的广播是一份加密信息，旨在告知相关人员发生了紧急情况。现在，广播戛然而止，取而代之的是一个人的声音：

"现发布一则紧急通知：乘客请注意，出于安全原因，请立刻疏散，从距离您最近的出口离开车站。"

总部特工到场之前他最多还有三分钟。

趁着现在还能移动,瑞弗任凭双脚驱使着自己走向大厅。放眼望去,人们纷纷下了火车。突如其来的广播中止了他们尚未开始的旅程,此时距离大规模恐慌只有一步之遥。机场和火车站就像定时炸弹,随时有可能乱成一团。虽然人们总说英国人冷静自持,但事实并非如此。

耳麦里响起了电子音。

广播里继续说道:"请立刻前往距离最近的出口,本车站即将被封锁。"

"瑞弗?"

他对领口的纽扣喊道:"蜘蛛,你这笨蛋,你把颜色搞错了!"

"发生了什么?怎么所有人都在往外走——"

"白色T恤,蓝色衬衫。你是这么对我说的。"

"没有啊,我说的是蓝色T恤——"

"你闭嘴吧。"瑞弗一气之下摘掉了耳麦。

他走向楼梯,人群会从这里涌向地铁,现在却反了过来。这些人看起来焦躁不安,紧绷的情绪下是压抑的恐慌。大部分人都觉得不幸只会发生在别人身上——尤其是死亡——但车站里的广播动摇了他们的信心。

"火车站已经封锁,请您立刻前往最近的出口离开。"

地铁才是一个城市的命脉。瑞弗想道,开往东部的火车站台并不重要,重要的是地铁。

他推开疏散的人群,没太在意那些愤怒的目光。让一让。这句话没什么作用。我是安保人员,请让一让。这下好多了。虽然还是没人为他让道,但至少他们不再使劲把他往回推了。

距离特工出动还有不到两分钟。

下楼之后，走廊宽阔起来。瑞弗冲过拐角，来到了更加宽阔的检票口。售票机立在墙边，售票亭拉起了窗帘，排队的人都跟着人群离开了。显然，这里的人口密度稀疏了许多。扶梯已经停止运转，还在入口处拉了警戒带，以防有蠢货误入。下方的站台已经没有乘客了。

瑞弗被驻守地铁的警卫拦下了。

"我是情报机关的人，站台的人都疏散了吗？"

"情报——？"

"站台上还有其他人吗？"

"乘客都疏散了。"

"你确定吗？"

"我刚才就是这么说——"

"你们有监控录像吗？"

"当然有。"

"带我去看看。"

周围的噪音越来越大。楼上，乘客们正在紧急疏散。但是另一种声音却在接近：非常急促的脚步声，是皮靴踩在瓷砖上的声音。特工来了。瑞弗已经没有时间了。

"快。"

警卫眨了眨眼，谁都能看得出来，瑞弗显然十分急切。他指着对方肩膀后面的一扇门，门上写着禁止入内。脚步声的主人到达现场之前，瑞弗迅速钻进了门后。

这间小屋没有窗户，空气里有一股培根的味道。屋里阴森森的，像是某个偷窥狂的家。转椅面对着监控画面，屏幕有规律地闪烁着，从各个角度展现同样的画面：空无一人的站台——仿佛出自哪部无趣的科幻片。

一阵穿堂风吹过,那个警卫也进来了。

"这些分别都是哪个站台?"

警卫指向四组画面,说:"北线、皮卡迪利线、维多利亚线。"

瑞弗仔细地看着,画面每隔两秒就闪一下。

下方传来了一阵隆隆声。

"什么声音?"

警卫盯着他。

"那是什么?"

"是地铁的声音。"

"地铁还在运行?"

"站台关闭了,"警卫用白痴也能听懂的方式解释道,"但是列车还在运行。"

"所有的列车都是?"

"是的,但是不会在这一站停车。"

也不需要停车。

"下一班是?"

"什么——"

"下一班列车是哪条线,该死的,哪个站台?"

"向北的维多利亚线。"

瑞弗冲出了房间。

狭窄的楼梯顶端站着一个人影,挡住了通向站台的路。那是个黑人,个子不高,正在对着耳麦说话。看到瑞弗之后,他的神色一变,立刻说道:"他在这儿。"

不,他不在。

瑞弗越过栏杆,冲向最近的扶梯,撕掉警戒胶带,三步并作两步跑了下去。

下去之后,整个地铁站空荡荡的,仿佛走进了一部诡异的科幻电影。

列车像一只行动迟缓的巨兽,缓缓驶入站台。瑞弗在无人的站台上,车内无数双眼睛都看着他,这些人被困在了巨兽的腹腔内,视线紧紧地跟随着瑞弗。

远处的出口闪现了一个人影。

白色衬衫,蓝色T恤。

瑞弗开始狂奔。

身后也有人在奔跑,边跑边喊他的名字,但是瑞弗并不在意。他正在追赶一趟列车。他挣扎着追上它、超过它,他能听到列车发出慢动作一般的噪音:钢铁摩擦的声音,夹杂着从车内涌出的恐慌。有人在敲窗户,他知道司机正惊恐地看着他,怕他一个头脑发热就要跳到铁轨上。但是瑞弗管不了那么多了,他现在能做的只有一件事,就是全力向着站台的另一端奔跑。

前方,那个穿着蓝色T恤、白色衬衫的人也在做唯一能做的事。

瑞弗全力奔跑,没有多余的力气出声警告。他气喘吁吁,虽然精疲力竭,但还是奋力向前,他还是做到了……

几乎做到了,他差一点点就能追上了。

身后那人又喊了一次他的名字。后方列车开始加速。

在距离目标只有五码远的地方,他眼睁睁地看着车头超过他向前驶去。

那才是真正的目标,从一开始就是。随着两人之间的距离迅速缩短,瑞弗发现那人看起来十分年轻。他今年多大?十八岁?

十九岁？黑色头发，棕色皮肤，白色的衬衫下是一件蓝色的T恤。瑞弗想：去你妈的，该死的蜘蛛。

那人解开衣扣，露出了绑在腰间的一圈……

列车到了与目标持平的位置。

瑞弗伸出一只手，仿佛这样就能使自己距离终点线更近一些。

他身后的脚步声渐渐变缓，最终停下。有人低声骂了一句什么。

瑞弗差一点点就能抓到目标了，只差半秒钟。

但差一点并不是成功。

目标拉动了腰间的引线。

一切都结束了。

第一部 斯劳屋

2

我们要先明白两件事：第一，斯劳屋并不在斯劳①；第二，它其实不是一个屋子，而是一个部门。它的入口藏在一条布满灰尘的小巷中，位于芬斯伯里的商区和巴比肯地铁站中间。左侧曾是一家报刊亭，现在变成了报刊亭、杂货店兼DVD租赁店（全都没有经营许可）。右侧是一家名为皇朝的中餐厅，厚厚的红色窗帘从不拉开。打印出来的菜单立在窗边，已经被太阳晒得泛黄，却从未更换，只是用马克笔划掉了过时的信息。如果多元化经营是报刊亭的求生之道，那么财政缩水就是皇朝的长期战略。在这里，菜单上的菜品会像宾果游戏的数字卡一样被随机划掉。杰克逊·兰姆坚信，最后这家餐厅的菜单上只会剩下两样东西：蛋炒饭和糖醋里脊。这一切都被厚厚的红色窗帘遮盖，仿佛菜单缩水是某种国家机密。

就像之前说的那样，斯劳部门的入口藏在一条小巷里。路边飞溅的污水为墙壁漆上陈旧的黑色，上方，狭窄的玻璃窗透不出丝毫光亮。一只空奶瓶站在背阴处，时间过了太久，被苔藓黏在了人行道上。门上没有门铃，信箱的开口就像一道童年的旧伤：

---

①斯劳（Slough），位于英格兰东南部，南与伯克郡的温莎－梅登黑德相邻，北与白金汉郡的白金汉郡南区相邻，距离伦敦市中心较远，乘火车需要约三十五分钟。作为单词时，slough是"绝望、使陷入泥沼、被抛弃"的意思。

已然愈合如初。虽然没人给这里寄信，但就算寄了，信件也塞不进去。这扇门就像一个布景道具，只是为了给杂货店和餐厅提供一个缓冲地带。确实，即便你连续几天坐在对面的公交车站观察，也不会见到有人出入这个场所。但你要是真的这么做了，就会发现一个身材健硕的男人嚼着口香糖坐在你的旁边。他看起来并不讨喜，隐约给人一种危险的感觉，仿佛一口恶气已经在心里憋了太久，久到他甚至不在乎发泄的对象是谁了。他会坐在那里，盯着你，直到你离开视线范围。

　　与此同时，来往于报刊杂货店的人流则要稳定得多。路上的行人摩肩接踵，奔向各自的目的地。一台扫地车缓缓驶过，旋转的环卫刷扫过烟头、碎玻璃碴儿和瓶盖，将其吞吃入腹。两个相向而行的男人在街上相遇，跳起左右回避的舞蹈，像镜子一样重复对方的动作，终于在不撞到对方的前提下避开了彼此。一个女人边赶路边打电话，不时看向窗中自己的身影。一架直升机盘旋在上空，正在向广播站汇报路况信息。

　　在这样的日复一日中，前门一直紧闭。斯劳部门总共有四层高，顶端扎向芬斯伯里并不宜人的十月天空，俯视着皇朝和报刊亭。窗户上粘着星星点点的污渍，但并没有脏到看不清的程度。鉴于伦敦市糟糕的交通情况、连续不断的施工，还有公交系统的怠惰，你乘坐的巴士很有可能会堵在路上。如果此时你恰好坐在巴士的二层，就能看到斯劳部门二楼的老旧房间：主要由灰色和黄色构成。陈旧的黄色加上过时的灰色。黄色的是墙壁——或者勉强可以算是墙壁。灰色的是文件柜和制式书柜，上面摆着厚重过时的文件。有些横躺着，有些斜撑在彼此身上，还有少数维持着直立的状态，书脊上的文字已经被电灯照得褪色。臃肿的文件夹被强行塞进了过于狭窄的空间，竖着挤进了书柜与书柜之间的空隙，最上端的被挤压向外，随时可能掉落。天花板也是黄色的，不时出现的蜘蛛网给它罩上了一层病态的阴影。

桌椅同样是冰冷的金属色，很可能和书柜来自同一个地方——某个解散的军营，或者监狱大楼。你无法坐在这样的椅子上展开遐思，也没法用照片或者玩具装点这种桌子，把它变成自己温馨的小窝。这表明了一个简单的事实：楼里的员工不受重视，所以他们的工作环境是否舒适也就不在考虑范围内。他们只需工作，不应被多余的事情分走精力。工作完成后，他们应该悄悄从后门离开，不能引起清洁车或其他路人的注意。

但就算你坐在双层巴士的顶层，也很难看到三楼的景象，只能依稀瞥到同样被尼古丁熏得蜡黄的天花板。如果巴士有三层，你也同样看不到什么有趣的东西，因为三楼和二楼相似得令人绝望。印在窗户上的金色标语会打消好奇的窥探：W.W.亨德森律师事务所，承接公证业务。偶尔会有一个人影出现在华丽的金色衬线体后，看着窗外的景色，好像在看另一个世界；但是很快，他就会对眼前的一切失去兴趣，消失在昏暗的室内。

顶层的窗边就不会出现这样的景象，因为窗帘总是紧闭，什么都看不到。生活在这层的人并不希望见到外面的世界，也不希望有阳光打破他的阴郁。但这也是一条线索，说明他主动选择了黑暗，而选择的自由向来只留给掌权者。斯劳屋的名字从不会出现在任何官方记录、标牌、信纸抬头、账单、名片、电话簿或房产证上，它甚至不是这栋建筑的名字。这栋楼里的员工级别从上到下层层递减，但考虑到每一层的悲惨程度半斤八两，所以很难分出高下。你要么站在顶端，要么是无名小卒。而这里唯一的老大就是杰克逊·兰姆。

信号灯终于变绿，巴士咳着尾气开始向前，悠悠驶向圣保罗大教堂。坐在巴士二层的乘客最后看了几眼斯劳屋，她可能会想：在那里工作是什么感觉？她甚至可能会想：也许那并不是一家律师事务所，而是一座专门为失败特工打造的地牢。他们可能染上了毒瘾、酗酒成性，或者被卷入了丑闻，可能涉嫌背叛，积攒了太多仇怨和疑虑；也可能因为致命疏忽导致有人在地铁站自爆，造成了一百二十人伤亡，三千多万英镑的实际损失，还有二十五亿英镑的潜在旅游收入损失。那座远远落后于电子时代，被纸质文件淹没的行政监狱就是他们的惩罚。一群没用的怪胎被关在这里，等待着被人遗忘。

还不待巴士驶过几米外的过街天桥，乘客就会忘记这些小小的妄想。唯一留下的是关于房间本身的印象：那些灰色和黄色应该是逐渐染上去的。最开始，黄色并非黄色，而是一片洁白。经年累月的陈腐空气、香烟的尼古丁和焦油、外卖面条的热气和被遗忘在暖气片上的旧外套把墙壁染成了黄色。那时，灰色也不是灰色，而是纯粹的黑，却随着时间的流逝逐渐褪色。很快，这些想法也会消散，因为有关斯劳部门的一切都不会留在人们的脑海中，除了它的名字。

许多年前的一次闲聊决定了斯劳部门的命运：

兰姆被调职了。

他们把他送到哪儿了？那个地方很糟糕吗？

非常糟糕。

天哪，不会是斯劳吧？

还不如斯劳呢。

据传，杰克逊·兰姆的崭新帝国就是这样获得了名字。曾经黑白两色的疆土，如今化作了深浅不一的灰与黄。

早上七点左右，三层的窗户亮起了灯。一个人影出现在了W.W.亨德森律师事务所，承接公证业务的标语后。街道上驶过一辆送奶车，人影在窗边停留了片刻，似乎在观察送奶车会不会对周围产生威胁。目送车子离开后，人影终于消失了。他回到手头的工作：拿起黑色垃圾袋，把里面的内容倾倒在铺好的报纸上，报纸下方则是一块陈旧褪色的地毯。

空气中瞬间充满了恶臭。

他戴着橡胶手套，皱着鼻子，蹲下身开始翻垃圾。

鸡蛋壳、蔬菜梗、咖啡渣和即将融化的滤纸，棕黄色的茶包、一小块香皂、瓶子标签、被挤扁的塑料瓶、厨房抹布的碎片、撕开的棕色信封、软木塞、瓶盖、弹簧、螺旋笔记本的硬纸壳封面、无法拼接的陶器碎片、外卖锡纸盘、皱成一团的便笺贴、一个比萨盒、一管用完的牙膏、两盒喝完的果汁、一盒用完的鞋油、一支塑料勺，还有七个用《探照灯报》包起来的东西。

当然，还有许多垃圾根本无从辨认。所有的垃圾都湿漉漉的，在顶灯的照耀下闪着水光，像蛞蝓一样又黏又滑。

他弯腰坐下，捡起了被报纸包裹的物品，小心翼翼地剥开。

里面的烟灰落在了地毯上。

他摇了摇头，把腐烂的报纸扔回垃圾堆。

台阶发出了吱嘎声，他停下了动作，但是声音没再出现。斯劳部门唯一的出入口在后院，藏在潮湿黏腻的墙壁间。所有进出的人都会弄出很大的噪音，因为门被卡住了，必须要使劲踢开。但是刚才没有这样的声音，所以他摇了摇头，觉得可能只是老房子年久失修。在经历了整整一晚的阴雨后，它要抻一抻筋骨才能醒来。话说回来，为了收集这个记者的垃圾，他昨天也淋了一晚上雨。

鸡蛋壳、蔬菜梗、咖啡渣和快要融化的滤纸……

他又拿起一个报纸包裹，上面皱皱巴巴的头条新闻在指责英国国家党①近期的一次游行示威。他试着闻了闻那张报纸，没有烟灰的味道。

"这个玩笑开得真够缺德的。"杰克逊·兰姆说道。

瑞弗手里的东西掉在了地上。

兰姆倚在门框上，湿润的脸颊泛着光。运动后他总会这样，而爬楼梯也算是一种运动。不知他是如何做到这么悄无声息的，瑞弗再怎么努力也无法望其项背。更何况兰姆还没有身材上的优势：他挺着个大肚子，像是怀孕了一样。皱巴巴的灰色风衣裹住他庞大的身躯，雨伞挂在他的手臂上，正在滴水。

瑞弗努力装作没有被吓了一跳，说："你是说，他称我们为纳粹吗？"

"当然，他当然觉得我们是纳粹。但我指的是你在希多的工位旁边翻垃圾。"

瑞弗想捡起掉在地上的报纸，但是报纸太湿了，手一碰就破了，里面的东西散落了一地：一堆炖过的细骨头和一小块皮。有那么一瞬间，这堆东西看起来就像一个婴儿的尸体残骸。但是很快，这些骨头就拼出了一只鸡的造型，一只扭曲的鸡——鸡腿和鸡翅应有尽有，很明显它生前是某种禽类。兰姆"哼"了一声。瑞弗搓了搓戴着橡胶手套的手，把湿乎乎的报纸搓成小球，然后抖落在垃圾堆上。红黑色的墨水紧紧地攀附在橡胶上，曾经明黄色的手套被染得漆黑，像是刚挖了煤。

兰姆说："这可不太明智。"

---

①英国国家党（British National Party）是一个英国极右派政党。反移民、反伊斯兰、反对多元文化，素来被认为是英国的纳粹党。

谢谢你，瑞弗想道，谢谢你指出这一点。

昨天晚上，他在记者家门外一直守到了后半夜，努力躲在隔壁房子狭窄的屋檐下避雨。大雨倾盆，诺亚看了都得做噩梦。大部分居民都履行了自己的义务，把黑色垃圾袋整齐地放在门口，像一排待宰的小猪，等着第二天环卫工人来收。社区提供的带轮垃圾桶兢兢业业地在门前站岗，但是记者家门口什么都没有。冰冷的雨水滑落瑞弗的领口，顺着后背流向屁股。他知道，无论他在这里站上多久，都不可能收获快乐。

"别被发现。"兰姆是这么对他说的。

当然不可能被发现了，他想道，说出口的却是："我努力。"

"别忘了停车许可。"兰姆补充道，仿佛在说某种加密语言。

停车许可，有什么问题吗？

然后他才恍然大悟：他不能坐在车里盯梢。不能舒舒服服地坐在车内，任凭外面大雨如注，等着垃圾袋出现。协管员在半夜巡逻的概率很小，但并不是完全没有可能。

如果他被贴了条，罚了款，记了名，就完蛋了。

别被发现。

所以他只能淋着暴雨，盯着记者的公寓。灯光在薄薄的窗帘后闪烁，一个人影出现又消失。好像里面那个三流记者正在纠结自己是不是被盯梢了。他在舒适干爽的室内，瑞弗则站在雨中，等着他把垃圾拿出来，好偷回去翻查。那个记者可能都知道。

午夜过后不久，瑞弗忽然想道：他可能真的知道。

因为过去的八个月来都是这样。真相就像一张巨大的拼图，他偶尔会捡起来摇一摇，有时拼出来的画面完全不一样，有时拼图根本塞不进对应的空白。杰克逊·兰姆为什么会想要这个记者的垃圾？他甚至愿意派瑞弗出外勤。自从被调职到斯劳部门后，这是他的第一次外出任务。也许兰姆就是为了让瑞弗在大雨里站上几个小时，里面的记者可能正在和兰姆打电话嘲笑他。

毕竟，天气预报都说了会下雨。这场雨从兰姆给他派任务的时候就在下了。

他说：停车许可。

别被发现。

瑞弗又等了十分钟，终于决定放弃。记者不会出来扔垃圾，就算扔了，里面也不会有什么重要的东西。他这是被当成傻子耍了。瑞弗原路返回，随手在路边捡了一个垃圾袋，扔进他的车里，车停在最近的计费器旁。他上车，开回家，上床睡觉。

他在床上躺了两个小时，看着脑海中的拼图慢慢拼回原状。杰克逊·兰姆说的"别被发现"可能就是字面上的意思：派给瑞弗的任务很重要，不能被人发现。当然，不是人命关天级别的重要，不然他就会派希多或者穆迪去了。但显然这个任务足够重要，重要到必须有人来执行。

不然这就是一次测试。测试瑞弗是否能在暴雨中带回一包指定的垃圾袋。

很快他就再次出发，将那包随手拿的垃圾丢进了最近的垃圾桶里。瑞弗驾车缓缓驶过记者的家，几乎不可置信地发现一包黑色的垃圾袋正躺在他家窗下的墙边。

现在这包垃圾袋里的东西都散落在他面前的地板上。

兰姆说："记得收拾干净。"

瑞弗说："我到底要找什么？"

但是兰姆已经离开了，沉重的脚步每踩上一级台阶都会发出吱嘎的噪音，瑞弗独自留在希多的工位旁边，被并不美好的气味环绕，心中有一种微弱但确切的感觉：自己再次变成了杰克逊·兰姆的出气筒。

麦克斯的咖啡厅里,座椅总是挨得特别近。店主十分乐观地为永远不会到来的客流高峰做足了准备。麦克斯的店不受欢迎单纯是因为他们家的东西不好吃,他们会重复利用咖啡豆,牛角面包放得太久都变干了。回头客非常少见,几乎没有,但即便如此,店里也有一位常客。每天早上,他都会夹着报纸走进来,柜台的店员就会开始给他倒咖啡。无论轮换了多少店员都没关系,因为这位常客的信息会和卡布奇诺咖啡机的使用指南一同被告知给接班的人。米色风衣,身材瘦长,棕色头发,总是一脸烦躁。当然,还有他手中十年如一日的报纸。

这天早上,蒙蒙细雨给窗户罩上了一层雾气。风衣滴着水,落在黑白格地板上。如果他没把报纸装进塑料袋,此时报纸肯定已经变成了纸浆雕塑。

"早上好。"

"这什么鬼天气。"

"但您还是来了,很高兴又见到您,先生。"

说话的人是早上的麦克斯。对罗伯特·霍布顿而言,所有在这家店里工作的人都叫麦克斯。如果店员希望他能分清楚他们谁是谁,就不该都在同一个柜台后面工作。

他走到往常的角落坐下。店里只有三位客人,其中一个红发女人就坐在他的旁边,盯着窗外。她的椅背上搭着一件黑色风衣,身穿无领白色衬衫,黑色的打底裤长至脚踝。他注意到了这一点,是因为她用腿钩住了椅子腿,像个小孩一样。她面前的桌上摆着一个小号笔记本电脑,她并没有抬头看。

麦克斯端来了他的拿铁。霍布顿含糊地道了一声谢，像往常一样把钥匙、手机和钱包放在了桌上。他不喜欢坐下时裤子口袋里塞得那么满。然后他又拿出了笔记本和一支黑色签字笔，钥匙圈上还有一个U盘。报纸都是有名的日报，包括《每日邮报》，堆起来大概有四英寸厚，他只会读其中的一点五英寸。每逢周一读得会更少，因为周一有体育报道。今天是周二，刚过早上七点，天空又下起了雨，昨天已经下了一夜。

《每日电讯报》《泰晤士报》《每日邮报》《独立报》《卫报》。

曾经，他给这上面列出的每一家报纸都供过稿。他不会刻意去想，但每天早晨他都会想起这些久远的回忆，持续至今。初出茅庐的记者从彼得伯勒开始，一路打拼到了伦敦。然后节奏加快，犯罪、政治，他一路高升，狂奔到四十八岁，坐稳了每周专栏的宝座。他负责两个专栏：周日和周三。还是《提问时间》的常驻嘉宾。从煽动者到政治评论家，他的职业道路比旁人更加曲折，但也让成功的果实变得更加甜美。如果能回到那时，他完全没意见。

然而现在，他已经不再为报纸撰稿。如果出租车司机认出了他，也往往不是因为什么好事。

他脱下米色风衣，头顶的棕发日渐稀薄。罗伯特·霍布顿一脸烦躁地打开笔盖，喝了一口拿铁，开始工作。

窗内亮着光，进门之前何就知道楼里有其他人。但就算没有那盏灯，他也能看出来：地面上湿漉漉的脚印，空气里有雨水的味道。每个月总有那么一天，杰克逊·兰姆来得比他还早。他会在清晨出现，巡视领地。你当然可以随便来，兰姆会说，但是这儿还是我的地盘，就算这栋楼塌了，也会发现我的骨头埋在最上面。他有很多个讨厌杰克逊·兰姆的理由，这是他最喜欢的那个。

但来的人不是兰姆，或者至少不光是兰姆——楼上还有其他人。

如果这是一个梦，来者可能是杰德·穆迪。他一般早上九点半才会到，十一点之前不能接触任何比泡一杯热茶更复杂的工作。罗德里克·何不喜欢杰德·穆迪，但这不算什么，因为穆迪也不指望有人喜欢他。来到斯劳部门之前，他也没几个朋友。穆迪和他共用一间办公室，关系马马虎虎，谁都不喜欢谁，也不介意让对方知道这一点。但穆迪绝对不可能比他来得更早，现在还不到早上七点。

更有可能的人选是凯瑟琳·斯坦迪什。何不记得她什么时候第一个到过单位，这说明她从来没有拿过第一，但她往往是第二个到的。首先他会听到后门艰难打开的噪音，然后是她上楼的轻柔脚步声，接着就是一片寂静。她在楼上两层，兰姆办公室隔壁的小屋，隐藏在角落里，所以你很容易忘记她还在。不过，就算她站在你面前，你还是很有可能会忘记她的存在。察觉到她需要一些运气，所以应该也不是她。

何倒是不介意，因为他不喜欢斯坦迪什。

他爬上二楼，把外套挂好，开机，然后走进茶水间。有一股难闻的气味从楼梯上飘了下来，一股腐臭取代了雨水的味道。

嫌疑人有以下几位：明·哈珀，一个神经兮兮的蠢货，总是摸着裤兜，怕自己丢了什么东西；路易莎·盖伊，每次看到她，她都像高压锅一样，耳朵里源源不断地冒出蒸汽；还有斯图安·罗伊，办公室里的小丑。虽然何谁都不喜欢，但他尤其讨厌罗伊，试图在办公室里搞笑不亚于一种犯罪。还有凯·怀特，她以前在顶层，和凯瑟琳一起，但兰姆嫌她太吵，把她赶到了楼下。真是多谢了，兰姆，谢谢你让底层人民的生活变得更加艰难。如果你受不了她的聒噪，为什么不把她打包送回摄政公园？但这栋大楼里没人能回到那个地方，因为大家都有前科，简历上都留下了不可磨灭的污点。

何对这些污点如数家珍，无论大小还是形状都一清二楚。有人嗑药，有人酗酒，有人闹出了桃色丑闻，有人涉嫌背叛——斯劳部门里充满了各种各样的秘密，何对这些全都一清二楚，除了两个人。

其中一个就是希多，楼上的人可能就是希多。

何并不知道她的污点是什么，不知道她为什么会被流放到这里，他不了解的秘密只有两个，她就是其中之一。

所以他也不喜欢希多。

何一边等着水烧开，一边回想起每个人来到斯劳部门的原因。那个紧张兮兮的蠢货明·哈珀把装着机密文件的光盘落在了火车上。装光碟的信封是明亮的红色，上面还印着几个大字：最高机密。而捡到信封的女士把它交给了BBC。若不是发生了这样的事，他本可以逃过一劫。有些事美好得让人觉得不真实，不可能发生在自己身上。而发生在明·哈珀身上的事恰恰相反，虽然悲惨得令人难以置信，但它还是发生了。所以在过去的两年间，曾经前途无量的明唯一的工作就是负责管理一楼的碎纸机。

蒸汽源源不断地从水壶中冒出。茶水间的通风很差，所以天花板上的墙皮很快就开始龟裂。用不了多久，那一整块墙皮就会掉下来。何把热水倒进装了茶包的杯子里。一天的时间就是这样被分成了几份：早上倒茶的时间，中午买三明治的时间……但在他的心里，还要分出细数斯劳部门秘密的时间。所有人的秘密，除了两个……大部分时候他都面对着屏幕，装作正在录入旧案的数据，但其实是在搜查第二个秘密的相关线索，那个秘密让他耿耿于怀、辗转反侧。

他用勺子捞出茶包，丢进水池，突然灵光一现。他知道楼上的人是谁了，是瑞弗·卡特怀特，肯定是他。

他想不出卡特怀特这么早来上班的理由，但直觉是这么告诉他的。要下注的话，他就会赌现在楼上的人是卡特怀特。

话虽如此，但他真的不喜欢瑞弗·卡特怀特。

于是他拿着马克杯回到桌前，电脑显示屏亮起了光。

霍布顿放下了手中的《每日电讯报》，头版是一张彼得·贾德的照片。照片上的他板着脸，就接下来的选举发表了一系列讲话。去年一月的几次中风给文化部长的职业生涯画上了句号，他顺理成章地隐退，没有什么特别之处。当政客自愿交出手中的权力时，往往意味着背后隐藏着不为人知的故事。而罗伯特·霍布顿正是分析故事的专家。他像读盲文一样，一字一句地分析手头的文本。有些措辞透露出政府对此事下了管制规定，有些则暗示摄政公园的那些暴徒牵涉其中。这件事很可能就是表面上看起来的那样：一位政客因为健康原因辞去了职位。罗伯特·霍布顿相信自己的直觉，因为他是一名记者，就算他不再为报纸撰稿也无法撼动这个事实。他知道有一件事即将发生，正在每天的新闻中寻找与之相关的蛛丝马迹。这件事迟早会从深海中浮现，那时他一定能认出来。

与此同时，他会继续畅游在铅字印刷的海洋中，反正他也没有别的事可做。他的朋友和线人也都弃他而去了。

他是一个被抛弃的人。

都是因为摄政公园那帮人。曾经所有的报纸都请他写稿，但那些间谍摧毁了他的职业生涯。所以现在他每天早晨只能在麦克斯的店里寻找与自己那条独家新闻有关的线索。如果你深入地调查某个事件，就会下意识地觉得其他人也在调查。你会开始焦虑，怕被人抢先一步。当国家特工也牵涉其中时，这种焦虑则会翻倍。霍布顿不傻，他的笔记本里没有任何不宜公开的内容。每次他打开文档，写下新的笔记和推测时，都会直接存到U盘上，让硬盘保持空白状态。他甚至还准备了一个假U盘，以防有人想耍小聪明。他不是偏执狂，但他也不笨。昨天晚上他在公寓里来回踱步，总感觉自己有什么事没做完。他仔细回想了最近是否发生过意料之外的"偶遇"，有没有陌生人主动和他搭话，但是毫无头绪。他又开始回想遇到的其他人，包括他的前妻、孩子、前同事和朋友们，同样无甚收获。除了麦克斯店里的员工，没人会和他问好……最后他终于想起来了，他忘记了要出门丢垃圾。

"您好？"

是坐在旁边的那个漂亮的红发女人。

"呃，您还好吗？"

原来她是在对他说话。

吃剩下的鱼。最后一张《探照灯报》里包的东西是吃剩下的鱼。记者不是一个亲自下厨的人，报纸里包的也不是鱼头和鱼骨，而是硬邦邦的炸衣和鱼皮，还有烤焦的薯条，显然他家附近的外卖水准堪忧。

瑞弗已经翻遍了大部分垃圾，里面没找到一丝像是线索的东西。他小心翼翼地展开了被揉皱的便利贴，上面同样什么都没有，只有一些无关紧要的购物清单：鸡蛋、茶包、果汁、牙膏——也就是构成这袋垃圾的主要物品。记事本的硬壳封皮上空空如也，没找到内页。为了以防万一，他还用手指仔细摸了封皮的表面，寻找留在上面的笔迹压痕，但是一无所获。

楼上传来了跺脚的声音，兰姆最爱用这种方式召唤他的部下。

现在大楼里不只有他们两人。快到早上八点了，刚才一楼的门打开了两次，楼梯也发出了熟悉的吱嘎声。声音到二楼就停止了，那是罗德里克·何所在的楼层。他向来是第一个到，最后一个离开。瑞弗并不知道他整天都干些什么，但他周围堆起来的可乐罐和比萨盒说明了一件事：他正在为自己建造一座堡垒。

另一个脚步声路过了瑞弗所在的楼层，继续向上，所以肯定是凯瑟琳。他不得不仔细回想她的姓氏：凯瑟琳·斯坦迪什。她给人的感觉就像《远大前程》里的老小姐郝微香，坚持要穿一辈子婚纱。瑞弗对婚纱并不了解，但在斯劳部门，就算是婚纱也会变成蜘蛛网裙。

楼顶又传来了跺脚的声音。如果他手里有一把扫帚，一定会怼回去。

地上的垃圾摊得到处都是。之前还是一座报纸堆成的小岛，现在已经覆盖了希多工位附近的大部分地面。那股酸臭味也扩散开来，弥漫在整个房间里。

一片扭曲的橘子皮落在办公桌下，就像医生无法辨认的手写体。

又是跺脚的声音。

瑞弗没有摘下橡胶手套，直接站起了身，走向门口。

* * *

他已经五十六岁了，年轻漂亮的红发美女不会和他搭话。罗伯特·霍布顿疑惑地看过去，发现她正微笑着点头，坦率而友善，散发出一种有求于人的气息。

"怎么了吗？"

"是这样的，其实我在写一篇论文？"

他很讨厌这种用问号结尾的句子。年轻人到底是怎么和彼此沟通的？他们怎么判断哪种问句需要回答？她的皮肤上点缀着雀斑，从敞开的衣领处可以看到，雀斑一直覆盖到她的胸口。她戴着一只银色吊坠，手指上没有婚戒。他总是会注意到这种细节，即使这些对他而言已经失去了意义。

"所以呢？"

"就是，我注意到了你桌子上那份报纸？报纸上的头条新闻？就是那份……"

她伸手点了点桌子上那份《卫报》，雀斑变得更加清晰了，他也看清了那个吊坠。但她指的并不是报纸的头条，而是刊头上标出的一条访谈，正文在副刊上，采访的拉塞尔·T.戴维斯[①]。

"我的毕业论文是关于媒体人物的。"

"行吧。"

"可以借我看一下吗？"

"请便。"

他从报纸中抽出副刊，递给了她。

她露出甜美的笑容，对他说了谢谢，他注意到她有一双漂亮的蓝绿色眼睛，同样漂亮的下唇微微凸起。

但是回到座位时，她显然没能控制好自己修长的四肢，因为

[①]拉塞尔·T.戴维斯（Russell T.Davies），英国著名编剧、导演。代表作品有《神秘博士》《同志亦凡人》等。

下一个瞬间卡布奇诺洒得到处都是,她爆出了一句非常不淑女的粗口。

"该死的,对不起——"

"麦克斯!"

"都怪我——"

"你能给我们拿一块抹布吗?"

对于凯瑟琳·斯坦迪什而言,斯劳部门就像品彻·马丁的那块礁石:潮湿、阴沉、熟悉却令人不适,但也是巨浪袭来时的救命稻草①。但这个地方的门实在太难打开了。按理说,门坏了不难修,但这毕竟是斯劳部门,不能随便让无关人员进入,也就没法请人来修。你必须先填一张报修单,申请财务审批,还要给总部认可的维修单位开具出入证明。聘用外部人士"理论上"是可行的,但是你要阐明每一笔支出的必要性,还要花一大笔钱做背景调查,所以这条路是行不通的。一旦你填完所有表格,就要把文件寄给摄政公园总部。你的表格会被人打上标签、盖上公章,然后被彻底无视。所以每天早晨她都要重复一遍这个痛苦的流程:一只手拿着雨伞,另一只手拿着钥匙,耸起肩膀以防背包滑落到地上,然后狠狠地撞向门。与此同时,她只能在内心默默祈祷门打开时自己不要失去平衡。相较之下,品彻·马丁的处境则容易得多,毕竟大西洋的礁石上没有门。伦敦市和大西洋之间唯一的共同点就是经常下雨。

终于,伴随着一阵熟悉的呻吟声,门打开了。她停在门口,

---

① 《品彻·马丁》(Pincher Martin)是《蝇王》作者威廉·戈尔丁的代表作之一,讲述英国海军马丁被冲到礁石上的故事。

甩干净雨伞上的水,抬头看了看天空,依旧阴沉灰暗。她最后又甩了一下雨伞,把伞夹在腋下。虽然门口有一个雨伞架,但如果你不想失去自己的伞,最好不要放上去。她来到二楼,房间的门半敞着,何就坐在办公桌前。他没有转头打招呼,但他肯定看到她了。于是她也装作没有看见继续向前,表面上是无视,实际上是把他当成一件家具,这样心理压力也会更小。

三层办公室的两扇门都关着,但瑞弗和希多的工位上亮着灯。空气里弥漫着一股恶臭,是腐烂的鱼和蔬菜的味道。

终于,她来到了顶层自己的办公室,把外套挂在衣架上,然后撑开雨伞,放在一旁晾干。她对着杰克逊·兰姆的门大喊了一声,问他想不想喝茶,对面没有回音。她洗干净水壶,接满水,然后开始烧水。她回到自己的办公室打开电脑,重新涂了下唇膏,梳了梳头发。

化妆镜里的她总是看起来比实际年龄老了十岁,但这怪不得别人。

她的头发依旧是金色,但是必须离近了才能看出来。没有人会靠近她。从远处看,她的一头卷发依旧浓密,却是灰色的,眼睛也是灰色的。这让她看起来像一张褪色的黑白照片。她走路时总是悄无声息,着装让人想起战前的儿童文学插画。她总是戴着一顶帽子,从来不穿长裤,尤其是牛仔裤,甚至不穿短裙。她穿连衣裙,袖口往往有一圈蕾丝。凯瑟琳把化妆镜拿近了一些,脸上的皱纹诉说着逝去的青春,那是岁月的痕迹。错误的人生选择加速了衰老进程。然而回首过去,人生也许没有那么多选择,大家都只是被生活驱赶着,走一步算一步罢了。明年她就五十岁了,不知不觉中,她已经走了很远。

水烧开了,她泡了一杯茶,回到独属于自己的办公室中。谢天谢地，自从兰姆把凯·怀特赶下楼之后，她就不用和人分享房间了。她开始继续昨天的工作：整理过去三年间利兹和布拉德福德地区的房产买卖信息，对比同时期的移民记录做一份报告。同时出现在两个列表里的姓名要与总部的监控名单核实。到目前为止，凯瑟琳还没有发现可疑的人，但她并没有因此终止调查。她将调查结果按照原国籍排序，巴基斯坦排在第一位。解读的视角不同，这些报告也会呈现出不同的形态。对于大部分人来说，报告上只是罗列了一堆无关的人口迁移和不动产投资数据。但在比凯瑟琳更加高级的情报员眼中，这些报告中隐藏着某种不为人知的规律。上个月她写了一份类似的报告，调查对象是大曼彻斯特郡。接下来还有伯明翰或者诺丁汉。写好的报告会被送到摄政公园总部。凯瑟琳衷心地希望掌管数据库的人对待这些报告会比对待她的报修单更认真一些。

三十分钟后，她开始小憩片刻，再次梳了梳头发。

五分钟后，瑞弗·卡特怀特上了楼，没有敲门就推开了兰姆的办公室。

女孩站了起来，把报纸卷成漏斗形，挡住流向笔记本电脑的卡布奇诺。有那么一瞬间，霍布顿觉得十分烦躁，她手里拿的是他的报纸，现在已经变成了湿乎乎的一团，根本没法阅读了。但这样的想法只是一闪而过，此时他们真正需要的是一块抹布。

"麦克斯！"

霍布顿讨厌意外和事故，为什么人们总是这么笨手笨脚？

他站起来，走向收银台，遇到了拿着抹布走出来的麦克斯。店员的笑容是留给红发美女的，她还在努力用《卫报》收拾残局。"没事，没关系的。"他对她说道。

并不是没关系，罗伯特·霍布顿想。发生了这样的意外，咖啡洒得到处都是，这都不是他希望看到的。他只想安安静静地看完自己的报纸。

"真的对不起。"女孩说。

"没事。"他说谎了。

麦克斯说："瞧，这不是擦干净了吗。"

"谢谢你。"女孩说道。

"我帮你再倒一杯。"

"不用了，我可以付钱——"

但这同样不成问题。红发女孩坐回桌前，饱含歉意地指着浸满咖啡的报纸，"我去帮你再买一份——"

"不必了。"

"但是我——"

"不，没什么大不了的。"

霍布顿知道，他并不擅长应对这类情况。也许他应该学一学麦克斯，这位善解人意的店员为两人端来了刚煮好的咖啡。他嘟囔着道了一声谢，接过咖啡。红发女孩甜甜地笑着，大声说了句谢谢，但霍布顿知道她只是为了掩饰尴尬，此时她宁愿拿起笔记本电脑，头也不回地冲出这家店。

他喝完了第一杯咖啡，把杯子放到一旁；又拿起第二杯咖啡，喝了一口。

然后低下头，开始阅读《泰晤士报》。

瑞弗说："你跺脚了？"

看到兰姆瘫坐在桌前，你很难想象他完成工作的模样。你甚至很难想象他会站起身来，或者走两步去打开窗户。

"手套颜色不错。"兰姆说道。

天花板随着屋顶倾斜，一扇天窗嵌在其中。窗帘紧闭，从不打开。兰姆不喜欢顶光，所以房间里总是阴沉沉的。屋内的主要光源是一盏台灯，坐落在无数的电话簿堆出的小山上。比起办公室，这里更像是一座巢穴。书桌的角落上有一台笨重的座钟，正在沾沾自喜地发出嘀嗒的响声。挂在墙上的软木板上贴满了打折券，有些都已经开始卷曲泛黄，肯定已经过期了。

瑞弗想摘下手套，但这意味着他要费劲地揪起黏在手指根部的橡胶，然后一根根地剥离、摘除，非常麻烦。于是他决定不再做这种徒劳的努力，转而说道："翻垃圾弄脏的。"

兰姆意外地做了个鬼脸，吐出舌头，发出了不屑的"噗"声。

书桌遮住了兰姆的啤酒肚，却遮不住他的肥胖。就算他躲在一扇紧闭的门后，他的肚子也会明晃晃地凸出来。因为无论是他说话的声音、脸色、眼神，还是他做出的鬼脸，都在表明这样的一个事实：兰姆就像是油腻版的蒂莫西·斯波[1]（当然了，油腻版的蒂莫西到底长什么样子依然是一个未解之谜），但无论如何，这个描述在某种程度上是准确的。除此之外，兰姆的大肚子、胡子拉碴的下巴，高高的发际线，还有梳到脑后、脏得打缕，长及衣领的金发，都会让人想起《亨利四世》中的福斯塔夫[2]。顺便一提，蒂莫西·斯波也应该考虑出演这个角色。

"你说得对，"瑞弗说，"微言大义，很有道理。"

---

[1] 蒂莫西·斯波（Timothy Spall, 1957—），著名英国演员，在"哈利·波特"系列中扮演小矮星彼得。
[2] 福斯塔夫（Jack Falstaff）是《亨利四世》中王子的酒友，身材肥胖、放浪形骸，是一个矛盾又充满魅力的角色。

"其中还蕴含着一丝讽刺和批判。"杰克逊·兰姆指出。

"没听出来。"

"是吗？但你却想到了要在希多的工位旁翻垃圾。"

瑞弗说："当你把垃圾从垃圾袋里倒出来之后，很难把它们都控制在一个固定的范围内，这个现象的专业名称叫作垃圾熵增定律。"

"你不怎么喜欢希多，是吗？"

他没有回答。

"正好希多也不怎么喜欢你。"兰姆说，"但是话又说回来，喜欢你的人估计也找不出几个。发现什么有趣的东西了吗？"

"有趣的定义是什么？"

"你可以先试着假装我是你的老板。"

"如果一包生活垃圾算有趣的话，就挺有趣的，长官。"

"展开说说。"

"他会把烟灰倒进报纸里，然后像包礼物一样把报纸叠好。"

"听起来像个神经病。"

"这样可以给垃圾除臭。"

"垃圾本来就该是臭的，所以才叫垃圾。"

"这么做到底有什么意义？"

"我以为你想出外勤，你之前不是这么说的吗？一连几个月，你每天都要说上至少三次。"

"是啊，但我说的是《女王密使》那种外勤，结果我像个收破烂的一样到处翻垃圾桶。所以我到底在找什么？"

"谁说让你找东西了？"

瑞弗思考了片刻。"你是说，我们只是想让他知道有人在调查他？"

"哪有什么'我们',小子?别异想天开了,你只要服从我的命令就行。你没找到旧记事本吗?或者撕碎的信?"

"找到了一部分螺旋笔记本,但是没有内页,只有硬纸封皮。"

"服用药物的证据呢?"

"有一盒空的对乙酰氨基酚。"

"避孕套?"

"应该是冲进厕所了。"瑞弗说,"如果他用得上的话。"

"但外包装是锡纸的。"

"嗯,我知道,但是没找到。"

"空酒瓶?"

"在他的可回收垃圾袋里吧。"

"啤酒罐?"

"同上。"

"天哪,"杰克逊·兰姆说道,"是我的问题吗?还是世界上的乐趣从一九七九年开始就消亡殆尽了?"

瑞弗懒得装出一副关心的样子。"我以为我们的工作就是要维护民主,"他说,"这样骚扰一个记者能有什么好处?"

"你是认真的吗?监控记者言论可是我们的任务考核内容之一。"

他好像在活用刚从随手丢掉的文件上学到的新式表达。

"但是为什么要监控这个记者?"

"先试着别把他当成一个记者,而是一个可能威胁到国家安全的危险人士。"

"他是吗?"

"我不知道。你翻他的垃圾翻出什么相关线索了吗?"

"他倒是会吸烟,但这也不算是威胁国家安全。"

"目前不算。"兰姆说。他本人就经常在办公室里吸烟。他想了想,然后说:"好,那你写份报告给我吧。"

"写一份报告。"瑞弗重复道,并没有反问。

"有什么问题吗,卡特怀特?"

"我感觉自己像个三流小报的记者。"

"想得还挺美,你知道他们月薪多少吗?"

"你想让我去监控他吗?"

兰姆笑了。

瑞弗在一旁等着。兰姆笑了很久,似乎不仅仅是因为觉得好笑,更像是一种间歇性的精神失常——这是一种你绝对不会希望听到的老板发出的笑声。

然后兰姆突然停止了大笑,像是从来没笑过一样。"你觉得如果我想让人监控他的话,会派你去吗?"

"我可以的。"

"真的吗?"

"我可以的。"他重复道。

"我可能没说清楚。"杰克逊·兰姆说,"如果我想在不炸死十几个无辜路人的情况下完成这项任务,我会选择你吗?"

瑞弗没有说话。

"卡特怀特?"

去你的。他本想这么说,但决定还是再重复一次"我可以的"。然而生硬的重复听起来就像是在投降。他可以的。他可以吗?"不会有人受伤的。"他说。

"很高兴听到你这么说。"兰姆回答道,"但上次受伤的人可不少。"

* * *

明·哈珀是下一个到岗的,路易莎·盖伊紧随其后。他们在茶水间里聊天,两人都有些过于刻意。上周他们一起去了趟街对面的酒吧。那地方简直是人间地狱,一场专为拉格啤酒和龙舌兰爱好者定制的噩梦。但他们还是去了,因为他们都感到了一种迫切的需求:必须要在离开斯劳部门的六十秒内摄入酒精。能够满足这一需求的地点实在太少,所以他们只能将就一下。

一开始,他们谈话的主题鲜明(杰克逊·兰姆是个混蛋),然后话题变得扑朔迷离(他到底为什么这么混蛋?),最终以抒情的感慨收尾(要是杰克逊·兰姆能被卷进收割机里该多好啊!)。穿过马路走回地铁站时,两人经历了一次稍显尴尬的分别。刚才到底发生了什么?他们只是下班后去喝了一杯。但是斯劳部门没有人会这么做。于是他们装作从未遇见的样子,沉默地走向了各自的站台。但是在那之后两人并没有刻意避开彼此,这有些不同寻常——毕竟斯劳部门的茶水间里从来没有同时出现过两个人。

他们冲洗杯子,烧上热水。

"是我的鼻子出问题了吗?好像有股怪味。"

楼上响起了门被撞上的声音,楼下响起了门打开的声音。

"如果我说怪味的源头是你,你会生气吗?"

然后他们看向彼此,笑了笑,又不约而同地收起了笑容。

瑞弗和杰克逊·兰姆之间最重要的一次谈话发生在八个月前。瑞弗问兰姆,他到底什么时候才能被分到正经的工作。

"等一切尘埃落定的时候。"

"也就是?"

兰姆叹了一口气,并不想解答这种愚蠢的问题。"卡特怀特,你该庆幸自己面对的只是尘埃。要不是因为你的出身,要是没有你外公,你面对的就不是尘埃,而是冰川——融化的冰川。没有人会提到你,你会是一个遥远的记忆,偶尔才被想起。你的作用就是让穆迪不要把注意力都放在自身的失败上,让斯坦迪什不要总是想着水壶。"

瑞弗目测了一下兰姆的椅子和窗户之间的距离。那张窗帘不堪一击,如果瑞弗找到正确的着力点,兰姆就会是人行道上的一张肉饼,而不是坐在这里继续说道:"但是,不,你有你的外公。真他妈的恭喜你了。你保住了饭碗。但是很遗憾,你不会享受这份工作。现在不会,以后也不会。"他用两根手指敲着桌面:"这是上面的命令,卡特怀特。真是对不住了,但这个规矩不是我定的。"

兰姆咧嘴一笑,露出一口黄牙,脸上没有一丝抱歉的神色。

瑞弗说:"别扯淡了。"

"让我告诉你什么叫扯淡:一百二十人伤亡。三千多万英镑的实际损失,二十五亿英镑的潜在旅游收入。全都拜你一个人所赐。这才叫真正的扯淡。"

瑞弗·卡特怀特说:"但那不是真实发生过的事。"

"是吗?他们拍下了那小子拉动引线的视频,至今还在总部循环播放,为了提醒自己如果不干好工作会落得什么下场。"

"但那只是一次演习。"

"而你把演习变成了马戏。你直接让国王十字车站的交通瘫痪了。"

"二十分钟,二十分钟后就恢复运营了。"

"因为你,卡特怀特,国王十字车站在高峰时段瘫痪了。你把自己的评估测试变成了一场彻头彻尾的闹剧。"

不知为什么,瑞弗隐约感到兰姆似乎觉得这件事很有趣。

"没有人死亡。"他说。

"一个中风,一个断腿,三个——"

"就算那天没有演习他也会中风的,他是个老年人。"

"他六十二岁。"

"很高兴我们达成了共识。"

"市长想要你的脑袋。"

"市长明明很开心。他找到了机会聊聊监督委员会,呼吁完善安检措施。让自己看起来像个真正的政治家。"

"这算是好事吗?"

"至少不算坏事——考虑到他就是个笨蛋。"

兰姆说:"别跑题。你觉得,因为你一个人色盲,就把整个安全局变成政治场上的足球被人踢来踢去,算是一件好事吗?"

蓝色衬衫,白色T恤。

白色衬衫,蓝色T恤……

瑞弗说:"我听到的就是那样。"

"我才不管你他妈的听到了什么。你搞砸了,所以你才会在这里,而不是摄政公园。猜猜怎么着?你那份前途无量的事业变成了狗屁文职工作,这个岗位是为你量身定制的,大家就不用担心被你这个猪队友拖后腿了。你外公卖的面子也只能帮你到这儿了。"他再次咧嘴,露出黄牙,"你知道人们为什么管这地方叫斯劳部门吗?"

"知道。"

"因为它还不如在——"

"在斯劳。而且我也知道他们给我们起的外号。"

"他们叫我们下等马。"兰姆仿佛没听到瑞弗的回答一样继续说道,"斯劳部门的下等马,挺聪明的,不是吗?"

"取决于你对聪明的定义——"

"你问你什么时候才能分到正经的工作。"

瑞弗闭嘴了。

"等所有人都忘记你搞砸了国王十字车站的时候。"

瑞弗没有回话。

"等所有人都忘记你加入了下等马的时候。"

瑞弗没有回话。

"也就是非常、非常久的一段时间之后。"兰姆一字一顿地说道,好像怕瑞弗听不懂,会误解他的意思一样。

瑞弗转身离开,但是他心头还有一个疑问。

"三个什么?"他问。

"什么三个什么?"

"国王十字车站的伤亡,你说了三件事,你没说完三个是什么。"

"惊恐发作。"兰姆说,"有三个人惊恐发作。"

杰德·穆迪总会来的。他会比其他人晚几个小时,但没人觉得这是个问题,因为没人在乎。再说了,谁也不想惹到他,因为他就像颗炸弹,一点就炸。穆迪最开心的时候,就是看到有人在公交车站停留太久,或者坐在对面巴比肯中心的公园长椅上。每逢此时,他就会挺身而出。那些人往往不是附近戏剧学校的学生，就是某个想坐下来休息的流浪汉，并不是什么真正的威胁。但无论那人是谁，他都会嚼着口香糖，悄悄接近目标，在他们旁边坐下。他从来不会开口说话，只是坐在那里嚼口香糖。只需这一个动作，旁边的人就会知趣地离开。五分钟后，他会迈着轻快的步伐回到办公室。虽然这不能让他变成一个好相处的人，但至少你在楼梯上遇到他时，不用再担心他会突然绊你一脚。

他从不遮遮掩掩：他不喜欢待在一群下等马中间。他曾经是一名特工，在监察部工作。所有人都知道穆迪搞砸的事件：他让一个文职人员揣着大额英镑逃跑了。这绝非明智之举，更别提后来雪球越滚越大，结局惨不忍睹。所以现在穆迪每天都迟到，也没人敢说什么。当然，也是因为没人在乎。

但此时此刻，穆迪还未抵达办公室。瑞弗·卡特怀特也还在楼上杰克逊·兰姆的办公室里。

兰姆向后躺进椅子里，环起双臂。虽然没有声音，但很显然他刚才放了一个屁。他难过地摇了摇头，好像这都要怪瑞弗，然后说道："你根本不知道他是谁，是不是？"

瑞弗的思绪还停留在国王十字车站，问道："霍布顿吗？"

"他功成名就时你应该还在上学。"

"我对他有点印象。他以前不是个共产党人吗？"

"那一代人都是共产主义者，多学点历史吧，小子。"

"你也是那个年代的人，不是吗？"

兰姆无视了这句话。"冷战也不全是坏事，知道吗？要想平息青春期的躁动，口头辩论总比拿刀捅人好。在酒吧后的小屋里参加枯燥的集会，为了没人关心的议题去上街游行。"

"很遗憾我错过了这一集，DVD上有播吗？"

兰姆没有回答，而是看向了别处。他的视线越过瑞弗，说明房间里来了其他人。瑞弗转身，一个女人正站在门口。她有一头红发，脸上长着淡淡的雀斑，穿着黑色风衣，清晨的雨水在上面闪闪发光。她的衣领敞开，露出了底下的无领白色衬衫。一只银色的吊坠挂在她的胸口，唇角扬起一丝若有若无的笑容。

她胳膊下夹着一台笔记本电脑，和普通练习册差不多大小。

兰姆说："搞定了？"

她点了点头。

"干得好，希多。"他说道。

3

希多尼[①]·贝克把笔记本电脑放在了兰姆桌上。她没有看瑞弗，直接说道："楼下好像出了点状况。"

"你说的这个状况和垃圾有关吗？"兰姆问。

"是的。"

"不用太紧张，那不是意外事故。"

瑞弗说："这是谁的？"

"什么是谁的？"希多问。

"笔记本电脑。"

希多尼·贝克看起来就像是从广告里走出来的一样。无论她代言的是什么，她都给人一种清爽干净的感觉。就连脸上的雀斑都像是精心画上去的。在香水的气味下，瑞弗隐约闻到了洗衣粉的清香。

兰姆说："没事的，你尽管戳他的痛处。"

这一条线索便已足够。瑞弗说："是霍布顿的？"

她点了点头。

"你偷了他的笔记本电脑？"

她摇了摇头。"我偷了他的文件。"

[①] 希多（Sid）为希多尼（Sidonie）的简称。

瑞弗面向兰姆："偷文件，应该比翻他的垃圾更重要一些？"

兰姆无视了他，问道："他发现了吗？"

"没有。"希多尼说。

"确定吗？"

"非常确定。"

兰姆大声喊了一句："凯瑟琳！"

凯瑟琳就像个神出鬼没的管家一样出现在了门口。

"爆炸箱。"

她消失在了门后。

瑞弗说："让我猜猜，你们活用了异性相吸定律。"

"你是说我用了美人计吗？"

"如果描述准确的话。"

凯瑟琳·斯坦迪什拿着一只爆炸箱回来了，她把箱子放在兰姆桌上，座钟的旁边，然后站在原地等了一会儿，但是兰姆什么都没说。"不客气。"最后她说道，再次离开了房间。

凯瑟琳出去后，兰姆说："告诉他。"

"他的遥控钥匙是一个 U 盘。"

"闪存。"瑞弗说。

"没错。"

"他把备份文件都存在里面了吗？"

"考虑到他去哪儿都带着，这是个合理的推测。"

"如果和钥匙串挂在一起，确实去哪儿都得带上。"

"上面肯定存了什么，里面的文件大概有几 MB。"

"没准儿他是在写小说。"瑞弗说。

"有可能，但你没在他的垃圾里翻出手稿，不是吗？"

如果他不小心一点的话，这场谈话很快就会失控。"你从他口袋里偷出来的？"

"他有固定的习惯，每天早晨都去同一家咖啡馆，喝同样的拿铁。还会在坐下之前把口袋里的东西拿出来，摆在桌面上。"希多尼从兜里拿出了一个发卡，那种东西是叫发卡吗？"他的注意力被分散的时候，我趁机调换了他的U盘。"

她去的时候就有所准备，也就是说她正在监视霍布顿。不然她怎么可能弄到一模一样的U盘来调包呢？

"然后我把上面的内容拷贝到了这台笔记本电脑上。"

她把发卡别在了左耳后，发型瞬间变得科幻起来。她肯定不知道自己的头发现在看起来什么样。但瑞弗越是这样想，她头发的形状就越是奇怪，甚至怪得有些刻意。

"拷完文件我就把U盘换回去了。"

"趁他注意力被分散的时候。"

"没错。"希多露出了一个明媚的笑容。

兰姆开始觉得有些无聊了。他拿起爆炸箱，箱子是A4大小，会自动上锁。如果不输入口令就强行打开，会引发一场小型爆炸。他伸手去拿笔记本电脑。"你离开的时候他还在店里吗？"

"不，我等他走之后才离开的。"

"很好。"兰姆把电脑放进箱子，"U盘拿来。"

"这里面是空的。"

"我问你了吗？"

希多尼递过了U盘，和霍布顿钥匙上挂的那个如出一辙。兰姆把它丢进爆炸箱，然后"咔嗒"一声合上了箱子。

"大功告成。"

没人知道该怎么接这句话。

"我要打一个电话。"他说，"你们要是不介意的话，请——"

他挥手指向门,"快点滚蛋。"

瑞弗站在楼梯边,看到凯瑟琳在隔壁的办公室里,坐在桌前,专心致志地处理着手头的文件,完全沉浸其中。

希多对他说了句什么,但是他没有听到。

兰姆在办公室里打了电话。

"你欠我的,对,已经办好了。所有文件,至少是他U盘上的所有文件。不,垃圾里没有什么东西。嗯,行吧,今天上午。我让贝克送过去。"他打了个哈欠,挠了挠后颈,然后盯着自己的指甲看了起来。"哦,对了,还有一件事。下次你想派人跑腿,用你自己的人。摄政公园又不缺狗腿。"

挂上电话后,他躺回椅子里,闭上眼。看起来竟像是打起了盹。

楼下,瑞弗和希多看了一眼散落在地板上的垃圾。他有一种不太舒服的感觉:这个玩笑变得不好笑了。就算之前还有一点好笑,现在的他也和希多一样厌恶那堆垃圾。垃圾的味道并非局限在希多的那半边房间,而是充满了整个楼层。但是刚刚发生的事打消了他一切道歉的念头。

昨天晚上,顶着倾盆大雨,有那么一会儿他真的相信了自己在完成一件重要的任务,而这就是他复职的第一步。靠着这一丝微弱的希望,他撑过了暴雨,撑过了早上翻垃圾的痛苦,却没能撑过这一劫。他不想看到希多,不想看到她说话时嘴角扬起的笑意。但他确实想知道她到底在做什么。

"你跟踪霍布顿多久了?"他问。

"我没有跟踪他。"

"你知道他每天在哪儿吃早饭。"

"只是为了确认他的行程和习惯。"

"嗯哼。"

"你会把这些收拾干净吗?"

瑞弗说:"你什么时候听说过他们单独派一名特工去执行任务的?我是说国内事务,还是在伦敦市中心。"

她觉得很有趣:"所以我现在是一名特工了?"

"而且兰姆怎么可能指派任务?他没有职权。"

"这你就得问他了,我要去买咖啡。"

"你已经喝过咖啡了。"

"好吧,那我换个说法:我要先离开,等你把这些收拾干净了再回来。"

"我还没写完报告呢。"

"那我就多待一会儿再回来。还有,这双手套很适合你。"

"你在笑话我吗?"

"我都不知道该从哪儿开始笑了。"

她从椅子上拿起包,离开了房间。

地上放着一个易拉罐,非常适合用来踢飞,于是瑞弗就这么做了。易拉罐撞到墙上,弹开,在墙上留下了明红色的印记,然后落在了地上。

他摘下橡胶手套,丢到垃圾堆上,打开窗户,冰冷的伦敦空气灌进屋来,为屋内的腐臭增添了一丝汽车尾气的后调。接着,熟悉的跺脚声使得天花板上的灯罩左右乱晃。

他拿起电话,拨了兰姆的号码,几秒钟后,楼上响起了电话铃声。他感觉自己好像在别人的电视剧里出演一个场外角色。

"希多呢?"兰姆问。

"去买咖啡了。"

"她什么时候回来?"

职场的潜规则之一:不能对上司打同事的小报告。

他说:"我没记错的话,她的原话是'多待一会儿再回来'。"

兰姆沉默了片刻,然后说:"上来。"

还不待瑞弗问出一句为什么,他耳边就响起了嘟嘟的忙音。他深吸了一口气,在心里默默数到五,然后走回了楼上。

兰姆问:"都收拾干净了?"

"差不多吧。"

"好。拿上这个。"他用肥胖的手指敲着面前的爆炸箱,"把它送走。"

"送走?"

"这屋里是有回音吗?"

"送到哪儿?"

"这屋里是有回音吗?"兰姆重复道,然后笑了起来——他讲了个笑话。"你觉得是哪儿?摄政公园。"

摄政公园就是他职业的曙光。如果他没有搞砸国王十字车站的演习,他就会在那里工作。

他说:"所以,是总部要查霍布顿?"

"当然是总部要查的。斯劳部门不执行任务,我以为你早就明白了呢。"

"为什么希多就能分到正经的工作?我就只能去捡垃圾?"

"这样吧,"兰姆说道,"你自己好好思考一下原因,然后看看能不能靠自己得出答案。"

"总部为什么会需要我们?他们肯定不缺这方面人才。"

"我希望你不是在发表性别歧视言论,卡特怀特。"

"你明明知道我是什么意思。"

兰姆无言地看着他,瑞弗总觉得他是在沉思,或者只是装出沉思的样子。但最终他只用耸肩回答了瑞弗的问题。

"他们为什么要让我送过去?"

"他们没让你去。"兰姆说,"他们想要希多,但希多不在,所以我才派你去。"

瑞弗拿起爆炸箱,里面的东西从一头滑到了另一头。"我该送给谁?"

兰姆说:"詹姆斯·韦布。他不是你的老朋友吗?"

听到这句话,瑞弗的胃开始隐隐作痛。

他用一只胳膊夹着爆炸箱,穿过斯劳屋来到街边,面前是一排商铺:超市、报刊亭、文具店、理发店,还有意大利餐厅。十五分钟后,他就到了摩尔门,又从那里坐地铁,出站,穿过了一座公园。雨终于停了,但积水淹没了人行道。天空依旧是灰色的,空气中夹杂着青草的味道。跑者穿着紧裹大腿的运动裤,轻盈而矫健地从他身边经过。

他不想被兰姆派去送这个箱子。兰姆知道,瑞弗也知道,两人都心知肚明,这进一步加剧了瑞弗的抵触心理。

国王十字车站的事件过后一周,瑞弗已经渐渐适应了那种绝望的感觉。他还记得当时沿着站台疯狂地向前奔跑,然后在最后一秒彻底失败。这种经历的创伤会伴随一生。在他内心深处的某处,这个世界永远是凌晨四点,他烂醉如泥,爱人也弃他而去。

让国王十字车站瘫痪不是没有后果的，他们成立了一个调查小组，评估的结果是：瑞弗在八分钟内犯了十六个基本错误——简直就是在胡说八道，就像那种卫生安全手册。好比办公室里起了火，事后公司要求所有员工都在不用热水壶时拔掉插销，但水壶并不是引起火灾的元凶。给水壶接入电源不能算是犯了一个基本错误，因为所有人都这么做，几乎没有人会因此丧命。

他们说：我们核对过数据。

摄政公园的人总在核对数据。不光要核对，还要像素化分析。这是瑞弗最近才听到的词："我们对这段数据做了像素化分析。"意思就是他们用某种软件过了一遍数据。"我们有数据截屏。"这些术语听起来都太高科技了，并不像是情报机构该用的词。老家伙肯定不会喜欢的。

这一切都被他的大脑用幕布遮住，变成了毫无意义的背景噪音，因为他不想听到数据。

但事实上，你永远无法避开数据。离开总部前的最后一天早上，他听到有人在走廊里悄悄说出那些数字：一百二十人伤亡，三千多万英镑的实际损失，二十五亿英镑的潜在收入。

这些数据是由一群热爱估算最坏情况的人捏造的，但数据的真实性并不重要。重要的是这些数字被诉诸书面，送到了委员会手上，最终又出现在了泰维纳的桌子上。如果你希望有人能忘记你犯下的错误，就绝对不想看到那些文件出现在她的办公桌上。

但是，不，你有你的外公。兰姆的声音说道。真他妈的恭喜你了，你保住了饭碗。

虽然瑞弗不愿承认，但兰姆说得没错。如果不是外公的关系，他甚至连斯劳部门都进不去。

但是很遗憾，你不会享受这份工作。现在不会，以后也不会。

工作的内容就是整理文件，抄录监听的通话内容，查阅一份又一份年代久远的案宗，寻找其中与今天对应的蛛丝马迹……

未来隐藏在过去的历史中。安全局的人都是这么想的，所以才在不停地反复查看已经结束的案子，想要在历史重演之前理解并掌握它。现代社会的男女老少走进繁华的市中心，身上的炸弹能够粉碎生命，却不会抹除案宗上的霉菌。这是总部的经营智慧，却令许多人心怀不满。

泰维纳就是其中一人。他听说泰维纳一心想要改变游戏规则。与其改变棋盘上的棋子，她更想掀翻桌子，重新设计一款游戏。但泰维纳只是二把手，不是真正掌权的人。而且现在国安局的顶头上司还有管理委员会，自从查尔斯·帕特纳之后，局长就再也没有了自主决定的权力。他是第一个在任期内死亡，也是最后一个独揽大权的局长。不过他掌权的年代还是冷战时期，那时的世界要简单得多，假装这个世界上不是"我们"就是"他们"也容易得多。查尔斯是个冷战斗士，他的毛领大衣、露指手套都说明了这一点。

当然，那都是瑞弗出生之前的事了。他依稀从外公身上瞥到过那个时代的影子。他的外公可以说是谨慎的代名词，至少他是这么想的。瑞弗总觉得，一辈子的保密工作在他心里留下了一个不为人知的秘密，但他平时最爱聊局里的八卦。可能人老了就是这样吧：即便与现实脱节，也会被禁锢在曾经的形象中，最后只留下一个对过去自己的拙劣模仿。

他的手很疼，希望不要太明显。但是现在补救也为时已晚，他还有几分钟就到摄政公园了，迟到了可不好。

* * *

大厅里，一个交警模样的中年女性让他等了整整十分钟，等他拿到临时通行证才终于放行。他把装在加厚信封里的电脑放到X光安检机上，不禁思考起来：电脑上的内容会不会被抹除？还有，如果他是希多的话，前台的人也会让他等那么久吗？或者韦布特意留下了指令，要让瑞弗等着，借机给他上一堂课，让他知道自己最多也只是一个"临时访客"？

但凡涉及蜘蛛，瑞弗就忍不住疑神疑鬼。

过完安检，他终于进入了那扇厚重的木门。木门后有一张咨询台，后面站着一个微微秃顶、面颊红润的男人。他看起来就像牛津大学的门卫，但其实应该是退役警察。他示意瑞弗去旁边的长椅上坐着。瑞弗把受伤的手插进衣兜，将信封放在身边，坐了下来。对面的墙上挂着一座时钟。盯着秒针一点点挪动让人感觉很压抑，但他控制不住自己的目光。

咨询台后面是一座螺旋阶梯，虽然没有夸张到能编排一场舞蹈的程度，但也相差无几。有那么一瞬间，瑞弗仿佛看到希多踩着高跟鞋从阶梯上走下，鞋跟在大理石地面上敲出响亮而清脆的声音，引得众人纷纷侧目。

他眨了眨眼，这幅图像很快就从脑海中消失。走廊里确实响起了脚步声，但声音的主人并不是希多。

第一次走进这座建筑物时，他只觉得这里很像绅士俱乐部。现在回过头来想想，可能事实恰好相反：是绅士俱乐部很像安全局，或者至少是曾经的安全局——"大博弈"时代的军情五处。

过了许久，另一位退役警察出现了。

"你是来找韦布的？"

瑞弗一只手护着信封，点了点头。

"我会送到他手上的。"

"我要亲自拿给他。"

他有访客通行证,理论上应该不成问题。

仿佛印证了他的想法,这位新来的朋友并没有反对,而是说道:"那么,这边请。"

瑞弗故意挑衅道:"不必了,这个地方我很熟。"

但是对方不为所动。

那人并没有带着瑞弗上楼,而是走向咨询台的左侧,穿过一扇扇门,走进了一条他从未去过的走廊。手里的信封就像是他要送给蜘蛛的礼物,但他不可能给蜘蛛送礼。

白色T恤,蓝色衬衫。你当时就是这么说的。

不,我说的是蓝色T恤——

去死吧,蜘蛛。

"你刚才说什么?"

"什么都没说。"瑞弗说。

走廊尽头,几扇防火安全门敞开着,通向一组楼梯。窗外有一辆车开进了地下车库。他跟着领路人走上楼梯,又上了一层,每层楼梯的顶端都有一部摄像头在眨眼。他控制住了自己朝摄像头挥手的冲动。

他们又穿过了一扇防火门。

"快到了吗?"

领路人嘲讽地看了他一眼,两人在走廊中间停了下来,他敲了两下门。

忽然间,瑞弗希望自己直接把包裹留在了前台。他已经八个月没见过詹姆斯·韦布了,但是在那之前的一年,他们几乎形影不离。他为什么会想见他?

白色T恤,蓝色衬衫。你当时就是这么说的。

其他的暂且不提，瑞弗现在只想狠狠地揍他一拳。

屋里有人回了一句"请进"。

"先生，请。"

他推门进屋。

虽然面积比不上他和希多的办公室，但这间屋子明显要精致得多。右侧有一面书墙，书架上陈列着不同颜色的文件夹。一张气派的木桌面向门口，就像是用船身木雕出来的一样。两把为访客准备的椅子摆在桌对面，看起来十分舒适。桌后，一扇巨大的窗户面朝摄政公园，映出柔和的棕色。若逢春夏之际，窗外的景色肯定更加迷人。同样坐在桌后，挡住窗户的人正是蜘蛛——詹姆斯·韦布。

时隔八个月，之前一年中形影不离的两人终于再次相见。他们不算是"朋友"，这个说法太亲密又太随意了。朋友是能一起出去喝酒聊天，一起说笑的人。虽然他也和蜘蛛喝酒聊天，但这不是因为他们是朋友，而是因为当时两人一起在达特穆尔做近战特训。那时瑞弗觉得这是最难的课程，直到他们开始在威尔士做抗刑讯训练。学习抗刑讯技巧的过程相当漫长。你会被彻底击碎，然后再一点点拼回人形。人在黑暗中最容易崩溃，而当你经历过这一切之后，就会本能地想要和有过同样经历的人待在一起。不是因为你想倾诉感受，而是因为你们都不必提起这个话题。

话又说回来，培养友情需要坚实土壤，而不是暗流汹涌的竞争，更不能为了同一个职位争得头破血流。

白色T恤，蓝色衬衫。你当时就是这么说的。

去死吧，蜘蛛。

八个月后，他再次见到了韦布：身高、体重，都没有任何变化。

"瑞弗!"他站起身,朝瑞弗伸出手。

瑞弗·卡特怀特和詹姆斯·韦布年龄相近,身段也十分相似。两人都身材修长、体态优雅。相较于瑞弗砂金色的头发,韦布则是一头黑发。他偏爱精英风的西装,穿着锃亮的皮鞋,活像是刚从广告版上走下来的人。瑞弗怀疑,蜘蛛最痛恨的其实是近战特训,因为他不得不一连好几天在泥地里打滚。今天他穿着黑底浅白色条纹的两件套西装,搭配一件灰色衬衫,只在领口有一圈亮色。他应该不久前刚去理了个昂贵的发型,就算他说今天上班之前顺便去了一趟剃须店,瑞弗都不会奇怪。他肯定十分享受热毛巾和修面师的奉承。

在工作结束之前,修面师会一直装作是你的朋友。

瑞弗无视了他伸出来的那只手。"有人吐在你的领带上了。"他说。

"这是卡尔·昂格的领带,乡巴佬。"

"你过得怎么样?"

"还不错,挺好的。"

瑞弗等待着。

"虽然还没完全适应,但——"

"我只是客套一下,你没必要回答。"

蜘蛛放松地坐回椅子里。"你一定要这么不近人情吗?"

"我只是实话实说罢了。"瑞弗环顾着屋子,视线停在了书架上,"你这里纸质文件真多,为什么?"

"别闹了。"

"不,我是说真的,这年头还有谁会用纸质文件?"瑞弗的视线从书架转向了书桌上薄薄的电脑,又看向书架,说道,"天哪，不会吧。"

"这不是你该管的事，瑞弗。"

"这些是简历吧？是不是？你在筛选简历。"

"不只是简历。你根本不知道，给这种级别和规模的组织做审查涉及多少书面工作——"

"天哪，你在人事部工作，恭喜了。"

蜘蛛·韦布舔了舔嘴唇。"我这个月和内阁大臣开了两次会。你呢？事业前景如何？"

"至少我不用把鼻子凑到马屁跟前，所以我的视野比你开阔。"

"笔记本电脑给我，瑞弗。"

瑞弗坐在给访客准备的椅子里，把信封交给了韦布。韦布拿出一枚印章，小心地调整上面的图案。

"你每天早上都这么做吗？"

"什么？"

"调整印章上显示的日期。"

韦布说："能想起来的时候就改。"

"在其位，谋其政，对吧？"

"那位愉快的希多尼怎么样？"

瑞弗知道，韦布是想夺回对话的主导权。"不知道，她今天还没到岗就开溜了，看起来不怎么敬业。"

"她是一位优秀的人民公仆。"

"我没听错吧，你刚说了什么？"

"我说得没错啊。"

"也许吧。但是天哪，蜘蛛，你已经从伊顿公学毕业了，什么叫优秀的人民公仆啊。"

韦布张了张嘴，瑞弗知道他是想反驳自己并不是伊顿公学毕业的，但理智阻止了他。"你吃过早饭了吗？我们这里有员工食堂。"

"我记得员工食堂，蜘蛛，我甚至记得它在哪儿。"

"我已经不用这个代号了。"

"面对事实吧，大家只是不当面说，但背地里都是这么喊的。"

"别太幼稚了，瑞弗。"

"啦啦啦，啦啦啦，啦啦啦啦。"

韦布张了张嘴，又闭上。信封摆在他面前，他用手指敲了敲。

瑞弗说："我的办公室比你大。"

"那边的房价便宜。"

"我以为干正事的人都在楼上，情报中心那里。"

"我经常去，戴女士——"

"她真的让你这么喊她？"

"你真会讲笑话，瑞弗。戴女士——泰维纳会亲自给我派任务。"

瑞弗抬起了一边眉毛。

"真不知道我为什么要跟你说这些。"

瑞弗说："所以你到底什么时候才会承认自己错了？"

韦布笑了："你怎么还在纠结这个？"

"他穿着白色T恤，蓝色衬衫。你当时就是这么说的。但这是错误的情报，他穿的是蓝色T恤——"

"他穿的是什么，我说的就是什么，瑞弗。我是说，你想想看，就算我把颜色说反了，怎么会恰好有一个人穿着相反的衣服出现在现场？甚至连身高体型、其他特征都与目标人物一致？这怎么可能？"

"广播也坏了，别忘了还有这件事。这种事发生的概率又有多大？"

"只是设障，常有的事。"

"什么意思？"

"设备故障。你以为他们会事无巨细地检查演习项目的设备？现在财政管得很严，瑞弗。泰维纳为此头疼得很，哦，但是你肯定不知道吧，对不对？毕竟你在斯劳部门，你这辈子唯一接近组织核心的方式就是阅读某人的回忆录。"

"这个怎么没有缩写了？阅录？"

"别耍宝了，瑞弗，成熟一点吧。"

"除非你承认自己犯错了。"

"犯错？"韦布咧嘴笑道，"一败涂地还差不多。"

"如果我是你的话，这样嘲笑完别人之后就该小心背后。"

"但是我遵循伦敦规则，不需要小心背后。"

"这可说不好。"

"你该走了。"

"我是不是还得喊个导游来接我？或者你有个秘密按钮可以传唤他们。"

但韦布只是摇了摇头。他并不是在回答瑞弗的问题，而是对瑞弗感到厌烦。他已经累了，他还有更重要的事要做。

无论瑞弗说什么，韦布都不会承认是自己弄错了。再说了，错的是谁有什么区别吗？那天在车站现场，监控摄像头中大放异彩的人是瑞弗，不是他。在当权者眼里，公平与否并不重要，是谁搞砸了也不重要，重要的是谁暴露在了视线中。就算韦布现在去自首，戴安娜·泰维纳也不会在乎的。

你之所以还能站在这里,只是因为你出身名门,卡特怀特。要不是有你外公,你只会变成一段遥远的回忆。

瑞弗起身,希望能在离开之前想出一句退场台词,一句能让他觉得自己并没有被该死的蜘蛛·韦布赶出办公室的台词。

突然一个声音说道:"兰姆不是有个爆炸箱吗?"

"什么?"

"爆炸箱,瑞弗。"他用手敲着纸质信封,"那种除非你想被镁粉爆炸闪瞎眼,必须输入密钥才能打开的箱子。"

"我听说过那种箱子。但说实话,斯劳部门能找到这么厚的信封我都已经很惊讶了。"

瑞弗已经不再需要退场台词了。他那只被烧伤的手正揣在兜里,紧紧攥着 U 盘。

他离开了房间。

4

当可爱的淑女做了蠢事，就会有人前功尽弃。① 原文是怎么写的来着？不重要了。当可爱的淑女做了蠢事，总有人要妥协。

这个念头在她的脑海中徘徊，熟悉得就像她爬上公寓楼梯时的脚步声。可爱的淑女做了蠢事。她今晚回家时从地铁广告上看到了这句话，脑海中就开始一遍又一遍地重复。

当可爱的淑女做了蠢事，往往大事不妙。

人生四十八年，凯瑟琳·斯坦迪什对"前功尽弃"的含义再清楚不过，但她此刻最不需要想起的就是这些。

曾经她也是可爱的，许多人都这样对她说过。其中一个人让她印象深刻。你真可爱，他说道，但你好像经历过许多可怕的事。到了现在，她仍觉得这是一句夸奖。

如今已经没有人会夸她可爱了。就算有，他们也多半不会说出口。岁月的摧残占了上风。对凯瑟琳来说，这意味着她老了。那些骇人的回忆赢得了胜利。

她走到自己的公寓门前，将手里的购物袋放到地上，开始翻找钥匙，开门进屋。门厅亮着灯，她给家里的灯设了定时，回家

---

① 原句引自艾略特《荒原》："当淑女降尊屈从干了蠢事以后，重又在房间里来回踱步……接着在唱机上放上一张照片。"译文摘自上海译文出版社《荒原：艾略特文集·诗歌》杨永宽，裘小龙译。

前会自动打开。她受不了回到一片漆黑的家里，即使自己伸手开灯只需要几秒。她走进厨房，把购物袋里的东西放好——将咖啡放进橱柜，沙拉放进冰箱；然后她拿起牙膏，放进了浴室。浴室的灯同样设置了定时，这也是有原因的。

她人生中最可怕的时刻发生在某天早晨。她来到上司家中，却发现他死在了浴室里。他坐在浴缸里，用一把枪自杀了，仿佛不希望把现场弄得太脏乱。

你有他家的钥匙？她被审问道。你什么时候拿到的钥匙？

问话的人在局里的监察部门工作。大家都管他们叫看门狗。审问她的人叫萨姆·查普曼，人称恶犬萨姆。他是个性格恶劣的人，他明明知道她有查尔斯·帕特纳家的钥匙，也知道两人并非情人关系。她之所以会去他家，纯粹是因为查尔斯根本没法照顾好自己的生活起居。他总会忘记做最基本的事：买菜、做饭、扔掉过期食物。查尔斯比她大二十岁，但他们也不像是父女。虽然这是个便利的标签，但实际上两人只是纯粹的雇佣关系。她为查尔斯·帕特纳工作，照顾他的生活起居，还帮他进行采购。在他决定吞下一颗子弹后，又在浴室里发现了他的尸体。恶犬萨姆虽然嘴上不饶人，但他也只是在走流程罢了，毕竟，凯瑟琳确实是发现尸体的人。

一切都发生得太快了，甚至有些好笑。虽然查尔斯·帕特纳的名字并不算家喻户晓，但他手中也握着许多人的生杀大权。看到这样的人变成冷冰冰的尸体，感觉很奇怪。他只是在浴室里多思考了片刻，他不想把场面弄得很乱，但他弄出来的烂摊子也是别人来收拾。很好笑。

但是当这样可怕的瞬间累积起来，就没有那么好笑了。

她走进亮着灯的浴室，不经意间看到了镜中自己的身影。毫不意外，过去遭受的一切苦难都留在那张脸上，但这还不是最糟糕的。有一些缺陷是与生俱来的，有一些却是自作自受。她的鼻尖和颧骨被冻得通红，看起来就像一个年迈的女巫，她对此无能为力。那些蜘蛛网一样的血管，憔悴松垮的皮肤则在讲述另一个故事，一个由她亲自执笔的故事。

我叫凯瑟琳，我有酒精依赖症。

当她说出这句话时，已经离不开酒精了。最开始，酒精似乎能帮她解决一些问题。不，这样说还是太不负责了。她喝酒并不是为了解决问题，只是因为想喝。也许是为了表明某种姿态，毕竟大家都说"借酒浇愁"，好像不拿起酒杯就无法面对愁绪；但更多的时候，酒精并不是主角，而是背景。无论是独自面对电视的夜晚，还是和女性朋友外出游玩，抑或是和某人约会……当年她有过不少类似的经历，约会必然涉及酒精。吃饭要喝酒，去看电影之后也要喝一杯。如果你鼓起勇气，请他回家喝杯咖啡，也要先来杯酒。你还是希望能和某个人在一起，不想晚上醒来发现自己孤单一人。这就意味着你要和某人上床。久而久之，你会发现为了达成目的要和很多人上床，没有酒精你根本没法面对这一切。

人们都说堕落的过程就像滑坡。"滑"意味着速度很快，你根本意识不到发生了什么，脚下没站稳，只能无助地倒在坡上向下滑落，被迫承受扎进血肉的倒刺。但对于凯瑟琳而言，堕落更像是移动的阶梯。阶梯缓缓向下，并不刺激，甚至有点无趣。她看着人们向上爬，思考着自己是不是也该跟上他们。但她心底知道，她在触底之前是不会改变方向的。

而当她真正堕落到最低点时，站在她身边的人就是查尔斯·帕特纳。当然了，他并没有真正目睹那天的场景（谢天谢地)。她在陌生人的公寓里醒来,颧骨碎裂,大腿上还留着瘀青的手印时,查尔斯并不在现场。但是查尔斯帮她把自己的碎片捡起来拼好了。他帮她付了戒酒中心的费用,那是她不可能负担得起的。她的疗程涉及方方面面,其中也包括心理咨询。据说这些都是局里的常规流程(你以为你是第一个吗?他问道。你觉得自己是第一个因此倒下的人吗?),但是她知道,事实并不止如此。她熬过艰难的戒断反应,终于清醒过来,过了六个月远离酒精的生活之后,再次来到摄政公园的总部。她以为自己会被派遣到边缘部门,但是并没有,她仍在继续担任查尔斯的私人秘书。

当时,大部分事都让她想哭,那件事也是如此。她和查尔斯不算亲密,有的时候他会喊她钱小姐①,但也仅此而已。"戒酒事件"之后,他们也很难称得上是朋友,他却不再喊她钱小姐了。他们从未聊过这件事,除了从康复中心出来的那天早上,他问她是否已经恢复了。她给了他想要的答案,但是她知道,自己再也无法恢复成之前的模样。在那之后,两人一切如常。

在她最需要帮助时,是他站在她的身边,所以她也想反过来帮助他。不知不觉中,三年过去了。不到一年的时间里,她已经开始帮忙照顾他的生活起居。他始终未婚,她早就注意到了他那种不修边幅的气质。倒不是说他整日蓬头垢面,但若放任他继续,也不是没有这种可能。而且他的饮食严重失衡,需要有人照料。她也想找点事做。她不想再在陌生人的身边醒来,她想要转移注意力,而帕特纳就是药方。

她会帮他采购,还请了小时工来帮忙每周打扫一次。她手里握着他的日程表,确保他偶尔能分出时间休息。她是一道屏障,

---

①钱小姐,指钱班霓(Monepenny),出自007系列电影及小说作品,她是军情六处领导M的女秘书。

隔开了他和他最难搞的几个手下。比如戴安娜·泰维纳。与此同时，她又能让自己保持低调——两人从未有过肢体接触。查尔斯甚至没发现她做了秘书职责之外的事，但是她确实在关心他。

但她的关心还不够，她没能发现他需要更多帮助。

她歪了歪头，头发挡住了脸。也许她应该去染头发，染回金色，但是给谁看呢？谁会注意到呢？除了那个可恶的杰克逊·兰姆，他只会嘲笑她。

她知道查尔斯·帕特纳死后自己无法继续留在总部。她能接受。但是被分配到斯劳部门就像是在为已经赎过的罪服刑。她有时也会想，自己到底做错了什么？真的只是因为她曾经酗酒吗？还是说，有人觉得她应该为查尔斯的自杀负责，因为她没能提前发现征兆？但是她怎么可能发现？查尔斯·帕特纳一辈子都在和秘密打交道，如果他从中学到了什么，一定就是如何保守自己的秘密。你有他家的钥匙？她被这么问过。还有：你知道会发生这样的事吗？她当然不可能知道，但现在她开始怀疑，也许其他人并不相信她的说辞。

往事如云烟过眼。查尔斯·帕特纳早已离世，她却还总是想起他。

回到眼前的镜子，回到自己的生活。可爱的淑女做了蠢事，落到了如此境地。

我叫凯瑟琳，我有酒精依赖症。

她已经十年没喝酒了，但事实就是事实。

我叫凯瑟琳，我有酒精依赖症。

她关掉浴室的灯，回到厨房，开始做晚饭。

* * *

明·哈珀今晚在给两个孩子打电话。他的两个儿子分别是九岁和十一岁。一年前，与他们通话后，他会学到许多不必要的新知识，通常与电子游戏和电视节目有关。但在不知不觉中，孩子们变了，现在和他们聊天就像在和两台冰箱对话。变化发生之前为什么没有预警呢？而且，为什么连九岁的儿子也突然变了？他不是还有很久才会进入青春期吗？想从小儿子嘴里问出来点什么就像给石头挠痒痒，毫无效果。等前妻接过电话时，明已经濒临发作的边缘，她却不为所动。

"这只是一个阶段，他们对我也是一样的。你只是打个电话，我可是每天都要看他们摆脸色，问原因也什么都不说。是我在给他们做饭，我在照顾他们的生活，你没资格说自己有意见，懂吗？"

"至少你还能每天见到他们。"

"你又不是不知道我住哪儿，每周多来两次你会死吗？"

他本可以反驳的：他工作很忙，她离得很远。但是婚姻生活已经教会了他：当她开始生气，等待他的就只有惨败。

通话结束后，他的心情久久无法平静。每次打完电话，他都忍不住回想起自己的人生轨迹：从某一个瞬间开始自由落体。在那次愚蠢的事件之前，他有过一段婚姻，一个家庭，还有事业。他会去看牙医，需要付房贷，还有各种自动扣款协议。当然，有些一直持续到了现在，却已不再重要。这是他曾拥有过正常人生的证据，但一切都因为那次失误付诸东流。他把一张光盘丢在了地铁上，直到第二天早上才发现。

很少有人的事业是被BBC广播四台摧毁的。这是一段不堪回首的往事。最可怕的并不是发现广播中的光盘本该属于他的瞬间，而是在那之前。他一边听广播，一边开开心心地剃须，心想：幸亏我不是那个搞砸了的倒霉蛋。这个瞬间让他无地自容。全国人民一定都有过类似的感慨，他却是唯一一个没资格庆幸的人。

随后，更加漫长的痛苦接踵而至。他要面临局里的审问，电视节目拿他当例子笑话情报人员都是傻子。街上的路人不知道明·哈珀就是话题中心的人物，但这并不妨碍他们继续嘲笑他。

最糟糕的是，大家都认为他会搞砸纯粹是因为能力不足。没有人怀疑他背叛了组织，没人怀疑他把T5航站楼的安保漏洞丢在皮卡迪利线上是因为一次失败的情报交易。如果真有人这么想，他好歹还能得到一丝尊重。他也许是被理想主义蒙蔽了双眼，也可能是受到了金钱的诱惑，但至少他是有意识地做出了选择。但这是不可能的，就连看门狗都在档案上写了他是一个蠢货。换作其他时候，他可能会被直接开除。但那年局里财政紧缩，限制招新，如果他走了，就不会有人来填补空缺。让他留下似乎是更明智的决定，至少要留到能招聘新人接替他的时候。

对他而言，摄政公园已经是遥远的过去了。

明下意识地翻起口袋，又告诫自己不要这么做。他倒了杯酒，把广播调到运动频道。主播一球一球地讲解国际板球锦标赛，他开始幻想一种不同的可能性。他在格洛斯特路下车后，还未走上站台，恰好转身看到了落在椅子上的光碟，于是转回去取，心里有一种险些酿成大祸的紧张。晚上回到家，哄孩子上床睡觉之后，他还会想起这种感觉。但是随着工作和生活照常继续，他会逐渐忘记这个小小的插曲。婚姻、家庭、事业、牙医、房贷，还有自动扣款协议也都将持续如常。

他努力告诉自己，不要沉浸在类似的幻想中。明忍不住沮丧地吼了一声，打断了刚才的思绪，好在没人听到。他现在孤身一人,房间里只有收音机的声音。而手机——在和无法沟通的孩子们通完话,和前妻大吵过一架之后,就没有用处了。他没有其他可以聊天的人,于是他干脆关了机。

路易莎·盖伊回到了自己租的单间公寓。她看向四面墙壁,墙被堆满屋子的杂物遮盖了:一摞摞的CD、书,潮湿的衣物挂在快要散架的架子上。在那个瞬间,她几乎要再次夺门而出,但是她知道自己无法面对后果。于是她用微波炉热了一份千层面,开始看房产节目。如果你是房主,那么你的房价正在暴跌;如果你是租客,那么你的租金一路高涨。

手机异乎寻常地安静,但她还是盼着有人能打来电话,问问她最近过得怎么样,是否遇到了什么有趣的事。

她把餐盘泡在水池里,换了台。电视里说粉色的安慰剂比蓝色的更管用,这是真的吗?人类的大脑真的这么容易被欺骗吗?

她自己的知觉倒是经常失灵,不是被欺骗了,而是她不得不学会迟钝。她每晚躺在床上,一闭眼就会看到一条条情报浮现在眼前。她总觉得有哪里不对劲,好像看到了某种规律中缺失的一环,却怎么都看不真切。于是她在床上辗转反侧,再次清醒地迎来新的一天。缺乏睡眠的大脑枕在太薄又太热的枕头上,床的其他部位却冷冰冰的。

真该死,她想,每次都是这样。为什么不能放过她?哪怕让她好好睡上一晚也行,拜托了。

然后到了白天,她还会继续这样的循环。

她的工作是监控网络言论。当然她应聘的并不是这个岗位,是被发配过来的。这份工作会给人一种绝望的感觉,人生一眼就能望到尽头。日复一日，她都会走进斯劳部门生锈的后门，数着分秒，忍受漫长的白天直到下班，听着那扇门在她身后再次合上。从进门到出门，大部分时间她都在感慨人生的不公。

她应该辞职的。这才是正确的选择：辞职。

但这会让她变成一个逃兵。她加入英国国家安全局并不是为了当逃兵。

所以她依旧盯着屏幕，监控着虚拟世界的动向。她出没在虚拟的博客山野之间，寻找异动的蛛丝马迹。有一些网站就像是特洛伊木马，由安全局开发运营，专门用来吸引不法分子。还有一些网站可能是其他政府部门运营的。有时她会觉得，也许她监控的聊天室里也都是特工。表面上是面向年轻人的网站，实际上用户全都是中年男性。总之，无论真实与否，这类网站都包罗万象。从直白的《如何自制炸弹》，到科普性质的《真正的伊斯兰教是什么》，再到匿名论坛的激烈骂战，以及乱七八糟的语法和拼写，不一而足。

要想在这样的互联网上找到真实情报，她必须先忘记学过的一切语法、知识、拼写、礼仪和批判性思维。

这一切都让人感觉毫无意义。不，甚至更糟糕，因为这是一个不可能完成的任务。当你手头只有文字资料时，要怎么去分辨哪些是真实的，哪些只是在胡扯？所有的文字都同样的愤怒、恶毒又偏激。有时她认定某些声音比其他的听起来更真实，把相关情况上报，上面就会派人挖出对面的IP地址，找到郊区卧室里的某个愤青。这可能只是一场闹剧。所有被她指认的潜在恐怖分子，实际上都是和她一样的卧底人员，只是在为不同的势力工作，而他们也在向上汇报她的网名，他们只是在互相举报。这当然不会是反恐活动中唯一的无用功。她应该去街上巡逻、出外勤,做真正的工作。但她已经尝试过并且失败了。

她经常想起那次失败。每次回想起来,她都会不自觉地咬紧牙关。有时她自己都意识不到,直到感觉牙齿咬得太紧,下巴开始酸痛,才会发现原来她又在想那件事。

那是她第一次出外勤,是一次跟踪任务。之前她只做过演习,这次是来真的。跟踪对象是一个男孩。她不是第一次跟踪男孩,但这是她第一次作为专业人员跟踪:在远处时时监控他的动作,但不能离得太近,暴露自己。

跟踪任务最少需要三名特工,那天派了五个人。两人打头阵,三人垫后。跟在后面的三人会随时更换位置,就像在跳一场乡村舞,只不过是在城市的街道上。

目标并不是一个典型的黑人青年。他穿着条纹西装,戴着一副塑料矫正眼镜。他是某枪械组织的先锋成员。一周前,有一批被淘汰的枪支在送至熔炉销毁的途中遭遇劫持。"被淘汰"就和"单身"或"已婚"一样,是一种随时可能改变的状态。被劫持的枪械并不是拿来做镇纸的,而是为了再利用,贩卖给相应的社群。

"三号,准备上前。"

耳麦里传来一道指令,让她站到队伍前列。

之前打头阵的人退了下来,他在报刊亭旁站了一会儿,然后加入后方。她紧跟上目标,目标保持一定的速度稳步向前。这说明他要么对自己被监控的事实一无所知,要么就是太习以为常,所以丝毫不露破绽。

但她当时是这么想的:他什么都不知道。

他什么都不知道。他什么都不知道。只要重复的次数足够多,任何句子都会失去含义。他什么都不知道。

不到一分钟，目标拐进了一家服装店。

这没什么大不了的。他穿得很讲究，显然很注重着装。但商店也是绝佳的接头地点。店里有人排队，偶尔还会拥挤，当然也有试衣间，很适合甩掉尾巴。于是他拐进店里，她跟了上去。

然后完全跟丢了。

在接下来的问询中，人们无声指责她跟丢了目标是因为种族歧视。问询从那天晚些时候开始，持续好几周。他们说她分不清年轻黑人的面孔，但并不是这样的。目标人物的模样她记得很清楚，即便是现在也能清晰地回忆起来：他的下巴上有一处小小的凹痕，还有干净利落的发际线。但是在店里还有至少六个其他的年轻人，无论身材、肤色、服装还是发型，都和目标一致。这是他们安排好的。

她后来才知道，目标只在店里停留了不到三分钟。他走进试衣间，换下西装，回到街上的时候已经穿上能够融入街道的衣服：宽大的灰色上衣和松垮的牛仔裤。他从二号面前径直走过，当时二号正要进店，为路易莎提供增援。紧接着他路过了一号、四号和五号，没人认出他。而三号路易莎则开始感到焦虑不安，那天真的糟透了。

更糟糕的是，那些被劫的枪支出现在了之后的犯罪活动中：银行抢劫、人质劫持，还有街角的枪击案……

造成的连带伤害还包括路易莎·盖伊的职业生涯。

她想着要不要再给自己倒一杯，然后决定还是关掉电视直接上床。这样早上会到来得更早，但至少从现在到睡醒她都不用再继续思考了。

睡眠来之不易，她在黑暗中躺了整整一个小时，杂乱的思绪不断侵扰着她。

不知道明·哈珀在做什么?

杰德·穆迪穿过门口的人群,占了一个临街座位,在那里抽了三根烟,喝了一杯啤酒。公交车频繁地呼啸而过。街对面的商铺循环排列:韩国超市、快递公司、房屋中介、快递公司、韩国超市。他喝完酒,回去点第二杯,这次直接拿着酒杯上了楼。楼上有一个封闭式露台,露台边摆着桌椅,能从窗边看到下方熙攘的人群。尼克·达菲喊他的时候,他杯里的酒已经喝了一半。

"杰德。"

"尼克。"

达菲坐了下来。

尼克·达菲年近五十,和穆迪完全相反。他们是同期,几乎是同时通过了实习训练,十几年后,两人都进了被称作"看门狗"的监察部门。看门狗的犬舍在摄政公园,但有时也会出远门。最远的一次,穆迪去了马赛。有一个年轻特工搞错了目标的身份,被跨性别性工作者用刀刺死。但是达菲去过华盛顿。他的一头灰发修剪整齐,和穆迪一样穿着西装外套,没打领带。穆迪不禁想道,在外人看来,他们可能就像两个下了班的白领:会计师、房产中介、赌场工作人员,如果观察者更敏锐一点的话,也许会将他们错认为警察。一百万个人里可能只有一个会猜他们是军情五处的人,要是被穆迪知道了,他肯定要好好地查一遍那个混蛋的背景。

"很忙吗?"他问。

"就那样。"

意思是他不忙,就算忙也不能透露。

"我不是想打探什么，尼克，就是问问你最近如何。"

达菲歪头示意下面的吧台。"最尽头的椅子，你看。"

穆迪的第一反应是他被跟踪了，第二反应是：怎么回事？两个女人坐在吧台尽头，穿着露出大片皮肤的短裙，两人穿在身上的布料加起来刚好够做一块眼镜布。

其中一人穿着红色内裤。

达菲在等他的反应。

他说："天哪，你不是认真的吧？"

"怎么，你太老了？"

"我喊你出来不是为了泡妞的。"

"我怎么一点都不意外呢？"

"就算是，我也不会选择在这种地方猎艳，除非带上青霉素。"

"你说话真的很好笑，杰德。"仿佛为了印证这一点，达菲看了看手表，然后慢慢地喝了一大口啤酒。

穆迪干脆直奔主题："你和泰维纳关系近吗？"

达菲把桌上的杯垫摆正，将啤酒杯放在杯垫上。

"她好说话吗？"

达菲说："好说话？她可是浑身都在释放禁止靠近的信号。"

"尼克。"

"你知道自己在干什么吗？"

就这样，谈话还未开始就结束了。达菲用短短的一句话告诉他，他最好现在就闭嘴。

"我只是想要一次机会，尼克。只要一次机会，我不会再搞砸了。"

"我根本见不到她人，杰德。"

"你见到她的概率比我大十倍。"

"无论你想从她那里得到什么——"

"我不想从她那里——"

"——都是不可能的。"

穆迪闭上了嘴。

达菲继续道："去年那堆烂摊子需要有人来背锅，萨姆·查普曼主动请辞，但这只是开始。他们需要一个不情愿的替罪羊，也就是你。"

"但他们没有开除我。"

"真的吗？"

穆迪没有说话。

考虑到这也是他工作的一部分，达菲还是开口道："斯劳部门不能算是局里的一部分，杰德；摄政公园才是总部。你也知道，我们监察部门要四处留意，看谁都做了什么，确保大家都各司其职，没人干不该干的事。如果他们犯了事，我们就狠狠咬住不放，所以他们才管我们叫看门狗。"

他的语气轻松愉快，任何路人都会觉得他刚刚只是讲了个笑话。

"而在斯劳部门，你的工作——是什么来着，杰德？如果有人在公交站待得太久，你就去把他们吓跑。确保没人偷走办公室的曲别针，站在咖啡机旁边听其他废物抱怨，这就是你的工作。"

穆迪什么都没说。

达菲继续道："没有人跟踪我，因为我才是那个跟踪别人的人；也没有人跟踪你，因为根本没人在乎你。相信我，没人在盯着你的工作，杰德。老大在一张纸上盖了章，然后直接忘记了你的存在，就这么简单。"

穆迪什么都没说。

"如果你不服气,就辞职去干别的。警察失业后都转行去做保安了,你也可以试试啊,杰德。他们还给你发制服呢,停车场的风景也不错。你也该向前看了。"

"我没有失业。"

"没有,但他们在等着你主动辞职呢,你还不明白吗?"

穆迪怒视着他,伸手去口袋里拿烟,又回想起冰冷的现实。他上次在酒吧里享受香烟是什么时候?上次和同事喝酒,笑着聊起工作又是什么时候?上次作为杰德·穆迪感到开心又是什么时候?他的手在口袋里握成了拳,又松开,他伸了伸手指,将双手放在面前的桌上。

"他在搞小动作。"

"谁?"

"杰克逊·兰姆。"

达菲说:"上次杰克逊·兰姆要做点什么比放屁更激烈的事,杰弗瑞·博伊科特还在给英格兰踢先锋呢。[①]"

"他给希多·贝克派了任务。"

"行吧。"

"一个真正的任务。"

"我知道,杰德。我们都知情。你以为兰姆真的能不经批准放屁吗?"他再次把杯子举到唇边,但杯里已经没有酒了,于是他又将杯子放下。"我得走了,明天早上还要开会,你懂的。"

"和一个记者有关。"穆迪努力让自己的声音听起来不要太急切。他希望达菲能够理解,如果斯劳部门真的要出任务,穆迪不

[①]杰弗瑞·博伊科特(Geoffrey Boycott, 1940—),英国板球运动员,一九六四年代表英格兰与澳大利亚国家板球队比赛。

能被排除在外。天知道,他的工作经验比所有其他人加起来都多。希多·贝克刚通过新人测试,卡特怀特搞砸了国王十字车站,何是个无可救药的宅男,其他人就是该死的冰箱贴。逮捕行动时,穆迪踹开过无数扇门。不用告诉他这次行动和踹门没关系,他当然知道没关系。但是如果要做任务,队伍里就要有一个能踹门的人,因为早晚都要有人去踹门。

达菲说:"这么说吧,穆迪。杰克逊·兰姆手握的权力跟路边的交通志愿者差不多,你比他还要差三个档次。我们知道贝克在干什么,只有外行人才会管他做的事叫'任务'。他就是个跑腿的,懂吗?我们不可能给斯劳部门派真正的任务。"

话还没说完,他就站起了身。

"我说话比较直,你别往心里去,好吧?如果有什么消息,我会告诉你的。但说实话,不会有这么一天的。"

穆迪看着达菲下楼,走到吧台,付了钱,然后指了指楼上。吧台的工作人员抬头看去,点了点头,又接了一杯啤酒。

离开之前,达菲在穿短裙的金发美女身边停留了片刻。他说了什么,她惊讶地睁大了眼,笑出了声。达菲离开之前,她凑到女伴身边复述了一遍他的话,两人都咯咯笑了起来,又是一个普通工作日晚上听到的下流段子。

杰德·穆迪喝完了杯子里的酒,靠在椅子里,心想:好吧,你这个混蛋,你什么都知道,我什么都不知道。你早上要开会,决定跟踪谁或不跟踪谁,我还在不相关的地方原地打转。我只有狗屎一样的工作,而你前途一片光明。

但如果你真的这么聪明,什么都知道,为什么会觉得希多·贝克是个男人?

他没去吧台拿达菲给他点的那杯酒。这只是一次小小的胜利,但可以积少成多。

几年前还在局里工作时,罗德里克·何就想好了自己的代号应该是什么。当然,如果你提醒他这都是过去时了,他也绝对不会感谢你。他甚至想好了第一次被喊代号时要如何回应。继续啊,让我高兴高兴。他会说。我今天走运吗?你觉得呢,渣滓?[1]如果你的代号是克林特,你就应该这么说话。

克林特这个代号的由来如下:

罗德里克·何(Roderick Ho)→《西行记》(Westward Ho)→伊斯特伍德·何(Eastward Ho)→克林特(Clint)。

但是从来没人喊他克林特。可能是政治正确阻止了他们从西方(west)联想到东方(east),因为这会让他们有诉诸"东方主义"的嫌疑。

但可能这都太高看他们了,他们可能甚至没听说过《西行记》[2]。

一帮弱智——他的同事都是一帮弱智。手里拿着字典和拼字板都想不出一个双关语的白痴。

和路易莎·盖伊还有明·哈珀一样,何今天晚上也在自己家里。但他住的并不是出租公寓,而是自己的独栋别墅。房子很奇怪,但并不是他故意要这么布置的,他买下来的时候就是这样。最怪的是楼上的温室:一个玻璃房顶,铺着瓷砖地板的夹层。销售对此赞不绝口,说屋里的各色植物可以改善室内空气,形成特

---

[1]分别出自克林特·伊斯特伍德主演的电影《拨云见日》和《肮脏的哈里》。
[2]《西行记》(Westward Ho!)是查尔斯·金斯莱于一八五五年创作的小说,英国的海滨小镇维斯特沃德霍!(蓝旗海滩)就是根据此小说名称命名,也是不列颠群岛里唯一名字含有感叹号的地区。

殊的微气候，绿色自然环保，诸如此类。何假装在听，点点头，实际上却在琢磨扔掉那些环保垃圾之后能塞下多少台电子设备。他觉得能放很多，事实上也的确如此。

他坐在一堆电子设备中间。有些静静地等待着他的光顾，其他的则流畅地跑着预先写好的程序，还有一台在以震耳欲聋的音量播放死亡金属摇滚，仿佛真的要置人于死地。

他知道，他已经过了听这种音乐的年纪。他也知道，他已经过了听这种音量的年纪。但是这是他的房子、他的音乐，邻居又都是学生。如果他不制造噪音，就要忍受别人的噪音。

眼下他正在浏览内务部的人员档案。倒不是在找特定的资料，只是因为他能做到。

何的父母在一九八七年就来到了英国。青少年时期，他看了许多"我的人生我做主"类型的书，所以在没有废寝忘食地沉迷《龙与地下城》的时候，他经常会思考如果当年父母留在了香港会怎样。他很可能会换个更加商业化的领域，成为一名软件工程师或者特效师，或者在某个千篇一律的国际大公司里打工。很可能赚的比现在要多——但这世上没有如果。

昨天早上他在地铁上认识了一个女人，晚上去和她约会。当然了，他们并没有进行语言交流，因为第一次约会都是这样。

她的头发是亚麻色的，穿着白色衬衫，搭配黑色西装外套和短裙，打扮得像个都市白领。但真正吸引了他目光的是她挂在脖子上的工牌。他抓着地铁吊环站在旁边，两人间的距离只有短短八英寸，所以他能清楚地看到她的名字。到达斯劳部门十分钟后，他就已经查到了她的住址、情感状况（单身）、信用卡记录（信用良好）以及医疗记录（普通妇科疾病）。他翻着她的邮箱，里面有工作邮件和垃圾邮件，和同事偶尔调个情，但基本毫无进展。她想买一辆二手车,回复了一个本地小报上登的广告,发布广告的人还没答复。

于是何给发布广告的人打了个电话,了解到对方已经卖掉了车,但还没来得及通知其他未中标的倒霉蛋。别担心,这没什么大不了的,何对那人说。然后他转头就给那位女士打了电话,问她还想不想买一辆六年车龄的萨博。她说想,于是两人晚上约在一家酒吧见面。早在她到达之前,何就已经找了一个角落坐下。他看着她在酒吧里等了一个小时,表情越来越沮丧。他甚至想过要不要去跟她说句话,坐下来解释给她听:小心驶得万年船。做人不能不谨慎。明晃晃地把工牌挂在脖子上?这不就相当于在身上别了个徽章说"快来人肉我"吗?经济状况、最喜欢的网站、通话记录。想知道这些细节,你只需要一个名字和一些额外信息,比如工作地点、税码、犯罪记录、积分卡、公交卡……这些东西不仅可以被查到,更重要的是可以被篡改。可能你有天早上离开家,工牌像蜘蛛网一样贴在你脖子上,而你到公司后就会发现,你的人生已经不属于你了。

罗德里克·何就是来告诉她这一点的。

但他没有上前说话,而是看着她终于放弃等待,沉默而愤怒地离开了酒吧。于是他也喝掉杯里最后一点无酒精拉格,心满意足地走回了家。她被他玩弄于股掌之中。

这是他的秘密。

他知晓的众多秘密之一。

所以现在他就坐在屏幕前,对刺耳的乐声浑然不觉,甚至连眼睛都不眨一下。他在浏览资料,相当于内务部的某个狗腿正站在他的屏幕前,恭恭敬敬地奉上钥匙,领着他进去翻看文件和档案。先生翻阅资料时需要一杯无酒精拉格吗?那当然了,先生需要。

于是他拿起杯托里的易拉罐。

谢了,狗腿。

他犹豫着:要不要把某些高层的生日对调一下,弄乱他们的退休金?但是他的注意力很快就被另一个链接吸引了,点进去又有其他链接。不知不觉中,时间过得飞快,回过神来已是深夜。他早就离开了内务部的网站,正在浏览一家小型塑料工厂。工厂暗地里和国防部有着千丝万缕的联系——更多秘密。这里是他的游乐场,无论父母在哪儿,他天生就是做这行的。这是他的快乐源泉,他会沉浸在网络的世界里,直到时间尽头。他就像个守财奴,锲而不舍地要从垃圾山里筛出金子。

但他也只是随手一查,没有什么其他目的。他在网络世界中搜查了那么多遍,也无法解答内心最深的疑惑。

罗德里克·何知道每一个斯劳部门的同事都是为什么会来到这里,知道所有促使他们成为二等公民的细节。他们犯下的每一个错,做的每一件事都逃不过他的眼睛。他知道他们失败的时间和地点,比他们本人还清楚事件造成的后果。他读过领导层的邮件往来,知道谁投了赞成票和反对票,甚至能引用其中的段落。

他知道所有人的秘密,除了两个。

其中一个是希多·贝克,不过最近他对此已经有了一些猜测。

另一个他却始终毫无头绪。

何再次拿起易拉罐,发现已经空了。他头也不回地把易拉罐扔到身后,等罐子撞上墙壁时已经忘记这回事了。

他的眼睛紧紧地黏在屏幕上。

他知道所有人的秘密。

除了两个。

* * *

  对杰克逊·兰姆而言，依靠直觉生存的日子已经过去了。那种生活属于另一个更苗条、更灵巧的兰姆。但是曾经的自己并不会消失。人们会把蜕下的旧皮挂在衣柜里，在遇到特殊情况时拿出来穿上。

  快到家时，他发现有人藏在街边的阴影处。

  他很快就想到了一系列可能的嫌犯。几年来他树敌不少。不，说实话，光这几天他就结了不少仇。这种事他向来擅长。于是他将手中的《旗报》卷起，继续走向路口。他用手挥舞着报纸，好像在指挥一场无声的交响乐，沉醉在自己的世界中。在某些人眼中就是方便下手的活靶子。

  但是两秒钟后，他看起来就没有那么软弱可欺了。

  他的身体自己行动了起来，自然得如同呼吸一般。

  "天哪，先生——"

  然后那人的声音就被《旗报》打断了。用一根太短的逗猫棒去逗一只猛兽的下场就是如此。

  近处亮起了光。住在这片街区的人很少出来管闲事，但他们并不介意探头过来看看到底发生了什么。

  窗帘拉上之前，淡淡的黄色光晕照亮了面前的人。兰姆发现他抓住的是一个孩子，一个普通的小混混，看起来才十几岁。他脸上满是痘印，就像是被人用刀划过一样。

  他缓缓地将报纸从男孩嘴里抽出，对方蹲下开始呕吐。

  兰姆当然可以就此离开，这个少年不太可能跟上来报复他。但是他家就在附近，如果动身就会暴露自己的地址。他必须要掌控透露的信息，他的生活就建立在这一基础上，而此时此刻，他并不希望少年得知更多。于是他右手抓着少年的衣领,左手扔掉了比平时更早报废的报纸,等待着。

过了许久,少年终于说道:"什么啊……"

兰姆松开了他。

"我哪儿惹着你了?"

兰姆饶有兴致地发现自己的活动量这么大,竟然只是微微有些气喘。

"你是疯子吗?"

但是刚想到这里,他的心跳就开始加速,一阵热气涌上双颊,直通额头。

少年还在说话:"我什么都没干啊。"

他说话时带着一丝委屈的鼻音,但是底气十足,仿佛刚赢得一场小小的胜利。

兰姆忍耐着身体上的不适,问:"那你来这儿做什么?"

"就是逛逛。"

"为什么选这里?"

少年哼了一声:"总得有个地方去吧。"

"不行,"兰姆说,"你不能来这儿,滚去别的地方吧。"他从口袋里翻出一枚硬币,不知道是两英镑还是两便士,丢给了那个孩子,"快走吧。"

少年从视线中消失之后,他又等了几分钟。

现在他的心脏终于恢复了正常,额头上的冷汗也干了。

杰克逊·兰姆回到了家中。

但并不是所有人都能拥有这份幸运。

* * *

他今年十九岁。他吓坏了。他是谁并不重要。

你觉得我们在乎你到底是谁吗？

他把车停在两条街外，因为再近就没有停车位了。最近利兹这个街区变得越发拥挤。"移民太多了。"他爸爸笑道。都是些波兰和东欧佬，跑过来"抢走我们的工作。""哈哈，真好笑，老爸。"他回道。

走回家的路上，他一直在构思和汽车有关的段子：汽车这个东西很有意思，因为换成其他任何一种私有财产，你都不会把它放在两条街外过夜，还指望第二天早上能在原地找到。他知道这个段子有潜力，只要他表演的时候多放几个停顿进去……

"但是您猜怎么回事？我们街区就没有这种例外。"

包袱是一个段子的精髓，必须抖到位了才能出效果。不能太模棱两可，能用一个字就不用两个字。"没有这种例外"的意思是：在他们街区，如果把车停在外面就一定会被偷。观众能听得懂这个笑话吗？关键在于讲述的方式。

"但是您猜怎么回事？我们街区就没有这种例外。"

停顿。

"在我们街区，您就是把您家房子留在街上过夜——"

然后人影出现了，他知道自己惹上了麻烦。

他走了一条人迹罕至的小巷，他不该偷懒抄近道的。但他在构思段子时经常会这样，思维一发散，身体就会进入自动模式。灵感爆发时就像喝醉了一样。他应该把这句话记下来，但已经来不及了，因为那个人从车库阴影中走了出来。也许他只是去小便，或者抽根烟，或者在做其他并不违法的事，但若真是如此，他肯定不会蒙着面。

反抗还是逃跑？他想都不用想。

"如果你遇到了……街头纠纷？"很久以前他父亲说道。

"爸，别这样。"

"寻衅滋事？"

"爸——"

"街头斗殴？"

"爸，我知道你的意思，你不用模仿电视里的说法。"

"记住，要快点逃。"最后父亲总结道。

至理名言。

但是他无处可逃，因为除了第一个人影，还有第二个，就站在他身后。甚至还有第三个人影。他们头上都套着袜子，让他们衣柜中的其他服装都相形见绌。

快点逃。

他拼命尝试过了。

被扑倒在地之前，他只跑了三米远。

再次睁开眼睛时，他已经被塞进了后备厢里。嘴里有一股恶心的味道，还有棉花的触感。他们给他下药了？车子颠簸着向前，他的四肢沉重，头疼欲裂，他再次昏睡了过去。

等他再次醒来，脑袋上已经被罩了麻袋，双手也被束缚。他浑身赤裸，只穿着一条内裤。空气阴冷潮湿，他应该是在一间地窖里。身边还有其他人，就算看不见他也能听到声音。

"从现在开始，你要乖乖的。"

这不是一个疑问句。

"不能惹事，也不能逃跑。"那人停顿了片刻，"反正你也跑不掉。"

他想说话,但话刚出口就变成了一声呜咽。

"如果你要上厕所,这里有个桶。"

这次他终于勉强说出了一句话:"在、在哪里?"

左边响起了铁桶被踢的声音。"听到了吗?"

他点了点头。

"你要撒尿还是拉屎,都在这儿解决。"

接着是什么东西在地板上拖行的声音。虽然他看不见,但那个东西发出的声音十分恐怖,像是某种刑具。他们会把他绑在上面,用尖锐的刀具切开他的身体……

"这儿有一把椅子。"

椅子?

"你的东西都在这儿了。"

然后那人又离开了,脚步声渐行渐远,最终响起了关门上锁的声音。门闩"哐当"一声撞上,灭绝了一切逃跑的希望。

他的双手被紧紧绑在身前。他把手举起来,摘掉了罩在头上的麻袋。虽然差点把自己勒死,但他最终成功了。这算是一次小小的胜利。他愤恨地把麻袋扔到地上,好像它才是这一切的罪魁祸首。距离他被绑架过了多久?几个小时?

从小巷到这里过了多长时间?

他现在在哪儿?

为什么会发生这种事?他们到底图什么?他们是什么人?为什么要把他带到这里?

他踢着地面上的麻袋,脸上淌下泪水。他哭了多久?在听到那个声音离开房间之后就开始哭了吗?声音的主人听到他哭了吗?

他今年十九岁。他吓坏了。如今,比起观众,比起用自己的段子赢得满场笑声，他更想要妈妈。

面前有一把椅子，看起来只是一把普通的餐椅。他踢了一脚，将椅子踢翻在地。

角落里还有一只铁桶，就像绑匪说的那样。如果不是觉得不吉利，他肯定也会踢上一脚。①

哪……在哪里？

他痛恨这么说的自己："水桶在哪里？"

好像他只是去别人家做客，顺便问一句厕所的位置，还对屋主心怀感激。

他们到底是什么人？他们想要什么？为什么要抓他？

你要撒尿还是拉屎，都在这儿解决。

他们要把他关那么久吗？久到他不得不在水桶里上厕所？

想到这里，他的腿直发软。泪水会让人丧失勇气，他跪坐在了冰冷的地面上。

如果他没有把椅子踢翻，他就能坐在椅子上。但是现在他根本没有力气再把椅子扶正。

他们到底想从他身上得到什么？

他想不出答案。

地下室的屋顶有一只灯泡，摇摇摆摆地挂在他头顶三英尺高的位置。他注意到这盏灯是因为它熄灭了。有那么几秒，屋里还残留着隐约的余光，随后光芒消失，融入了鬼魅般的黑暗。

他刚才还觉得自己快要崩溃了，但和现在比起来简直不值一提。

他在黑暗中，被困在了自己的大脑里，那是他待过的最可怕

---

①英文中"踢水桶"（kick the bucket）意为死掉。

的地方。一座虚幻的座钟敲响了,他想起了那种不可名状的恐惧,童年时期的梦魇。三岁还是四岁时,他曾经听着这个钟声醒来。钟表的嘀嗒声让他彻夜难眠,好像有某种细长腿的怪物潜伏在黑暗中,想趁他睡着时发起攻击。

但他已经不是三四岁的小孩了,哭着喊父母也没有用。地下室很黑,但他不是没在黑暗的地方待过,他虽然怕黑,但是——

他虽然害怕,但也很生气。这可能是一场恶作剧,可能是大学里的那些混蛋在拿他开涮。

愤怒。可以利用愤怒的情绪。他很生气。

"你们够了吧!"他大声喊道,"你们应该玩够了,我也不想假装害怕陪你们玩了!"

他的声音有些颤抖,但并不明显。

"你们听到了吗?我说我不想玩了。"

这只是一个恶作剧。是学校里那些受欢迎的同学在拿他开玩笑。

"你们听到了吗?你们自以为很酷,但其实呢?"

虽然什么都看不到,但他还是把双手举到面前竖起了中指。

"你们简直挫爆了,去你妈的。"

然后他把椅子扶正,坐在了上面。希望他的肩膀不要暴露自己的紧张。

他必须控制住自己。

不能崩溃。

5

晚上早些时候，瑞弗加入了伦敦桥的下班高峰。八点刚过，他已经到了郊外的汤布里奇。他在路上打了一通电话，告诉外公自己要去拜访。他没想让老家伙措手不及，但看到精心准备的晚餐时他还是很惊讶：烤通心粉和一碗自制的新鲜沙拉。

"你肯定以为会看到我拿着一罐茄汁焗豆坐在沙发上看电视。"

"怎么可能。"

"我能照顾好自己，瑞弗。到了我这个年纪，要么孤身一人，要么入土为安，总会习惯的。"

瑞弗的外婆四年前去世了。现在"老家伙"（这是他母亲的叫法）一个人住在这栋有着四间卧室的房子里。

"他应该把那个地方卖掉。"母亲在一次难得的拜访中说道，"给自己买个小平房，或者住进养老院。"

"很像他会做出的选择。"

"现在养老院已经大不相同了，娱乐活动不只是看电视，虐待问题也有所改善。"她挥着手，好像这只是个无关紧要的细节，"他们都有明文规定的。"

"就算他们制定了法令，"瑞弗说道，"也不可能让他离开那座花园。你是想要他的钱吗？"

"当然不是了,亲爱的,我只是想让他难受。"

这可能是在开玩笑。

吃过饭后,瑞弗和外公来到了书房。这是一个喝酒聊天的地方。无论外界如何变化或反对,老家伙一直都遵循着和妻子生活时的习惯。

瑞弗手里拿着一杯格兰杰威士忌,火光在角落中跃动。他问道:"你知道罗伯特·霍布顿吗?"

"那个狗仔?为什么要问这个?"

他装作随意地说道,但眼中闪过的光暴露了他的兴趣。

瑞弗说:"就是随便问问,没什么特别的。"

"他已经被时代抛弃了。"

"斯劳部门专门负责这种过时的情报。"

外公拉下眼镜,盯着他思索起来。瑞弗不禁开始怀疑这个老家伙可能根本不需要戴眼镜。"你要知道,他们不会一直把你困在那里的。"

"我的感觉完全相反。"瑞弗说道。

"他们就是要给你制造这种错觉。如果你知道自己只用关六个月禁闭,惩罚就没有意义了。"

他在斯劳部门的时间早就超过六个月了,他们彼此心知肚明,所以瑞弗什么都没说。

"你好好表现,无论杰克逊·兰姆给你派什么工作,尽职尽责地办完就是了。然后大家就会忘记你犯过的错,回到总部重新开始。"

"兰姆犯了什么错?"

老家伙假装没听到他的问题。"霍布顿当年也是个人物,经常给《每日电讯报》供稿。他当时是犯罪专栏的记者,报道了曼彻斯特贩毒案,引发了不少轰动。当时人们还觉得毒品是美国人的问题,跟咱们没关系。他也是有真本事的。"

"我都不知道他还当过记者,我以为他是专栏作家。"

"他后来确实成了专栏作家,但当时大部分作家都当过记者。现在你只要有一张新闻学文凭和一个在业内工作的叔叔就能上专栏,新闻业早就堕落了。真要细说起来,我能说上一整晚,所以还是先打住吧。"

"太好了,"瑞弗说,"我晚上还要回家呢。"

"你可以住在这里。"

"不用了,我回去就行。他以前不是共产党员吗?"

"很可能是。"

"没人有意见吗?"

"这个世界并不是非黑即白的,瑞弗。一位智者曾经说过,他不相信年轻时不是激进分子的人。你的手怎么了?"

"做饭时烧到了。"

"小心玩火自焚。"他的表情变了,"你能扶我一把吗?"

瑞弗扶他站起身来。"你还好吗?"

"该死的膀胱不顶用了。"他说,"岁月不饶人啊。"

他走出房间,过了一会儿,楼下卫生间响起了关门的声音。

瑞弗坐在扶手椅上,皮革柔软得就像日记本的书页。他听着书房中安逸的嘀嗒声,啜饮着杯中的威士忌。

老家伙一辈子都在为国家服务,当时的战线不像现在这么迂回曲折。瑞弗第一次看到他蹲在花圃边忙碌的时候,觉得他一点都不像秘密特工。他戴着一顶板球帽,帽檐无法阻止眉间淌下的汗水。他的脸在阳光下像一块闪闪发光的奶酪。老人手里拿着园丁铲,弯着腰,无言地看向瑞弗。当时他才七岁,比约定时间早到了十五分钟。母亲和她的男友就这么把他丢下了。他们把他放在门口，母亲心不在焉地和他吻别，男人对着他礼貌地点了点头。那天早上之前，他甚至不知道自己还有外祖父母。

"他们见到你肯定会很开心的。"母亲一边随手把他的衣服塞进行李箱中，一边说道。

"怎么可能？他们甚至都不知道我是谁！"

"别傻了，我给他们寄过照片。"

"什么时候？你什么时候——？"

"瑞弗，妈妈和你说过，妈妈必须要走了。这是很重要的事。你也希望妈妈能开心，是不是？"

他没有回答。他不希望妈妈开心，他只希望妈妈能留在身边。这才是最重要的事。

"好了，不会很久的。等我回来的时候……嗯，"她把一件叠得乱糟糟的衬衫扔进行李箱，转向他，"没准儿我能给你一个惊喜。"

"我不想要惊喜！"

"也不想要新爸爸吗？"

"我讨厌他。"瑞弗说，"也讨厌你。"

那之后整整两年他都没见到她，这是她离开前瑞弗对她说的最后一句话。

外婆见到他在门口十分震惊，但很快就变得和蔼可亲起来。她把他带到厨房，问起他的情况。他趁她转身时从后门逃了出去。有个老人跪在花圃边上，什么都没说，但是他沉默的目光将瑞弗定在了原地。瑞弗记得后来两人有过一次对话，但这场对话很可能发生在其他时刻，或者干脆没有发生过，只是他的大脑为了解释接下来的混乱而擅自编造的。

外公说:"你就是瑞弗吧。"

瑞弗没有回答。

"这个名字太蠢了,不过还算可以接受。"

瑞弗在学校的经历告诉他,这个老人错得离谱。

"希望你不要责怪她。"

瑞弗不知道该怎么回答这个问题,所以干脆保持沉默。

"都怪我,或者她母亲,这不是她的错。你见过外婆了吧?她就在厨房里。你妈妈是不是从来没提起过我们?"

这并不是一个设问句。

又过了一会儿,老人抿起嘴唇,仔细地检查面前的这块土壤。瑞弗不知道他在做什么:种花还是挖野草?瑞弗一直住在公寓里,只见过被彩色包装纸裹或者种在公园里的花。如果能用魔法传送回自己住的公寓,他一定毫不犹豫,但是他并不会魔法。虽然故事书中的祖父母都很慈祥,但这不能保证面前的二人就不是杀人狂。

"如果是狗就简单多了。"外公继续说道。

瑞弗并不喜欢狗,但他决定在弄明白对方想说什么之前先静观其变。

"知道吗?你只要看它的爪子就可以了。"

这次他似乎不得不回答了。

"不。"大概三分钟之后,瑞弗终于说道。

"不什么?"

"我不知道。"

"不知道什么?"

"你刚才说的那个,狗的事。"

"你只要看它的爪子,就知道它能长多大。"他又开始用铲子翻弄土地，好像对瑞弗的回答很满意。"狗的体形会适应它们脚的大小，人类却不同。人类的脚会随着身体一同长大。"

瑞弗看着土壤从铲子边缘洒下，瞥见了一条红灰色的虫子。铲子一翻，它就消失了。

"倒不是说，你妈妈长得比我们想象中更快。"

那是一条蚯蚓，或者曾经是一条蚯蚓。如果瑞弗刚才看得没错，那条蚯蚓已经变成了两条，分别在两个不同的地方。他不禁想道，蚯蚓是否记得自己曾经是一条完整的蚯蚓？如今变成了两半，它会觉得这样更好还是更糟？这种问题是没有答案的，虽然你可以学习生物学原理，但也仅此而已了。

"我的意思是，我们也不知道她会像一匹脱缰的野马。"

他继续翻动着土壤。

"你妈妈做过很多错误的决定，给你起这个名字只是其中之一。但是你知道最糟糕的是什么吗？"

外公在等他回答，但瑞弗只能摇摇头。

"她甚至没有意识到自己犯了错。"老人努力翻弄土壤，像是想从里面挖出什么东西，"人都会犯错，瑞弗。我自己也犯过错，因此伤过人。你要从错误中学到教训，所以不能轻易忘怀。但是你妈妈不是这样，她总在重复同样的错误，这对大家都没有好处，特别是对你。"他抬头看向瑞弗，"但是这不能怪她，她只是天性如此。"

现在想来，她确实天性如此。瑞弗坐在书房里，等着老家伙从厕所归来。即便在此时此刻，她肯定也在重复同样的错误，并且丝毫没有放缓脚步的意思。

每当他回想起那时的情景，想起老人头上的板球帽，肘部破了洞的毛衣，圆润的脸上闪耀的汗水，还有那柄花园铲，都会情不自禁地觉得这是外公演给他看的一场戏。必要的道具都摆在他面前：郊区的大房子、茂盛的花园、远处的马匹。他生动地演出了一个英国乡绅的形象。"脱缰的野马"是二十世纪早期小说里常用的形容词。

但虚构的演出也会影响到现实世界。每当瑞弗想起童年时在这栋房子中的回忆，他总是想到晴空万里的夏日。所以老家伙的计谋成功了。无论他是否认可那种刻板的英式乡村风情，他精心的演出都在瑞弗心中留下了不可磨灭的印象。长大后，他了解到外公的职业，并决定要踏上同样的道路时，想到的就是这样的场景：阳光照在英格兰的大地上，草坪绵延到远处。无论是否真实，这都是促使他做出选择的原因。老家伙一定会说：就算是假的又怎样呢？你要捍卫的不正是这样的理想吗？

"所以从现在开始我就要住在这里了吗？"那天早上他问道。

"是的，不然我也想不出该把你送去哪儿。"

现在老人回到了书房，比离开时状态好了很多。瑞弗想问他感觉怎么样，最后还是决定干点更有用的事，于是又喝了一口威士忌。

外公坐回扶手椅中。"如果你要查霍布顿，肯定和政治有关。"

"我听说过他的名字，但是忘记在哪里了。只是觉得很耳熟。"

"干我们这行的，说谎关系到身家性命。你还得好好练一下技术，瑞弗。话说回来，你的手到底怎么了？"

"强行打开了一个爆炸箱。"

"太傻了，你为什么要做这种事？"

"我想看看能不能在不被烧伤的情况下把它打开。"

"那你已经得到想要的答案了,不是吗?伤口处理过了吗?"

受伤的是瑞弗的左手。如果他用右手可能会更灵活,也就不会把自己烧伤了。但他还是选择了最保险的做法。毕竟,如果箱子爆炸了,他宁可失去一只不太惯用的手。他用一瓶水浇灭了火,箱子里的东西也湿了,但是没有损坏。他在斯劳部门附近的文具店买了牛皮纸袋和一个新的U盘,找了一个儿童游乐场,坐在长椅上,把文件拷到U盘上,然后把电脑装进了纸袋里。

手上的伤并不严重,只是有点红肿。如果非要从这次行动中学到什么教训的话,那就是爆炸箱也没有宣传中那么保险。好在蜘蛛很乐意相信他的借口——斯劳部门用不起这样的高科技。

另一个教训是:行动之前要想明白后果。他之所以会这么做,完全是出于私怨。为什么希多能去做正经任务,他却只能傻傻地跑腿?更关键的是,他跑腿的对象还是蜘蛛·韦布。瑞弗还没看文件的内容,但拿到它也已经足够了。

"没什么。"他对外公说道,"只是有点烧伤,别担心。"

"但你还有其他心事。"

"你知道我过去这个月都在做什么吗?"

"工作内容是不能透露给外人的吧。"

"我相信你不会泄密。上个月我一直在查看手机通话内容。"

"你觉得这对你是大材小用了。"

"完全是在浪费时间。这些通话地点大多比较敏感,很多都是从更偏激的清真寺周边搜集来的。对话内容是由声音识别软件转写的,分到我手里的都是英语通话,但也有上千条。软件听写出来的很多内容都难以辨识,但还是得通读一遍,然后按照可疑级别给它们分类。级别是一到十,十是最可疑的。光是今天下午,我就读了八百四十二通电话,你知道超过一级的通话有几条吗?"

外公伸手去拿酒瓶。

瑞弗用食指和拇指比出了一个"零"的手势。

外公说:"希望你不要做什么蠢事,瑞弗。"

"这就是大材小用。"

"这是惩罚,你要按照他们的意思跳火圈。"

"我跳了,跳了一次又一次。"

"他们不会一直把你关在那里的。"

"真的吗?那凯瑟琳·斯坦迪什又算什么?你觉得她也是被临时分配到斯劳部门的?还有明·哈珀?他把光盘丢在了列车上,但国防部有一堆傻子把重要文件落在出租车上,都没人吱一声。哈珀永远不会回到总部了,不是吗?我也是。"

"我不认识你说的这些人,瑞弗。"

"不,没什么。"他用手搓着眉头,药膏的味道冲进鼻腔,"抱歉,我就是有点难过。"

老家伙又给他斟满酒。他此时最不需要的就是更多威士忌,但他什么都没说。如果几个月前杰克逊·兰姆说的事属实,老家伙真的动用自己的人脉保住了他,那这样的谈话对外公来讲一定也很艰难。要是没有他,瑞弗就不只是下等马了,他会直接被溶解做成胶水。也许兰姆说得没错,这些无聊的工作是为了逼他辞职,这也没什么大不了的,不是吗?他还不到三十岁,还有时间收拾自己,甚至找到一份能赚钱的工作。

但他光是想到这样的可能性就浑身不自在。如果瑞弗真的从老人身上学到了什么,那一定就是将自己选择的道路贯彻到底。

外公又说:"你不是在给霍布顿下套吧?"

"不是。"瑞弗说道,"我只是听到了他的名字。"

"以前他也是个厉害的人物,但不能发展成线人,他太喜欢炫耀了。但他确实和一些重要人物有所关联。"

瑞弗不经意地提了一句记者落魄的现状。

"这也是有原因的。像罗伯特·霍布顿这样的人,如果惹出什么丑闻,人们是不会忘记的。"老家伙平时说话没有这么直白,他是想引起瑞弗的注意,"他所属的群体不会接纳曾经被排除在外的人。但是你要记住,瑞弗,他并不是因为信仰原因才被排挤的。如果你想混进核心圈子,有一些想法就必须要藏好。"

"也就是说,他身边的人早就知道他的党派。"

"当然了。"上厕所回来之后,老人第一次靠在了椅背上,眼中露出怀念的神色,好像隔空看到了过去,那个他曾经驰骋的战场。"所以如果你要搞什么小动作,最好注意着点。霍布顿落魄之后结识的人可比之前的难对付多了。"

"我没给他下套,也没搞小动作。"是不是每个行业都有类似的黑话?"我对霍布顿没什么兴趣。别担心,老家伙,我不想惹麻烦。"

"你再这么喊我一次试试。"这似乎意味着谈话即将结束,瑞弗开始准备离开,但外公还没有说完,"我并不担心,不,我虽然担心,但也没什么意义。你该干什么肯定还是会去干,无论我怎么说都没用。"

瑞弗被这句话刺痛了:"你知道我一直都听你——"

"我不是在抱怨,瑞弗。你是你妈妈的孩子,仅此而已。"他看着瑞弗突然变得惨白的脸色呵呵笑了一声,"你以为你这个性格是遗传了我吗?我倒也希望。"

"是你把我养大的。"瑞弗说,"你和萝丝。"

"但你七岁之前都和她在一起,连耶稣会士都禁不住她的影响。说起来，最近有她的消息吗？"

最后这句话问得很随意，仿佛他们只是聊到了某个前同事。

瑞弗说："几个月前她从巴塞罗那打来电话，说我错过了她的生日。"

老家伙仰起头来哈哈大笑。"就是这样，孩子，你要安排好自己的日程。"

"我会小心的。"瑞弗说道。

他起身和外公吻别，老人抓住了他的手臂。"光是小心可不够，孩子。以你的能力确实不该待在斯劳部门，但是如果你想逃出去，就真的没人能帮你挽回了。"

这可能是外公最接近承认自己帮他牵过线的时刻。因为他搞砸了国王十字车站的演习。

"我会小心的。"他重复道，然后起身去赶末班车。

第二天早上，他还在回想这句话：我会小心的。是不是每次听到这句话，就会有人出事？我会小心的。但是把U盘放在口袋里称不上小心，他是故意偷走了资料。到目前为止，他做过最"谨慎"的举动就是还没看里面的内容。

这样他就可能获得希多·贝克，甚至蜘蛛·韦布都不知道的信息。这会让他的神经紧绷起来，好像真的变回了一名特工。但这同样有可能让他深陷泥沼。老家伙当时是怎么说的？被排除在外……如果你想混进核心圈子，有一些想法就必须要藏好。虽然瑞弗距离核心圈子很遥远，他的处境却依然有可能恶化。如果被抓到窃取资料，他就完蛋了。

如果真的被抓到，大家肯定会认为他已经看过里面的内容了……

　　他纠结着，良心的谴责是最难忍受的。他来到单位，上楼时调整好自己的表情，希望不要露出马脚。如果你想表现得自然，就不要想自己在做什么。老家伙曾经教过他。想点其他的事，比如上一本读过的书。但这样做究竟是让他变得更"自然"还是更"不自然"，他永远也不可能知道了，因为那天早上根本没人在意他。

　　罗德里克·何的办公室敞着门，瑞弗从楼梯口看到大家都聚集在那里。这很不寻常，但至少他们还没有开始聚众聊天。相反，所有人都盯着何的屏幕，也是这栋楼里最大的电子屏幕。"怎么了？"瑞弗问道。但其实没有这个必要，因为他刚进房间就明白了。瑞弗越过何的肩膀看去，屏幕里是一个阴暗的地窖，穿着橙色衣服的人坐在椅子上，头被罩了起来。他戴着手套的手颤抖着，举起一份英语报纸。这很合理，因为如果你也在阴暗的地窖里，对着摄像头举起一份当日报纸，你也会被吓得六神无主。

　　"人质。"希多·贝克没有回头，盯着屏幕说道。

　　瑞弗想说"我能看出来"，但及时阻止了自己。"这是谁？绑匪是谁？"

　　"我们也不知道。"

　　"那我们知道什么？"

　　希多说："他们要将他斩首示众。"

6

瑞弗进屋时,并不是所有人都在何的办公室里。他怎么会没发现杰克逊·兰姆不在呢?接下来发生的事打消了他的疑虑。伴随着一阵肠胃翻腾的咕咕声,沉重的步伐踏着楼梯走来。兰姆若是想,当然能做到悄无声息。但如果他不想隐藏行踪,你一定会知道是他来了。他走进何的办公室,沉默地站在原地,粗哑的喘息声侵占了整个空间。屏幕上的画面同样保持静止。身穿橘色连体服、戴着面罩和手套的男孩依然举着报纸。过了一会儿,瑞弗才反应过来,自己不知不觉中得出了一个结论:屏幕里的人是一个男孩。

但他的思绪被兰姆打断了。"这才早上九点,你们就聚在这儿看虐恋黄片?"

斯图安·罗伊说:"那什么时候才能看——"

"闭嘴。"希多·贝克说道。

兰姆点点头:"没错,闭嘴吧,罗伊。这是直播吗?"

"捕捉到的是实时信息流。"何说。

"有什么区别吗?"

"你真的想听我解释细节吗?"

"说得对,别解释了。他手里拿的是今天的报纸。"兰姆再次点头,对自己的推理十分满意,"所以就算不是直播,也是不久前拍的。你们怎么找到这个视频的?"

"博客帖子。"希多说,"早上四点左右开始播的。"

"有声明吗?"

"他们说要将他斩首示众。"

"他们?"

她耸了耸肩:"还不知道具体身份,但确实很吸引眼球。"

"他们表达过诉求吗?"

希多说:"他们想砍掉他的头。"

"什么时候?"

"四十八小时后。"

"四十八小时?"兰姆问道,"为什么不是七十二小时?把两天改成三天,这很难吗?"

没人质疑他的说法,但他还是解释了一下。

"一般这种都是一天或者三天,二十四小时或者七十二小时——不是四十八小时。我现在已经开始讨厌这帮人了,你们知道为什么吗?"

"他们数学不好?"瑞弗问道。

"他们不尊重传统。"兰姆说,"我猜他们还没说这个被蒙面的小朋友是谁吧?"

罗德里克·何说:"斩首的信息和时限写在博客上,和视频链接在一起。没有其他信息了,直播也没有音频。"

整个过程中没人移开视线,大家都盯着屏幕。

"怎么这么低调?"兰姆思索着,"斩首是要引起人们的注意,但如果你不说自己的诉求,这么做就没有意义了,不是吗?"

"斩首也不能帮他们达成诉求。"希多反对道。

"如果你的诉求和砍头有关就有可能,相当于是针对潜在客户的精准营销。"

何说:"是谁有区别吗?无论他们自称什么,都是基地组织。沙漠之子、安拉之剑、圣典之怒,全都是基地组织。"

又有一个人姗姗来迟,是杰德·穆迪。他还穿着外套。"你们都听说了?"

"我们正在看。"

凯·怀特想说什么,但是闭上了嘴。如果大家再刻薄一点,可能会说这是她第一次选择闭上嘴。

瑞弗问:"所以我们怎么办?"

兰姆反问:"怎么办?"

"对啊,我们要做什么?"

"接着做平时的工作,不然呢?"

"天哪,我们总不能装作没看到这件事——"

"不能吗?"

这个简短而尖锐的问句让瑞弗陷入了沉默。

兰姆的声音变得冷淡而疏远。屏幕上的男孩依旧蒙着面,手中举着报纸,就像一张不会变化的屏保。

他说:"你们以为会发生什么?蝙蝠灯亮起,戴女士大喊'全员出击'?不可能的。我们和其他人一样,看看电视就行了。我们不会采取行动,那是大人的事,你们没资格和成年人玩。还是说,你们已经忘了?"

没有人说话。

"好了,你们肯定还有一堆文件工作没做完,为什么还聚在这里?"

于是大家一个个地离开房间,只留下罗德里克和穆迪。穆迪把风衣挂在门后,没有说话。就算他说了何也不会回答。

兰姆在原地停留片刻,他的嘴唇上沾着杏仁可颂的糖霜。他看着电脑屏幕,画面和之前几分钟相比没有任何变化。他舔了舔嘴唇,吃掉多余的糖霜,眼睛紧紧地盯着屏幕,仿佛对舌头的动作毫无察觉。如果何或者穆迪此时回过头来,就会惊讶地发现兰姆和以往不太一样。

有那么一瞬间,这个笨重而油腻的前特工眼中露出了一丝狠厉的冷光。

然后他转过身去,艰难地爬上楼梯,回到了自己的办公室。

瑞弗坐在办公室里,等待电脑开机。他坐在桌前,默默咒骂着开机的速度之慢,完全没注意到希多进屋。她突然开口,吓了他一跳。

"你觉不觉得——"

"啊!"

希多率先反应过来:"天哪,真是抱歉,但是你别忘了我也在这里办公。"

"我知道,我知道,我只是……注意力太集中了。"

"哦,当然了。给电脑开机是一项极具挑战性的工作,我能理解你为什么需要聚精会神。"

"我只是没发现你进来了,希多。你刚才想说什么?"

"没什么。"

她在办公桌前坐下。与此同时,瑞弗的电脑屏幕也逐渐清醒,逐渐变成蓝色,然后又变回一片漆黑。他一边等待开机,一边看了眼希多。她把头发梳到脑后,脸色比平时更加苍白。可能是因为她穿了一件黑色的V领羊毛衫，也可能是因为她盯着一个即将被斩首的蒙面青年坐在镜头前整整十分钟。

她没戴那个银色吊坠。如果有人问她平时是否戴着那个吊坠，瑞弗会说不知道。但其实她只有一半时间是戴着的，所以瑞弗认为那个吊坠并没有什么特殊含义。但不会有人问他这种问题的。

电脑发出了尖锐而不耐烦的"哔"声，好像让人苦苦等待的不是自己，而是他。

瑞弗有些心不在焉地说："昨天那件事，对不起。我太蠢了。"

"确实很蠢。"

"我本来以为会很好笑。"

"大部分蠢事都是。"希多说。

"收拾干净的过程很煎熬，不知道这么说会不会让你好受一点。"

"你要是真的收拾干净了我可能会好受一点，今天早上来的时候我桌子底下还有鸡蛋壳。"

她说话时面带微笑，所以她应该已经不会再追究了。

但他还是不明白，为什么希多会被派去执行任务？

他的电脑开机了，但是就像一个刚睡醒的人类，还要再过几分钟才能真正投入工作。他点开了浏览器。

希多说："你觉得何说得对吗？绑架犯真的是基地组织？"

瑞弗本想抖个机灵，但还是控制住了自己。那样做没什么意义。他说："还会是谁呢？我们又不是没见过类似的事。"

二人都陷入了沉默，几年前确实发生过类似的事。一个白人记者被当众斩首。

"总部肯定会盯着他们的。"希多说。

瑞弗点了点头。

"局里的工作——在这里、摄政公园,还有情报总部,大家都很谨慎。一旦他们查出那个孩子的身份,还有可能的藏身地,肯定就会列出嫌疑犯名单,不是吗?"

他终于联上了网。"那个链接是什么?"

"稍等。"

过了一会儿,屏幕上弹出了一封邮件。他点进上面的链接,浏览器从安全局的标志变成了熟悉的监控画面:蒙面男孩坐在地窖中。

他们离开的这几分钟里,什么都没有变。

两人再次陷入静默,只不过和以往不同,这次弥漫在空气中的不是尴尬,而是沉重的气息。

也许他们期待着视频能发出声音打破这份沉默,但是这份期待注定落空。

终于,瑞弗说道:"还有时间。局里花了很多精力和财力打击极端组织。"

希多差点忘了自己刚才问过这个问题。

"但可用的实时情报并不多。"

"没有线人。"她说。

换成其他时候,瑞弗可能会对这个说法嗤之以鼻。"是的,"他赞同道,"以前要渗透极端组织还没有那么难。"

"说得好像你经历过一样。"

"我是听着这些故事长大的。"

"你的外公。"她说,"曾经名震一时的大卫·卡特怀特,是吧?"

"不是曾经。"

"我不是那个意思——"

"他现在还老当益壮。"他回头看去,她把座椅转了过来,此时正看着他的屏幕,而不是自己的。"而且他也没有把国家机密给我当睡前故事讲。"

"我也没这么说啊。"

"但他给我讲的第一个睡前故事是《基姆》[①]。"瑞弗能看出来,她也知道这本书,所以没再做解释。"那之后是约瑟夫·康拉德、格雷厄姆·格林,还有毛姆。"

"《英国特工阿申登》。"

"没错。在我十二岁生日时,他给我买了一套勒卡雷全集,我至今还记得他是怎么说的。"

虽然是编的故事,但这并不代表它不够真实。

瑞弗的目光回到屏幕前,男孩手中的报纸颤抖着。但是他为什么要用报纸的最后几页对着摄像头呢?英格兰大获全胜——说的是昨晚世界杯的预选赛。

"是BBC。"他看着希多发给他的链接,忽然大声说道。

"那条博客发在他们的新闻版块上,链接和威胁信都发在那里,大家都在转发那个地址,现在肯定四处传遍了。"

瑞弗忽然想到,全国、全世界有多少漆黑的房间?人们盯着电脑、手机屏幕,看着那幅近乎静止的画面。渐渐地,一些人会变得和他一样焦躁,还有一些人会被猎奇的快感吞没。

"我们能追查这条链接吗?"希多问,"查到原始IP?然后弄清楚这个视频到底是在哪儿直播的?"

---

① 《基姆》(*Kim*),英国作家鲁德亚德·吉卜林创作的以印度为背景的冒险小说,包括间谍元素。

瑞弗说:"不一定。如果他们聪明,不,如果他们很笨的话……"

他们都知道解决这件事没有那么简单。

希多说:"他这次真的把你惹毛了,是不是?你看起来比平时还要生气。"

不用问瑞弗也知道,她指的是杰克逊·兰姆。

他说:"你来这里多久了?"

"几个月吧。"

"更确切的日期呢?"

"不记得了,我应该是八月来的。"

那就是两个月左右。

他说:"我来了八个月两个星期零四天。"

希多·贝克沉默了片刻,然后说:"好吧,但也不能算很久,不够评选长期服役奖的。"

"你还是没明白。来到这里意味着我只能和其他人一样,看着直播发呆。我加入安全局不是为了干这个的。"

"你要是这么讨厌斯劳部门,为什么不辞职呢?"

"辞职了去干什么?"

"我怎么知道,你想做什么就去啊。"

"金融?"他说,"保险?"

她沉默了。

"律师?房地产?"

"你这就是在说气话了。"

"我真正应该做的,是这个。"他说着,指向屏幕,画面中的蒙面男孩坐在阴暗的地窖中。"防止这样的事发生。如果发生了,就想办法制止。这才是我的工作,希多尼,我不想干别的。"

他之前好像从来没有喊过她的全名。

她说:"对不起。"

"为什么道歉?"

她转过去,摇了摇头。"我不知道你是这么想的,但一个错误不会终结你的职业生涯,你还有机会的。"

"你做了什么?"他问。

"什么?"

"你是犯了什么错才会被扔到斯劳部门?"

她说:"斯劳部门的工作也是有意义的,必须要有人去做。"

"一群受过训练的猴子都能完成这种工作。"

"多谢夸奖。"

"我说得没错啊。"

"昨天早上的工作也是吗?偷走霍布顿的资料?"

"嗯,好吧,那个算是——"

"我不是想反驳你,我只是想说,可能斯劳部门也在改变。没准儿这里并不是一个死胡同,我被派去做了一个真正的任务,你也出了外勤——"

"去捡垃圾。"

"好吧,这确实是猴子也能完成的工作。"

瑞弗笑了,又摇了摇头。屏幕上的画面依然没有变化,他的笑声也逐渐变得无力起来。

"这个可怜虫需要比猴子更聪明的队友。"他说。

希多点了点头。

瑞弗的手落在大腿上,摸到了裤子口袋里硬邦邦的U盘。

他知道,她大概也是好意。但她的前辈就是因为受不了斯劳部门的工作才提了离职。他自己的也是。那个人叫布莱克,只在这里待了六个月,瑞弗来之前他就走了。这是一种逼人自行辞职的方式,这样安全局就能规避很多官司和诉讼。他突然想道:也许这就是希多被送来的原因。相比起她的青春活力,下等马悲惨的境地会被衬托得更加难以忍受。他现在就能感受到那种失败的滋味,看着屏幕里的蒙面男孩,他知道自己无能为力。无论安全局如何应对,都和瑞弗没有关系。

"怎么了?"

他转回希多的方向:"什么?"

"你好像突然想到了什么。"

他摇了摇头:"没什么。"

他的桌子上摆着一沓崭新的通话记录,肯定是凯瑟琳·斯坦迪什在新闻开播前拿过来的。他拿起最上面那张,又放下。纸张落下的声音比他想得还要刺耳。他可以再花一个小时写一份报告,描述从可疑地点随机抓取的聊天内容,总部的人会草草地瞥上一眼,然后丢到一旁。希多又说了句什么,瑞弗没有听到。他盯着屏幕,看着那个不知为何即将被斩首的男孩。还有不到四十八小时。如果他手上的报纸可信的话,地点就在英国。

火车上的炸弹已经很糟糕了,但这种级别的事件,相关报道很快就会扩散到国际层面。

希多尼·贝克重复了一遍刚才的问话:"你觉得他为什么要戴手套?"

"我不知道。"这是一个好问题,可惜瑞弗没有答案。

他只知道,他必须要采取行动,做点真正有意义的事,而不是在这处理文件。

他再次感觉到了口袋里那只硬邦邦的 U 盘。

无论那里装着什么资料,此时都落入了瑞弗的口袋。这是他真正付诸行动、摘取的胜利果实。

就算浏览其中的内容涉嫌越界,他也已经做好了准备。

麦克斯店里的咖啡还是那么难喝,报纸还是那么无聊。罗伯特·霍布顿翻完了《泰晤士报》,甚至没打开自己的笔记本。他正在盯着《每日电讯报》上的金发美女出神,却突然注意到了咖啡店里正在播放的新闻。他抬起头,麦克斯和一名顾客站在柜台边,两人都盯着角落里的电视。一般情况下,霍布顿会让他们把声音关小一点,但今天他一反常态,让他们把声音调大了。

"……尚未有人宣称对此负责,屏幕上也未曾播放除青年以外的画面。不过,根据今早四点在BBC实时新闻版块发布的匿名博客,该青年将在四十八小时内被斩首示众……"

麦克斯说:"太离谱了吧。"

顾客说:"简直是禽兽,彻底的禽兽。真应该把这些人都枪毙了。"

但是霍布顿完全没注意听他们说话。

他知道有一件事即将发生,正在每天的新闻中寻找与之相关的蛛丝马迹。这件事迟早会从深海中浮现,那时他一定能认出来。

就是这个了。就是这条新闻。

麦克斯重复道:"太离谱了。"

但是霍布顿已经回到了自己的桌前,拿起钥匙、手机、钱包、笔和记事本,把所有东西都一股脑儿塞进包里,除了报纸。

他把报纸留在了咖啡厅。

* * *

九点刚过，湿漉漉的阳光洒向伦敦大地。如果你此刻心情舒畅，就会觉得这是在预示即将到来的好天气。

阳光照在摄政公园附近一栋巨大的白色建筑物上，似乎暗示着他们面临的难题也即将迎刃而解。

戴安娜·泰维纳的办公室位于顶层。曾经她还能享受窗边奢侈的风景，但自从伦敦的七七爆炸案[①]后，高层人员的办公室就被移到了建筑中心，远离外墙。现在她唯一的窗户是一扇巨大的玻璃门，方便她监控自己的团队，也方便他们看到她。情报中心也没有窗户，整个房间里充满了柔和的蓝光。某份可供借阅的档案称，这是最接近自然光的人造光。

泰维纳对此没有什么怨言。她不怪那些年轻人拿走她辛苦争取到的东西，没必要为了一样东西发动两次战争。

她接受训练时，冷战正临近结尾。有时她会感慨，那时的世界更单纯易懂。在安全局漫长的历史中，无数妇女牺牲在了敌方战线后，但很少有人身居高位。泰维纳一直在努力打破这种传统。她知道，很多人在背后喊她"戴女士"。如果十年前有人告诉她安全局会拥有一位女局长，那么她觉得坐在那个位置上的会是自己。

然而历史的发展难以预料。查尔斯·帕特纳去世后，安全局的走廊里也弥漫着改朝换代的气息。"困难时期"这个词反复出现，人们需要一个可靠的领导，也就是英格丽德·蒂尔尼。蒂尔尼是一位女性，这让泰维纳烦躁不已，她本该为此高兴的。

不过，这也算是一种进步。虽然不被别人抢先会更好，但她

[①]七七爆炸案，二〇〇五年七月七日，四名受"基地"组织指使的英国人在伦敦三辆地铁和一辆巴士上引爆自杀式炸弹，造成五十二名乘客遇难，七百多人受伤。此次恐怖袭击被称为伦敦七七爆炸案。

确实向前了一步。虽然新政策下设置了好几位副局长，但泰维纳现在是二把手了。她的团队享受着人体工程学椅子，沐浴着春日阳光，但没关系，因为他们还要面对地铁上背着自杀式炸弹的年轻人。只要能帮他们投入工作，泰维纳都愿意支持。

今天早晨，他们还要处理一件斩首案。

网页链接是凌晨四点左右出现在BBC的博客上的。附带的留言精简无比：四十八小时后我们会将他斩首示众。没有标点，用词简洁。极端组织，尤其是宗教极端组织往往会来一次小小的布道：撒旦之子，永恒之火，诸如此类的。如此反常的留言只会让情况变得更加复杂。如果他们只是想设一场骗局，并不打算动手，附上的信息应该会更详细一些。

如今这条视频就像任何成功的媒体盛事一样，出现在所有身边乃至全国范围的屏幕上。无论在家中还是办公室，健身房的跑步机上，移动设备和苹果手机上，出租车的显示屏上，甚至整个世界的人都会在一天的不同时刻看到这个视频。他们对此的第一反应会和情报中心一样：这种事怎么会发生在英国？明明世界上还有那么多法外之地。就算你说哈萨克斯坦人至今还用人头玩马球，那些西方人都会点点头相信你，说："是啊，我也听说过。"但即便在英国最混乱的街区，也不应该有人去砍别人的脑袋——至少不应该是在BBC上。

当然，这是不可能发生的。泰维纳这样对自己说道。她不会让他们得逞。阻止这起案件会成为她职业生涯的高光时刻。同样地，这也会成为"混乱年代"的终结，给无数造假的文件、可疑的死亡事件画上句号。然后她、她的上层和手下们都能够摆脱这种僵持的现状，挽回安全局的名誉。他们是这个国家的守护者，危难时刻率先挺身而出，问题解决后却不一定能得到感谢。一年前,某恐怖组织对伦敦发起了袭击,安全局在两天内捕获了该组织的全部人员,收缴了他们的武器。然而事后在法庭上,人们最关注的问题竟然是"为什么这个组织能存活那么久?为什么要放任他们存在,甚至差一点就让他们达成目的?"

失败的时刻会被铭记。每年都会有人来到街上,为无辜的牺牲者默哀。成功的时刻却会被遗忘,被明星八卦或者经济下行的话题替代。

泰维纳看了下手表,要处理的文件堆积如山,第一份简报随时可能出现在她的书桌上。三十分钟后还有一场紧急会议,要向内务部长汇报情况。然后要对媒体表明立场态度,还要和管治委员会开会。英格丽德·蒂尔尼在华盛顿,戴安娜·泰维纳还要将情况如实相告。蒂尔尼肯定会觉得松了一口气,因为如果这件事搞砸了,一位公民在电视上被当众斩首,处理事件的人也是泰维纳而不是她。

然而在那之前有人敲响了她办公室的门,是尼克·达菲,监察部门的主管。

无论你职位多高,当看门狗突然来访时,你的第一反应都会是心虚。

"怎么了?"

"有件事,我觉得应该汇报给你。"

"我很忙。"

"是很重要的事,老大。"

"说吧。"

"我昨天和前同事喝了一杯。他叫穆迪,杰德·穆迪。"

她说:"米洛·韦斯那件事之后他就被踢出队伍了,他不是在斯劳部门吗?"

"是的。而且他对此心怀不满。"

门打开了,一个叫汤姆的年轻人进屋,将一个文件夹放在泰维纳桌上。是案件的第一份简报,看起来薄得可怜。

泰维纳点点头,汤姆无言地离开了。

她对达菲说:"三十分钟后我有一个会。"

"穆迪提到了一个任务。"

"他有保密义务。"她拿起文件夹,"如果他在吹嘘曾经的功绩,把他带回局里教训一顿,或者让某个警察替你教训一顿。我真的有必要教你该怎么做好本职工作吗?"

"他不是在聊过去的事。他说杰克逊·兰姆在给人派任务。"

她顿了顿,然后说:"斯劳部门从不出任务。"

"所以我才会来跟你汇报。"

她看向他身后,玻璃门对面是情报中心的团队。然后她又看到了玻璃中映出的自己。她今年四十九岁,积攒的压力、无穷尽的工作,还有残忍的岁月都在她脸上留下了痕迹。但她生来有一副好皮囊,也知道该如何发挥自己的长处。今天她穿着一件浅粉色上衣,搭配黑色西装外套,衬出及肩短发的颜色。她看起来状态不错,会议间歇再收拾一下,没准儿到了晚上就不会像在牧场被猪拉着跑了几圈。

前提是别再让她遇到什么出乎意料的事。

她说:"什么样的任务?"

"我之前以为是派给一个男的,但其实——"

"希多尼·贝克。"泰维纳的声音锐利得仿佛能割开玻璃,"杰克逊·兰姆派她去查一个记者,罗伯特·霍布顿。"

尼克·达菲点点头,原来她早就知道了。给老板叼来一块骨头是一回事,给她叼来一块她亲自埋好的骨头又是另一回事。他说:"好吧,当然了,呃——"

她冷冷地看着他,但他没有退缩,这点值得褒奖。

"但是你也说过,斯劳部门不出任务。"

"这不算是任务,只是跑个腿。"

他有些惊讶,这几乎就是他对杰德·穆迪说的原话。

泰维纳说:"那些下等马不是在写报告就是在整理文件,但偶尔偷个东西还是可以的。我们人手不够,达菲,现在是困难时期。"

"需要全员出击。"他听到自己说。

"差不多是这个意思吧,还有别的事吗?"

他摇了摇头:"抱歉打扰了。"

"没事,警觉一点总是没错的。"

达菲转身离开,刚走到门口,她又开口了。

"对了,尼克?"

他转过身来。

"有一些人如果知道我找了外部人员帮忙,可能会觉得我们不够专业。"

"明白了,老大。"

"但我们只是在合理利用资源。"

"我不会说出去的。"他说完后离开了。

如果可以避免的话,戴安娜·泰维纳一般不会留下书面记录。杰德·穆迪也不例外。

挂在墙上的电视屏幕里,影像还在继续播放:身穿橙色连体服、头戴面罩的男孩。全世界无数的人都在同情他的遭遇,为他祈祷,猜测他的身世。对戴安娜·泰维纳而言,他是棋盘上的一枚棋子,必须如此。如果她任自己被情绪吞没,就无法做出必要的决策，把他安全地带回家来。她会做好自己的工作，手下团队也会做好他们的工作，让这个孩子活下来，就这么简单。

她站起身，拿起文件。走到门口时她忽然想起了什么，回到办公桌前，打开抽屉，把一只U盘锁进抽屉里。这是昨天下午詹姆斯·韦布给她的，希多·贝克拷贝了霍布顿的文件。U盘和电脑被安全地运送至此，没有人看过其中的内容。装了文件的笔记本电脑已经被格式化，她相信韦布的说辞。如果他真的看了文件内容，她对他的评价反而还会高一点，但那样她就不会派他去执行任务了。

电视上，被罩住脸的男孩沉默地坐在椅子上，手中的报纸颤抖不已。他会活下来的。她对自己说道。

但就算是戴安娜·泰维纳也不得不承认，他肯定吓坏了。

恐惧寄生在人的肚子里。它会钻进去，把那里变成自己的家，将里面的东西搬空，给自己腾出一片空地。它喜欢听到自己翅膀扇动的回声，欣赏自己制造的恶果。

他感觉自己的英勇无畏持续了大概十分钟，实际上却只有三分钟。那之后，恐惧重新布置了他腹中的家具，让他把胃里的东西都吐在了铁桶里。他的双手握紧又松开，直到腹腔开始绞痛。还没吐完，他就已经意识到了这不是简单的恶作剧。无论那些混蛋怎么想，这早就超过了玩笑的范围。等警方介入后，"我们只是开个玩笑"这种借口在法庭上可行不通。

他不知道现在是白天还是晚上。他在那辆车里待了多久？相机应该是昨天架起来的，但也可能只是两个小时之前。今天可能变成了明天，那张报纸可能是假的，刊载着一些尚未发生的新闻。

集中精神，振作起来。不要让拉瑞、摩尔和库里影响到他。

是的，他给那三个人起了名字：拉瑞、摩尔和库里[1]。因为他的父亲就是这么喊三人一组的客人的。如果是两人一组，就叫劳莱和哈代[2]。

以前他觉得给客人起这种名字很无聊，更别提父亲每周都要这么喊上两三次。拉瑞、摩尔和库里干了这个，劳莱和哈代干了那个。他会想：换点新鲜的吧。但如今这种无聊的名字反倒给了他一丝慰藉。他甚至能听到父亲的声音：瞧瞧你，整天混在喜剧演员中间就是这个下场。不是我的错，爸爸。他想道，不是我的错。他只是在错误的时间出现在了错误的地点。

但是他确实在边走边发呆，大脑在努力构思段子，想得太久太入神，才让那些人有了可乘之机。但这也挺好笑的，不是吗？一群十二岁的小孩都能打他个措手不及，他又不是机动兵。

但是他们把他绑走、给他下药，还扒光了他的衣服，只留一条内裤丢在这座地窖里。他们把他关在这里一个、两个、三个小时，或者整整两个星期，直到他习惯了黑暗，突然亮起的光就像把天空撕开一样刺眼。

拉瑞、摩尔和库里行事粗鲁，总是扯着嗓门说话。

天哪，你简直脏死了——

这地方臭死了——

然后他们把新衣服扔给他：一件橙色的连体服，还有面罩和手套。

---

[1] 拉瑞、摩尔和库里，出自喜剧组合"三个臭皮匠"（The Three Stooges），或作"活宝三人组"，活跃于一九二二年至一九七〇年。
[2] 劳莱和哈代，著名喜剧电影演员组合，曾师从于喜剧之王卓别林。

"你们为什么——"

"闭嘴。"

"我就是个普通人,我谁都不是——"

"你以为我们在乎你的身份吗?"

他们把他按在椅子上,往他手里塞了一份报纸。周围响起了器械的声音,他听着他们说话,知道他们是在设置一台相机。他发现自己正在哭,成年人也会这样吗?成年人会意识不到自己哭出来了吗?

"别乱动。"

这是不可能做到的,就像告诉一个人让他不要觉得痒一样。

"坐好。"

坐好……

他坐在椅子上,眼泪被面罩遮住。没人说话,空气里只有机器运转的声音,应该就是那台相机。还有纸张抖动的声音,那是他手中的报纸。他不由得想道:还是太安静了。他应该尖叫,他应该大骂出声,让那些混蛋知道他并不害怕。他才不怕这些社会渣滓。他应该大喊大叫、破口大骂,但是他做不到。因为他内心有一个声音在说:如果你骂出来,他们就会生气,他们会觉得你不配合,到时候这些人又会做出什么可怕的事?这个声音和相机的低吟、报纸的颤动一同回响在他的脑海中,直到其中一人说:"好了。"然后相机声停止,报纸被从他手中抽走,他被推下了椅子。

跌倒在地时,他咬破了嘴唇,他本想顺势反击,一颗沉重的脑袋却突然出现在他眼前,嘴里一股洋葱的臭气,对着他的耳朵呼出了一句话。那句话就像一颗炸弹。三人离开,他再次被黑暗吞没。脑海中那个催促他做出行动的声音消失了,因为此刻他终于明白发生了什么。无论他在他们眼中是一个什么样的人,无论他咒骂还是顺从,都不重要。因为他在这件事中扮演的角色早就被写好了。他的肤色就足以说明一切:他们的信仰不同。他们痛恨他,他的存在冒犯了他们。无论他骂得多难听,甚至跪下来祈求都是没用的。他的身份就是原罪,那几人早就决定好了要如何处罚他。

我们要把你的头砍掉。

那人是这么说的。

放在网上直播。

他继续道。

你这个该死的巴基佬①。

哈桑哭了出来。

---

① 巴基佬(Paki),对巴基斯坦人的蔑称。

7

马路对面的酒吧提供各色食物，宽阔的空间可以容纳许多隐蔽的角落。瑞弗提前下楼午休，所以这算是一顿早午餐。斯劳部门的人都沉浸在早上的新闻中，没有人意识到他离开了工位。他必须找点文书工作之外的事做，他想感受一下蜘蛛·韦布的日常。于是他打开笔记本电脑，插进U盘。这其实算是犯罪，但瑞弗很生气，顾不上那么多。很多时候对于年轻人来讲，义愤填膺就是足够的理由和动机。

十分钟之后，他的决心动摇了。

他点的培根法棍被放在一旁，咖啡难以入口。杯子和盘子分别在电脑的左右两侧，他正在浏览希多从霍布顿那里偷来的文件。但这不可能啊，为什么会是这样？除非……

"你在干什么？"

瑞弗吓了一跳，心虚得就像被抓到在看黄片。

"工作。"他说。

希多·贝克坐在他的对面："我们有一间办公室，专门用来工作的。"

"我饿了。"

"是吗？"她看向那根被冷落的法棍。

"希多，你到底想干什么？"

"我以为你是来买醉的。"

"所以呢?"

"所以我觉得你不应该那样做。"

他合上笔记本电脑,问:"发生了什么?"

"何说视频是循环的。"

"我没看出来。"

"他好歹是专业的。他说整个视频的长度有三十多分钟——三十七分或者三十八分。"

"所以也不是直播。"

"不过是早上录制的,因为——"

"因为那份报纸,是啊,我看出来了。地点呢?"

"何说查不出来,他们用的代理横跨整个地球,等你查到最近的一次信号,代理已经又换了三十台电脑。不过这只是何得出的结论,情报中心应该能查出更多。"

"所以他们很谨慎,应该不是骗局?"

希多说:"查出那个孩子和绑匪的身份之前,谁也不能断言。但整个世界都在关注这件事,所以我们必须认真对待,宁可信其有不可信其无。"

他靠回座椅上。"有意思,你说'我们'?"

她红了脸。"你知道我的意思。而且你还没回答我的问题,你到底在这里干什么?"

"显然我错过了一场动员大会。"

"你是不是从来不会老实回答问题?"

"你不也是吗?"

"你可以问一个试试。"

"关于霍布顿,你都做了什么调查?"

她错开了目光。"我没怎么查。"

"但是你查到了他在哪儿吃早饭。"

"这又不难,瑞弗。"

"你平时不叫我瑞弗。"

"我也没喊过其他人瑞弗,这不是个常见的名字。"

"都怪我母亲,她当过一段时间嬉皮士。兰姆跟你说了执行任务的时候要保密吗?"

"哦,没有啊,他让我写一篇攻略发到博客上,你可以在政府的弱智问题官网上看到。换我了。你对霍布顿了解多少?"

"曾经是个明星记者,左翼分子,随着年龄增长变成了极端右翼。最后沦落到给小报写政治专栏,把国家问题都怪罪到移民、福利国家和一个叫罗伊·詹金斯的家伙身上。"

"他是六十年代的工党内政大臣。"希多亲切地补充道。

"高中历史课上教的?"

"谷歌教的。"

"行吧。总之他的履历就像典型的退役军官,但是他可以在国家报刊上发言,偶尔还能上BBC的《提问时间》。"

"至少比在教区聚会上演讲要好。"她说,"二十年后,愤怒的年轻人变成了愤怒的老年人,这就是罗伯特·霍布顿。"

"很常见的人生轨迹。"

"只不过他的经历更戏剧化一点,当人们发现他是英国爱国党成员之后,他的事业也就毁于一旦。"

"官网上说他们是'国家的最后一道防线'。"

"成立这个党派的人觉得英国国家党已经被驯化了。"

瑞弗开始享受这次谈话了。"他们绝对不会允许大英帝国的传统美德被'政治正确'这种新兴概念取代。"

"我记得他们号称要采取'直接行动'。"希多说。

"巴基斯坦清除计划。"瑞弗说。

"一般加入这种组织都得低调一点。"

"但如果成员名单被发布到网上就很难低调了。"

两人相视一笑。

瑞弗说:"于是曾经辉煌的事业一落千丈。"他想起了外公的话:他并不是因为信仰原因才被排挤的。如果你想混进核心圈子,有一些想法就必须要藏好。

这些都是他昨晚回家的一个小时内从网上查到的。

"名单真的是安全局泄露的吗?"

瑞弗耸了耸肩。"有可能,兰姆什么都没说吗?"

"我不能讨论任务细节。"

"你不应该来酒吧。"

"兰姆什么都没说。"

"反正我问什么你都不会说的。"

"我知道你很沮丧。你知道这是我们最长的一次聊天吗?"

他们在一天内打破了两次纪录。

"你真的读完了《英国特工阿申登》?"他问。

"你是说整本书吗?"

"好吧,你没读完。"

"我经常去酒吧的问答大赛,所以知道很多这本书的章节名,虽然我没读过内容。"她看向瑞弗的笔记本电脑,"你到底在干什么?还在处理通话记录吗?"

他还没来得及回答,她就拿过电脑,掀开屏幕,上面是一串数字。

"π。"她说。

"想吃派的话你得去柜台点单。"

"哈哈，真好笑。这个是圆周率。"

"是啊。"

她滚动页面。"无限不循环小数。"

"是的。"

他将电脑转回自己的方向，关上了文档。U 盘上有十五个文档，他只打开了其中七个，但每一个里面都是圆周率。无限不循环小数。

他敢赌一根培根法棍三明治，剩下的八个文档也是一样。

希多抬起了一边眉头，等着他说些什么。

"怎么了？"

"你这是在干什么？背圆周率吗？"

"没什么。"

"嗯哼，"她说，"没什么。"

他合上了笔记本电脑。

"你平时午饭都来这里吃吗？"她问。

"如果我想一个人待着就会来。"

她摇了摇头："酒吧是公共场所，所以才叫酒吧。"她看了眼手表，"好吧，既然你还活着，我就先回去了。"

"你真的拷贝了霍布顿的文件吗？"

这也是老家伙给他上的一堂课：很多问题没有答案只是因为没有人问。

"你不是知道吗？"

"再对我说一遍。"

她叹了一口气："他每天早上都在同一家店喝咖啡。他会先把口袋里的东西放在桌面上，其中就包括 U 盘。"她停顿了一下，但是瑞弗什么都没说。"为了转移他的注意力，我打翻了一杯咖啡。他去拿抹布，我趁机用假 U 盘换掉了他的 U 盘。拷完文件后，我又把 U 盘还了回去。"她又停顿了片刻，"拷文件用的电脑就是你送去总部的那个。"

"你看过文件的内容吗？"

"当然没有。"

有时要看出一个人是否撒谎是很容易的。比如，你可以观察他们的眼神：向左看就是在回忆，向右看就是在撒谎。但是希多直视着瑞弗的双眼，所以她应该没有撒谎，或者她非常擅长撒谎。毕竟他们都学过同样的课程。

"好吧，那——"

但是她已经走了。

他摇了摇头，将注意力转回了电脑前。五分钟后，他确认剩下的文档也是一样的内容：无限不循环小数。除非霍布顿算出了科学家都不知道的圆周率位数，这不太可能是总部想要的文件。所以霍布顿要么是个神经质的被害妄想狂，甚至会给自己的秘密做假备份，要么就是希多手疾眼快地把文件调包了。

当然也有其他可能，但瑞弗完全猜不到。

这确实有可能，完全有可能……瑞弗抛下了三明治，回到了斯劳部门。

回来的时候，同事们又聚在了一起。路易莎·盖伊和明·哈珀把他喊进了何的办公室，仿佛终于找到了可以分享新闻的对象。"他们播了一段新的视频。"

"新的视频？"

"没错。"何面对着屏幕说道。其他人都围在他身边,包括希多。"第一个视频是循环播放的。"他说。虽然语气没有什么特别的变化,但大家都能读出他的潜台词:第一个视频是循环播放的,而他是第一个发现的人。"现在他们换了一个新的,也是循环播放。"

瑞弗往边上挪了挪,找准角度,终于看到了被大家挡住的屏幕。

"而且,"斯图安·罗伊说,"你绝对不会相信——"

但瑞弗已经相信了,因为画面就在何的屏幕上。布景和之前一致,但这次人质没戴面罩,能直接看到他的脸,而那张脸和大家的预测相差甚远。

有人说:"但这并不能说明绑架他的人不属于伊斯兰组织。"

"要看这孩子到底是谁了。"

"他可能是个新兵,身为穆斯林,却为英国政府效力,绑架犯想要以儆效尤。"

希多·贝克说:"他看起来不像个士兵。"

他当然不像一名士兵,他看起来柔弱又无力,吓得浑身僵硬。虽然士兵也可能被吓成这样,但这个少年身上有一种军人绝不会有的天真。

"所以他们才要给他戴手套。"希多说,"隐藏他的肤色。"

"循环大概持续多久?"瑞弗问。

"十二分钟。十二分钟多一点。"何说。

"为什么要做成循环视频?"

"播放持续的时间越长,就越容易追踪他们的信号。至少能把找到他们的可能性从无变成有。"何叹了一口气。他喜欢让别人知道他很专业,但不喜欢解释细节。"他们每次换电脑,我们收到的信号就会中断。如果他们的网络局限在一组固定的代理内，我们就有可能查到他们的位置。"

"墙边那个是什么？"凯瑟琳·斯坦迪什问道。瑞弗甚至没注意到她也在。

"什么是什么？"

"他左肩后。"

男孩身后几米，有什么东西倚靠在墙上。

"看起来像木头。"

"某种手柄之类的。"

"我觉得那是一柄斧头。"凯瑟琳说。

"天哪……"

罗伊还在纠结男孩的身份。"如果他不是军人，可能是政治要人的亲戚？不知道他的父母是谁。"

"外交名单上有失踪人员吗？"

"就算有也不会告诉我们。再说了，如果他真是某个大人物的孩子，绑架犯应该会说明的，这样才能提高收视率。"

希多说："好吧，所以他不是军人，也不是外交名单上的人。那他会是谁？"

"可能是他们中的一员，但是背叛了组织。"

"或者被组织发现在和女人鬼混。"

"或者发现他拿着啤酒看成人杂志。"

瑞弗说："但也可能不是。"

"什么意思？"

"他可能只是个普通青少年，单纯因为肤色才被抓走。"

何说："这种肤色一般会被抓走吗？"

希多说："要看绑架犯是什么人了，对不对？"

瑞弗点了点头。

何说:"我们不是已经聊过这个了吗?沙漠之剑、安拉之怒……无论名字是什么,都是基地组织。"

"除非他们不是基地组织。"瑞弗说。

杰克逊·兰姆神不知鬼不觉地出现了。他盯着屏幕看了十五秒,然后说:"他是巴基斯坦人。"

希多说:"也可能是印度人或者斯里兰卡人,或者——"

兰姆断然道:"他是巴基斯坦人。"

"名字查出来了吗?"瑞弗问。

"我怎么可能知道?但抓他的人肯定不是基地组织,不是吗?"

虽然瑞弗也说了类似观点,但他还是反驳道:"也不一定。"

"再说了,"何说,"还会有谁在黄金时段直播斩首?除了那群人,根本不会有——"

"太傻了。"兰姆说,"你们都是傻子吗?"

他的视线缓缓扫过所有人:瑞弗、希多、罗德里克·何、明·哈珀、路易莎·盖伊、斯图安·罗伊,还有凯·怀特。他看向凯瑟琳·斯坦迪什的目光尤其严厉。"这不是明摆着的吗?你们难道看不出来?他们可以斩首,我们当然也可以。这场戏的意义就在于此。某些人的想法就是'以牙还牙,以眼还眼',另一些混蛋会说:'既然在卡拉奇能行得通,那伯明翰也行。'"罗伊刚想说什么,兰姆瞪了他一眼。"地点并不重要。"罗伊闭上了嘴,"相信我,他就是巴基斯坦人。因为对那群蠢货而言,这就是穆斯林的代名词。无论抓他的是谁,都不可能是基地组织。他们之所以会抓走他,是因为觉得那孩子是'基地组织'的一员,或者是方便的替代品。犯人不是想跟撒旦的走狗开战的穆斯林,而是觉得自己能借机复仇的国产蠢货。"

没有人说话。

"我很失望，没人提出反对意见吗？"

瑞弗宁可拔掉舌头也不会说自己和兰姆的想法一致。"就算你说得没错，他们为什么没有主动说出来呢？为什么要给他戴上面罩？"

"换成我，我也会这么干。"兰姆说，"如果我想追求最佳戏剧效果，就会先让大家自以为知道发生了什么。这样等我揭露真相时，所有人都已经有了成见。"

他说得没错。瑞弗想，这个胖子说得没错。世界各地的人都像兰姆说的那样，先入为主地认为这次也是极端伊斯兰组织在搞鬼。他不由得想道，真相揭露的时刻，会有多少人的愤怒被困惑冲淡？也许有那么一瞬间，他们会想：虽然这次事件惨无人道、绝对称不上正义，但也算是某种报应。

凯瑟琳说："我看不下去了。"然后离开了房间。

兰姆说："这么说，你们在这儿扎堆是手头的工作都做完了吗？下午三点之前我要看到做好的文件放在我的桌子上，你们最好再附上详细说明，解释为什么每份文件都要延期六个月才能做完。"他看向他们，没人敢吱声。"很好，因为咱们也不想因为业务能力低下被所有人看扁，毁掉自己仅有的信誉，是吧？"

何的屏幕闪了一下，视频播到了结尾，再次开始循环。男孩脸上的表情依旧无辜而天真，但是他的眼中充满了黑暗和恐惧。

"有人知道穆迪在哪儿吗？"兰姆问。

但是没有人知道，也没有人回答。

8

一只鸬鹚飞过泰晤士河，在亨格福德桥和金丝雀码头之间的水面上画出一道直线。她对鸟类并不了解，不太确定那是不是一只鸬鹚，但如果再来一只的话，它们很可能会打起来。经过一番羽毛纷飞的斗争过后，败者将会留在下游，得过且过。领地纷争就是这样。

这个地方也是如此。这张长椅背靠莎士比亚环球剧院，随时都有无数游客来往。耍杂技的、街头卖艺的、朗诵诗歌的人都小心翼翼地护着自己的地盘。领地关系到收入，抢占他人地盘就有可能发展成斗殴乃至持刀伤人事件。对于鸬鹚而言，收入就是食物；对于街头艺人而言，收入就是游客的钱包。但他们都不懂得这片区域真正的价值：这里没有监控。以戴安娜·泰维纳坐的这张长椅为中心，河堤沿线十二米都没有监控。这就像是专属于她一人的户外密室。长椅的大半被令人作呕的鸟屎覆盖，即便是最异想天开的游客也不会选择在这里休息。但鸟屎其实是假的，是人工合成的。

她就这样坐在隐蔽的角落里，点一支烟，深吸一口气，将甜美的毒药吸入肺里。和大多数癖好一样，吸烟的乐趣会随着次数的增加而逐渐减少。一般情况下，戴女士一个月只抽一包，但今天她很可能会打破自己的纪录。

微光照耀着河畔，两岸喧闹如常，汽车鸣笛声与交谈声此起彼伏。远处，客机排着队飞向希斯罗机场。一架直升机发现了新的捷径，正沿低空从伦敦的一端飞向另一端。

泰维纳呼出一口烟，烟雾在空中停留了两秒又散去，像一场破碎的白日梦。一个跑步的人路过，刻意避开了那团烟。烟和假鸟屎一样，能够很好地确保私人空间不被打扰，但再过个一两年，坐在这里吸烟可能就违法了。

她刚开完今天的第三场会，急需尼古丁抚平神经。这一次是和管治委员会（原名：监督委员会）见面。不知这次名称变更是否包含着一丝幽默或讽刺。委员会的成员相当于牛津剑桥学生宿舍和火车站台的混搭：一边是出身良好的高才生，另一边是作风硬派的老兵。要让他们达成一致，比让人们统一对马麦酱①的评价还要难。管理层对组织行动深恶痛绝，因为需要大量资金支援。外勤组却乐此不疲，因为他们觉得只有这样才能得到真正的成果。泰维纳表面上是管理层，实际上却是站在外勤组和一线特工那边的。再说了，如果不让特工出任务，安全局就只是一个花架子。要和恐怖组织对峙，就要做好挖战壕、戴钢盔的准备。

她手中的文件夹全是米黄色，一刻钟前刚刚盖了时间戳，全都是标记为"莫扎特"的 A 级机密资料。文件夹分发到会议成员手里的速度比茶点还快。

接下来的几分钟里，会议室内一片寂静。

终于，其中一位管理层人员开口道："你确定吗？"

"当然。"

"线报？"

---

① 马麦酱（Marmite），英国著名"黑暗料理"之一，使用啤酒酿造过程中最后沉淀堆积的酵母制作的酱料，主要在英国及新西兰生产，含有丰富的维生素 B。

有人冷哼了一声。老兵最爱听这群高才生扯专用名词了。

"没错,"她说,"是线人提供的情报。"

"这个阿尔比恩——"

另一个人说:"我们能按程序推进会议吗?"

在场的人都清了清嗓子,翻动着手中的文件。

一般来说,无论是会留下官方记录的公开会议,还是不会留下记录的秘密会议,都需要全场记录。记录需要包括日期、时间、与会者。议长:莱纳德·布拉德利,威斯敏斯特内阁大臣。发言人:戴女士。虽然没有人会这么称呼她。

"想必各位已经知悉,英格丽德·蒂尔尼女士这周在华盛顿出差,不然绝不会缺席。感谢副局长戴安娜代为参会,我们都知道她有多么优秀。戴安娜,请讲。"

"谢谢,莱纳德。诸位,早上好。"其他人也向她问好。她点着文件夹,说:"案件是今天凌晨四点二十二分,在BBC的一条博客上公开的。"

管理层的一个人说:"我并不想打断你,但是……"

好几个人都翻了白眼,显然他就是想要打断戴安娜。

"这种帖子难道不能追踪吗?我记得是叫——"

戴安娜·泰维纳说:"如果能查到,我们就不会在这里开会了。安全局会在《今日》新闻播出之前解决这个案子。"

布拉德利伸手示意暂停,要是他手里有一支烟斗会更应景。"也许我们应该先让戴安娜说完,她还没开始。"

她说:"哈桑·艾哈迈德,一九九〇年生于伯明翰。祖父母于二十世纪七十年代早期从伊斯兰堡移民英国。祖父开了一家软装公司,退休后父亲继承了家业。哈桑是四个孩子中最年轻的,在利兹大学学习商业管理,目前读大二,和另外三名同学合住一套公寓。他性格内向，没有女友或男友。他的导师对他印象不深。哈桑参加了名为'笑到最后'的学生社团，是一个讲脱口秀的兴趣团体，但社团的人对他也没有印象。显然他并不是学校里的风云人物。"

她停下来喝了一口水。

"他名义上算是穆斯林。上大学之前，他常去一家本地清真寺——并不在我们的监控名单上。他们家的信仰较为世俗化，父亲去清真寺主要是为了社交，家里平时不说家乡话，所以我们并不知道他是否会说乌尔都语。他没有参加过游行示威，也没有记录表明他与极端势力有接触。他的名字在二〇〇五年七月二十一日伦敦爆炸案的抗议书上出现过，但他应该是被人盗用了身份，或者抗议活动开始的时候恰好在场。"

她将玻璃杯放在了杯垫正中央。

"总而言之，他是一个普通人。虽然也有极端主义者出身于普通家庭的案例，但没有其他证据表明他身份可疑。他只是一个正在读大学的英籍亚裔学生。昨天晚上社团活动结束回家时，他去找停在附近的车。为了节省时间，他走了一条捷径，并在公寓边的小巷中遭到绑架。绑匪——"

"他开车？"有人问道。

"那辆车是他父亲送的礼物。"泰维纳说。

说完后她停下来，等着对方的问题，但他似乎已经满足了。

"绑匪自称为阿尔比恩之声。"

莱纳德·布拉德利倾身向前，脸上充满了困惑，他挑刺时总会露出这种表情。"抱歉打断一下——"

她做了一个"请"的动作，就像一名给巴士让路的轿车司机。

"我以为我们和这些'绑匪'并没有直接接触，但你已经知道他们的身份了？干得不错啊，非常厉害。"

几个人小声表示赞同。

戴安娜·泰维纳说："确实没有直接接触，是的。他们并没有提出要求，也没有针对此次——嗯——事件，做出声明。"

"但是你一直在监控他们。"

"相信你也会同意，这正是安全局的工作。"

"当然，当然了。我完全同意。"

长桌的另一端，罗杰·巴罗比咂了咂嘴。

巴罗比的昵称是巴萝卜，他很讨厌这个名字，但会在大家面前装作不在意。他砂金色的头发日渐稀疏，颌骨突出，习惯性地用手指戳着下巴上的酒窝，好像想把它戳进去。但他的头皮屑问题有了显著改善。

"罗杰！"莱纳德·布拉德利喊得很亲热，仿佛他们正在举办烧烤派对，"你想打断我们的谈话吗？还是有什么反对意见？"虚假的热情就像一把刀子。泰维纳一直不明白这两人为什么那么讨厌彼此。

"我只是发现了一个问题，莱纳，一个小问题。"

"烦请赐教？"

巴罗比说："我只是觉得，咱们是不是有点太幸运了？恰好有人在监控一群标新立异的思想家，恰好又发现他们准备搞一场政变，这种事发生的概率有多大？"

听到"标新立异的思想家"，泰维纳不禁笑了起来。

布拉德利说："我们当然可以在鸡蛋里挑骨头，但也许戴安娜能直接解答你的疑问。"

"说成'监控'有点夸张了。"戴安娜说，"我们的监控名单上有十七个组织，他们只是其中之一。有传言说可能会发生类似的事,而且——"

"什么?"

又是巴罗比。

"传言?"

她当然可以回应他的质问,但外勤组是不会让他如此猖狂的,他们一致反对道:"这就不是我们该管的了,罗杰。"

"没错。"

"情报收集的方式并不在委员会的讨论范围内。"

"当然。"巴罗比同意道,"但既然我们是出钱的人,总得让大家看一眼菜单吧?"

"到了年末我们会核实账本的。"有人说道,"但处理食材是他们的专长。"

布拉德利点了点头。"用你的比喻来说:我们可以直接品尝做好的菜肴,罗杰。"他说道,"但我们没资格进厨房观看制作过程。"

巴罗比开玩笑般举起双手投降。"戴安娜,请原谅我的无礼。你听到了传言,你动用了资源,这很合理。看起来你和——嗯——蒂尔尼女士做了一个很明智的……行动决策。"

戴安娜并没有透露英格丽德·蒂尔尼在这件事上参与到了什么程度,而是继续说道:"就像我说的那样,称不上是监控。我们并没有派特工去执行监视任务。不然这次闹剧也不会发生了。能提前阻止事件发生才是真的幸运,但无论如何,我相信这次事件也能很快解决。"

"赶在绑匪砍掉哈桑的脑袋之前解决。"莱纳德·布拉德利说。

"当然。"

"那我也不必再强调舆论方面的影响了吧?等到了晚餐时间,

还没看到新闻的半数国民也会开始关注这件事。"他看向面前的文件,"阿尔比恩之声,是吧?我很怀疑这帮人到底有没有读过威廉·布莱克①。"

无人应答。

他说:"警方那边呢?"

"我们还没向他们透露有关阿尔比恩之声的细节。"泰维纳说,"必要时我们会寻求帮助,但我相信明天此时,我们就能带着完整的案宗去找他们了。"

"那孩子是在利兹市中心被劫走的?"有人问道。

"不算市中心,在海丁利。"

"那边没有监控摄像头吗?现在这年头过个马路都能上直播。"

"昨天晚上交通监控设备恰好在维修,持续了六个小时左右。从午夜一直到刚才,负责人说是日常维修。"

"这么巧?"

"当然我们也在调查,或者说警方正在查。但我觉得阿尔比恩应该没厉害到能渗透交管局。你们面前的文件夹中有他们的官网页面,能看到他们大概的规模和主张。"

会议室中响起了纸张翻动的声音。

布拉德利抬起头来。"'民足(原文为 Natoinal)纯洁性'。"他嫌恶地说道,不知是针对错别字还是这个概念本身。

"我们的对手文化水平不怎么高。"泰维纳赞同道。

"不能通过网址反向追踪吗?"巴罗比问。

她说:"他们虽然不擅长拼写,反追踪却做得密不透风。服

---

① 此处的阿尔比恩(Albion)出自威廉·布莱克的长诗《四天神》(*Vala, or The Four Zoas*),诗中的巨人阿尔比恩的名字取自英国的古称。

务器代理在瑞典，他们很注重客户隐私。查出地址需要花一段时间，比四十八小时更久。但是请容我再次强调：我相信在时限到来之前，案件就能圆满解决。"

有人敲了敲门，汤姆走了进来，手里拿着一摞文件。他一言不发地把文件交给戴安娜·泰维纳，然后离开了会议室。

泰维纳打开文件夹，不动声色地读了起来。只看她的表情，你完全看不出文件上提供的是新信息、还是确认了已有的猜测，或者是另一起案件的报告。但她抬起头时，屋里的氛围也随之一变。

"是新线索，我待会儿复印一份送到你们手上。"

布拉德利说："也许你可以……"

她确实可以透露一些。

"先生们，这次案件并不是我们原先认为的随机绑架案。"

新线索不光需要讨论，还需要有人做出行动。行动是戴安娜·泰维纳的工作，讨论则是（大部分）其他人的工作。巴罗比找到她时，她正在去电梯间的路上。她一转身就发现他伸手要抓她的胳膊，她狠狠地瞪了他一眼。换个脸皮薄点的人，早就被她瞪出一个六英寸的洞了。

"我现在没工夫跟你废话，罗杰。"

"那我要等到什么时候？戴安娜，你刚才说的新线索——"

"我知道的都告诉你了。"

"真的吗？但无论如何，结果都不会改变，不是吗？"

"你确定吗？"

"我的意思是，这条意料之中的大新闻出来之前你一直胜券在握，无论对方是谁都不会对你造成影响。"

"意料之中？"

她说出来的每一个字都像一把冰刀。

"抱歉，我换个说法。我是想说，你手上有可靠的线人，对不对？莫扎特级机密可不是从随便什么电话记录或者贷款记录中找到的。"

"很开心能听到你的专业意见，罗杰。你职业生涯的巅峰是什么时候来着？贝鲁特？巴格达？还是那次在前线俱乐部的酒吧里？"

但是他不为所动。"我只是想说，那些都是斯劳部门干的事。"说完他得意地笑了一声，"坐在原地守株待兔，等着猎物送到嘴边。但你手里的情报要高级得多，所以你肯定有一个线人。"

她按下了电梯按钮。"是的，罗杰。我们确实有线人，这是情报收集的基础。"

"但是你的线人对最新进展并不知情？"

"如果他什么都知道，罗杰，他就不只是线人了，而是维基百科。"

"所以他离这次的事件中心有多近？"

"很近。"

"真巧。"

"有些人觉得是巧合，另一些人会说是远见。"

"远见也分很多种，不是吗？如果出题人就是你，那么解开谜题就没什么了不起的。"

"意料之中、出题人……罗杰，你是在暗示什么吗？"

电梯到了，门还未完全打开她就走了进去，按下一层的按钮。她连按了三次，如果有人能发明一种随着按下频率加快速度的按钮就好了。

"我想说的也不是什么重要的事，戴安娜。只是提醒你要小心。"

电梯门关上了，但她还是听到了他最后那句话。

"小心引火烧身。"

引火烧身。她一边回想着，一边把烟头按灭在鞋底。她看了看手表，还差十五秒到一点。

他从东边走来。打电话之前她没翻看过档案，但还是认出了他。总部管这些人叫"下等马"，有一半的乐趣来自让他们知道这种区别对待。两者间谁是发号施令的那方显而易见。他迈着坚定的步伐走来，就像一匹典型的下等马。无论速度快慢，只要能到达终点就是胜利。但任何有赛马常识的人都知道，赛场上只看结果不看过程。

他走到长椅前，抿起嘴，半是指责半是恼怒地看向她，像一个受了委屈的情人。

她说："那是假的，非常无聊。"

他依然不太信服。

"这是一张很有用的椅子，你真的认为我们会让一只海鸥在上面排泄吗？"

杰德·穆迪坐了下来。

河面上，鸬鹚已经绕了一周，第二圈飞到一半。班柯赛德码头边有一个牧师正在传教，站在虚拟的神坛前对着路人慷慨陈词。换句话说，一切如常。

泰维纳说："听说你昨晚联系了总部的人。"

"尼克是我的老朋友。"穆迪答道。

"闭嘴。你说杰克逊·兰姆在组织一场行动，派了一名新人同事去偷数据。你说这不是斯劳部门该做的事，就算要做也应该由你来完成。"

"没错，我有六年经验——"

"闭嘴。我只想知道，你是怎么得知这件事的？"

"得知什么，长官？"

她之前一直看着河对岸的建筑，现在终于转过头面向他："我不是来找你闲聊的。我问什么，你就答什么。不要装作不知道我在说什么，也别想蒙混过关。这条河地下有很多冰冷黑暗的角落，我很乐意把你埋进其中一个。明白吗？"

"明白。"

"很好。我给兰姆派了一个十分具体的任务，没有让他告知你。所以你是怎么发现的？"

他说："有窃听器。"

"窃听器。"

这不是一个问题，所以穆迪没有回答。但是他忍不住咽了一口唾沫。

"你是认真地在告诉我，你在杰克逊·兰姆的办公室里装了一个窃听器？"

"对。"

"我的天哪。"她仰头大笑起来，又忽然停下，"天哪。"她再次说道。

"这又不是……"

"不是什么？不是会让你蹲三十年监狱的犯罪行为？在如今这种形势下？"

"你知道在斯劳部门工作是什么感觉吗?"

她只是摇了摇头,对他的崩溃无动于衷。他可能觉得很沮丧,觉得自己正在努力把斯劳部门这摊烂泥扶上墙,却到处碰壁。但事实上他做的事并不比其他下等马更高级。如果你想找一枚随用随抛的棋子,杰德·穆迪就是最佳人选。

"我不在乎。我只想知道为什么安检的时候没人发现?哦,不,别告诉我。"

于是他闭上了嘴。

"安检是你做的。"

他点了点头。

"真是肉包子打……唉。你们整天在那地方都做些什么?不,还是别说了,我不想知道。"

先前的预感被证实了,戴安娜·泰维纳再次拿出了香烟。她把烟递给穆迪,他已经拿出了打火机,一只大手挡住火苗,点燃了两支烟。有那么一瞬间,共同的挫败感拉近了他们的距离。

他说:"我不是想偷听。呃,我确实偷听了,但只是习惯使然,因为我以前在监察部门工作。每次隔壁餐厅招了新员工,兰姆都让我去做背景调查。倒不是因为他觉得会有人在餐厅里安排眼线,他只是在耍我,也不介意让我知道。"

"那你为什么不直接辞职呢?"

"因为这是我的工作。"

"但是你在那里不开心。"

"待在斯劳部门,没有人会开心的。"

泰维纳专心吸着烟,或者只是装出专注的样子,实际上却在警觉地观察着四周和杰德·穆迪。他曾经也许确实是个得力的手下,但常年的烟酒已经腐蚀了他的神经。可以说,自从被贬到斯劳部门之后，他就一直在走下坡路。如今他肯定会把时间挥霍在健身房里，以弥补内心的罪恶感。他会连续练上七个小时，告诉自己这是在干正事，不是在荒废时间。一旦虚幻的泡沫被戳破，他就会投入酒精和香烟的怀抱。

"兰姆也不开心吗？"她问。

令人惊讶的是，他直接回答了这个问题。"他整个人都萎靡不振，他就是个又胖又懒的混蛋。"

"你有想过他为什么会在斯劳部门吗？"

"不然他还能在哪儿？"

这句话说得比较委婉。兰姆能够拥有一个属于自己的王国，是因为他手中握着某种不为人知的秘密——即便是在斯劳部门这种穷乡僻壤。这种事情想想就能知道，但穆迪没有直接提起。也许是因为他不想在她面前说错话，而这正是戴安娜·泰维纳想要的效果。

穆迪的烟已经快要燃尽，他让烟头从指缝间落下，滑落到两块石板中间。

他抬头，看到了她不容置喙的眼神。"听好了。"她说，"你要帮我做一两件事，私下里。"

"违法的事。"

"没错。也就是说，但凡出了一丁点差错，你被带到小黑屋里审问，我绝对不会承认和你有瓜葛，明白吗？"

穆迪说："明白。"

"你能接受吗？"

穆迪说："可以。"

她知道他说的是实话。和之前所有的"下等马"一样，他们都想回到总部。

她从包里拿出一部手机,交给他,说:"只能接不能打。"

他点了点头。

"扔掉那个窃听器。斯劳部门虽然无可救药,但好歹也是安全局分支。如果被外界知道有人窃听,你在国际调查部的前同事会把你生吞活剥了的。"

她站了起来,没有直接离开,而是停在原地。

"对了,穆迪,给你一个忠告。兰姆看起来萎靡不振是有原因的。"

"为什么?"

"因为他曾经是一线特工,要担心的事多如牛毛。比如被敌方抓住、折磨,或者被射杀。但是他活了下来,你最好记住这一点。"

她走了,留下穆迪坐在原地。他是她最新发展的眼线,收买他的花费相对更少,而她已经想好要让他去做什么了。

瑞弗看向窗外,艾德门大街上拥堵不堪。无穷无尽的施工让这条街道变得水泄不通。希多坐在办公桌前,电脑上仍在播放那条循环视频:无助的男孩被困在阴暗的地窖中。虽然距离实际拍摄的那十二分钟已经过去了很久,但视频每播放一次,留给他的时间就越少。

"极右组织。"瑞弗说。

虽然他已经有一阵没说话了,但希多还是瞬间接起了话茬:"绑匪不止一人。"

他转过身:"这还用说吗?要不要我告诉你一些更难观察到的——"

"瑞弗——"

"——肮脏的小秘密，以防你没能看出来？"

"我只是想说，别把这件事安在霍布顿头上。"

"所以事件发生之前，他突然出现在五处的雷达上也只是巧合吗？"

"是你直到事件发生之前才得知他的事。军情五处很早就开始盯着他了。"

瑞弗的外公能认出他脸上固执的表情，但希多·贝克还是继续说了下去。

"英国爱国党确实肤浅，喜欢把自己的处境怪罪在离得最近的倒霉蛋身上。没错，你要是把他们惹急了，他们也会去打砸抢烧。但是处决一个孩子？他们肯定做不到。"

"你觉得霍布顿没有能力做出这样的事？"

"是的，他没有能力。而且他为什么要做这种事？如果总部真觉得事件和他有关，还会派人去偷文件吗？不，他们会直接把他绑到地下室里问清楚。"

瑞弗说："可能吧。但他也有不少身居高位的朋友，所以不能随便把他绑进后备厢里。"

"真的吗？最近这几年连他以前供稿的那些小报都不接受他的稿件了。"

"因为他们不能表现得像是在支持他。"

"天哪，怎么可能？他落到如今的田地完全是自作自受，主流媒体不可能赞同他的观点。二十年前还有可能，但时代已经变了。"

"而且还在持续改变，你没发现吗？最近舆论有右转的倾向，态度变得更强硬了。但这不是重点。重点是：某个极右组织在我们窃取国家知名右翼分子资料的同一天发起了恐怖活动,这绝对不是单纯的巧合。"

希多转回身,面向电脑。"你总在说斯劳部门的工作不重要,我们怎么可能突然开始参与安全局的核心业务?如果霍布顿是幕后主使,总部真的在查他,我们就不可能知情,不是吗?"

他无言以对。

"这孩子肯定会被找到,绑匪不会得逞的,瑞弗。他不会在摄像头前被斩首,明天不会,以后也不会。"

"希望真是你说的这样。但是——"

他把后面那句话吞回了嗓子里。

"但是什么?"

"没什么。"

"你刚才明显有什么要说的,别装了。"

但是我看了你从霍布顿电脑里拷出来的文件,里面全都是乱码。无论你想偷的是什么,你都没能偷到。也就是说如果他真的和这件事有关,他已经领先了一步。所以那个孩子现在很危险……

"和你在酒吧看的那个东西有关吗?"

"没有。"

"你在说谎。"

"行吧,我在说谎,多谢了。"

"得了吧。如果我看了不该看的资料,我也会说谎。毕竟我们是干这行的。"

他这才发现,她想逗他笑出来。这很奇怪,他已经想不起来上次有女人试图逗笑他是什么时候了。

但他是不会笑的。"那个文件吗?"他说,"只是一些损坏文档而已。"

"损坏的方式很奇特，把所有内容都变成了圆周率。"

"是吗？"

"我觉得更像是为了保护某种信息做的干扰资料。"

"听着，希多，那个东西不重要。就算真的很重要，也跟你没有关系。"

看她脸上的表情，她近期内应该不会再试图逗瑞弗开心了。

"行吧。"她终于说道，"随便你。是我多管闲事了。"她突然起身，椅子向后滑去。"说到闲事，屋里还是太臭了，你就不能开窗通通风吗？"

她离开了。

瑞弗没有开窗，而是再次看向了窗外。汽车依旧堵在路上。他就算站在这里看一整天，底下的交通状况都不会改善。

绑匪不会得逞的，瑞弗。他不会在摄像头前被斩首，明天不会，以后也不会。

他希望她说得没错，但他对此持悲观态度。

但是警方找到了哈桑，他平安无事。

原来有人目击了绑架案。某位女士从卧室看到一群小伙子在对面的小巷里"打闹"，然后全都钻进了一辆福特牌白色面包车，向东边驶去。她当时没想太多，但看了新闻后忽然觉得不对，于是报警。面包车途经的路口都有红绿灯，还有监控。摄像头捕捉到了几个车牌号，消息很快传到了全国各地警局。各个地区的警方都在核实信息，在高速、市中心、停车场等地寻找白色的福特面包车。这样找下去总能找到，但最关键的线索是一个流浪汉提供的。终于，武装小组突破了囚禁哈桑的地窖，他们……

哈桑睁开了眼，屋里漆黑一片。他再次闭上了眼，武装小组冲了进来。他睁开眼，他们消失得无影无踪。

他从来不知道时间可以过得这么慢。

他同样不知道恐惧会让人感官错乱。不仅仅是时间感，其他情绪也会变得错乱。此时他穿着连体服，戴着面罩，就像一个病人，坐在荒诞剧的候诊室里。他对现实世界的感觉逐渐模糊，脑海中那个尖锐的声音再次响了起来。这个声音曾经帮他想到了无数好笑的段子。他听到自己的声音在发抖，装作这一切没有发生，或者已经结束了。这次被绑架的经历即将变成他最棒的脱口秀素材，让他炸翻全场。其他被监禁数年的人质会写书、拍纪录片，甚至上广播节目，但是有多少人会去开放麦讲脱口秀？

"让我来跟你讲讲我的邻居吧。"

停顿。

"不，说真的，我的邻居。"

然后观众就会明白，他说的是绑架他的人，那些威胁要把他斩首的人。而不是偷他们家车的邻居。

但那个尖锐的声音说到这里就停下了，因为他还没逃出去。房间里充满了恶臭：呕吐物、粪便、尿液……全都是恐惧在清空他的身体时丢出来的东西。他在黑暗的地窖里，面前也没有观众。每次学校组织开放麦他都去了，背了一堆段子，心里却不停地打鼓。他从来没有勇气站上台。

最好笑的是，他曾经以为那就是恐惧：害怕在喝醉的同学面前丢脸。就像是用脚去踢铁轨，一边喊着疼一边跳来跳去，却对高速驶来的列车毫无察觉。

前一秒他还在回家路上，后一秒就被关在地窖里，对着摄像机举起一份报纸。

这才是恐惧。

恐惧是：我们要把你的头砍掉，放在网上直播。

他喜欢互联网，网络拉近了人与人之间的距离。他们这一代人可以和世界各地的人对话，随心所欲地发推特和博客。如果你在网上和一个叫"派对狗"的人聊天，你不可能知道对方的性别、年龄，是白人、黑人、穆斯林，还是无神论者。这算是好事，不是吗？

但是哈桑看到过一条新闻。某个混蛋看到一位女士在街上昏倒，没有像普通人那样上前帮忙或者视而不见，而是尿在了她的身上，还用手机录下了整个过程，发在网上分享给其他混蛋寻开心。互联网似乎加剧了某些过激行为……有那么一瞬间，把这些都怪在互联网头上让他感到了一丝安慰。但那毕竟是互联网，它并不在意人类的命运。

很快，这瞬间的慰藉也消失无踪，他的感官再次回到了无情的现实。时间一分一秒地过去。无论在这个瞬间，还是之后的无数个瞬间，武装小组都没有突破地窖，平安无事地找到哈桑。

你绝对不会想在这间厨房里做饭。确实也没有人用过这个灶台。台面上堆满了外卖包装和塑料餐具、油乎乎的棕色纸袋、比萨盒，还有空易拉罐和烟盒。所有静止不动的东西都变成了烟灰缸。油毡地毯四角卷曲，后门边的一处焦黑表明那里曾经着过火。

屋子中间有一张贴着富美家贴面的餐桌，红色的桌面上布满了圆形的焦痕和笔直的划痕。桌子中央有一台合上的笔记本电脑，无数电线纠缠在上面，就像一盘意大利面。旁边有一支三脚架和一个钱包大小的数码相机。很久很久以前，人们还需要一整栋房子的设备来与世界沟通，但那个时代已经过去了。桌边摆着四把不配套的椅子，三把椅子上坐着人，第四把被一双穿着靴子的脚搭着荡来荡去。每荡一次椅子都仿佛要翻倒，但每一次又都荡了回来。

那双脚的主人说道："我们应该开直播。"

"为什么？"

"在因他[①]网上保持热度。别放那些视频了，让全世界看看他是怎么拉裤子的。"

另外两人对视了一眼。

这三个人看起来都不好惹，像斗牛犬一样凶。虽然大小形态各异，但他们都不是吃素的。你绝对不会把手指伸到他们面前，因为你没有把握全身而退。在房间下方的地窖里，哈桑·艾哈迈德给他们起名叫拉瑞、摩尔和库里。如果他们排好了队站在哈桑面前，就会是这个样子：

拉瑞是三人中最高的那个，也是头发最茂密的那个。但发量竞争并不激烈，因为另外两人都是光头。拉瑞剃了板寸，贴着头皮的短发像一顶帽子，让他变成了全是光头的屋子里唯一"戴帽子"的人，这给他带来了一种权威感。他脸型偏瘦，一双警觉的眼睛总在观察门口和窗边，以防有人突然闯入。他穿着一件白衬衫，袖口卷起，搭配黑色的牛仔裤和崭新的球鞋。相较之下，摩尔无论从哪个角度看都是队里的老二。他的身高介于另外两人之间，黑色的T恤也无法掩盖他突出的肚腩。他蓄着一缕山羊胡，

[①]此处为口误。

但是这个造型并不适合他。他总是捻着胡须,好像怕它突然离家出走。

库里则是那双脚的主人,他是三人中最傻的。

拉瑞对他说:"我们不能直播。"

"为什么?"

"就是不能。"

"他现在就是一只被抓住的老鼠,在那下面发烂发臭。我们应该让全世界都看看他这副德行,看看他们不背着炸药包上火车的时候是什么模样。"

"我们已经发过视频了。"

你当然可以花一整天时间给库里解释最简单的问题,但你迟早会放弃的。想让他理解比两匹马赛跑更复杂的问题,你要么给他分步骤画图解说,要么就给他一根烟,然后希望他能忘记这件事。

但是摩尔坚持不懈地说道:"你把东西发上网,就可能被人查到源头。当然有防追踪的手段,我们也都用上了。但如果我们把镜头搬下去开直播,他们就更容易查到我们。"

"而且是因特网。"拉瑞提醒道。

"什么?"

"是因特网,不是因他网。"

"都是一样的。"

拉瑞再次看向摩尔,两人同样无语。

"总之,你看他现在怕成那样?等到了明天这个时候他肯定吓得屁滚尿流!"库里宣布道,就像是在为一场复杂的辩论做总结陈词。

"我要去拉个屎。"他补充道。

他站起来的时候两把椅子都"砰"一声砸向了地面。

库里走出房间后,拉瑞点起了一支烟,把烟盒递给摩尔。"你觉得他靠谱吗?"

"他没有装的那么傻。"

"当然了,呵,那家伙竟然能同时做到走路和呼吸,显然没有看上去那么蠢。"

"我说他是装的。"

"我听到了。"

厨房门的另一侧,库里静静地听着,一动不动,直到谈话结束。然后他如烟似雾地飘向楼上,把自己反锁在浴室中,用一部他本不该拥有的手机悄悄打了一通电话。

兰姆坐在办公桌前,面对着一个文件夹。里面装的是异常交通缴费、推特博文,或者比斯顿的现金房产交易记录。然而他的注意力却集中在软木板上。那上面钉着一排优惠券,有附近的比萨外卖,还有金斯香肠的折扣券。凯瑟琳站在走廊里看着。她本想进来,把手里的报告放在兰姆的桌上然后离开,却觉得哪里不对劲。此时的兰姆并不像那个他们熟知且痛恨的老板,他看起来有些异样。

有趣的是,曾经凯瑟琳·斯坦迪什是很期待见到杰克逊·兰姆的——这都要怪查尔斯·帕特纳。冷战时期,兰姆曾是帕特纳手下的特工。某一天上午十点,这个传说中的人物突然出现在了现实世界。"杰克逊·兰姆非常与众不同。"帕特纳说,"你会喜欢他的。"考虑到说话的人是帕特纳,她选择了相信。

当时冷战刚结束。特工们不再继续"跨国假日",回来处理国内事务。在冷战结束的十分钟内,世界似乎真的变得更安全了。她知道兰姆去过柏林墙的另一边,这让她有了一些先入为主的期待。即便外表平平无奇,他也一定是个十分勇敢的人。

但他辜负了她的期待。这个臃肿不堪、衣衫不整的男人迟到了整整一个小时二十分钟,似乎还没从宿醉中清醒过来。帕特纳当时正在开会,对兰姆迟到的行为并不惊讶。"如果他来了,给他倒杯咖啡。"他是这样吩咐的。于是她给他倒了一杯咖啡,让他在访客的椅子上坐下。他的坐姿就像一只趴在树枝上的树獭。也不知是不是装的,他竟然睡着了。每次她抬头去看,他都闭眼打着鼾。即便如此,兰姆来到办公室之后,她也一直觉得有人在看她。

几年后,世界翻天覆地。帕特纳死了,成立了斯劳部门,杰克逊·兰姆成了领头人。

不知为何,凯瑟琳·斯坦迪什开始为他工作。后来她发现是兰姆指名要她,却没有透露背后的理由,她也从来没有问过。就算他另有所图也已经太晚了。换作从前,她可能想都不想就会跳上他的床,甚至醒来时都不会记得这件事。但自从戒了酒,她变得更小心了,再也没跳上过谁的床。而且就算要上床,也不会是和杰克逊·兰姆。

此时他坐在办公桌前,神情不太对劲。也许他在生气,但是怒火被压抑在胸口。斯劳部门给所有人套上了枷锁,就连愤怒都变得缩手缩脚。兰姆大部分职业生涯都在敌方战线后,但如今敌人就在眼前,他却只能坐在那里干等着。凯瑟琳看着他,莫名地想说些什么安慰他一下。比如:"我们会抓住犯人的。"

我们会抓住犯人的。全国上下的办公室、酒吧、教室和街边,都有人这样说:英国肯定不会发生这样的事,我们会抓住犯人的。"我们"指的是像凯瑟琳和杰克逊·兰姆这样的人,维护国家治安的人。他们不会允许这种事发生,即便他们往往要到最后时刻才能成功。这时凯瑟琳突然想到,怀抱这种信念的人只要看一眼斯劳部门,一定会想撤回前言。那个地窖里的孩子?他没救了。

于是她离开门边,回到自己的办公室里,依然抱着已经完成的报告。

9

月光有些黯淡，但是没关系。瑞弗又来到了罗伯特·霍布顿的公寓对面。不到四十八小时之前，倾盆大雨从天而降，瑞弗站在人行道上，借着突出的窗沿避雨。今晚没有下雨，而且他坐在车里。如果有人来贴罚单，他就换个地方。霍布顿家的窗帘透露出一丝光亮，窗后不时闪过一道阴影。他是个静不下来的人，无法长时间待在一个地方。虽然瑞弗不想承认，但他们在这点上确实很相似：他们都是不安分的人。

这时瑞弗突然吓了一跳：怎么回事——

有人敲了敲窗户，但他完全没注意到有谁靠近。

那个人弯下腰，看向车内。

"瑞弗？"她的口型说道。

天哪，瑞弗心想，是希多·贝克。

他打开门，她坐进了副驾驶，关上门，晃着头摘下了兜帽。

她手里拿着两杯外带咖啡。

"希多？你在这儿干什么？"

"我也可以问你同样的问题。"

"你在跟踪我？"

"你不是应该祈祷我没有在跟踪你吗？"她递给他一杯咖啡，他只能顺从地接过来。她掀开塑料杯盖，一股热气冒了出来。

"因为如果我真的在跟踪你，就意味着我靠自己的双腿跟着你横跨了半个伦敦。"她轻轻吹着咖啡的表面，蒸汽四散，"还没被你发现。那我一定是个很厉害的特工。"

瑞弗打开自己的杯盖，热咖啡洒到了腿上。她递了一块餐巾给他，他笨拙地试图在不洒出更多咖啡的同时把自己擦干净。"所以呢？你猜到了我会在这里？"

"也没有那么难猜。"

好极了。被人看透的感觉真是太棒了。"所以你觉得，我一个人在这里太孤单，需要有人陪伴？"

"实话说，这个我还真没想过。"她的目光越过他，"霍布顿家是哪个？"

瑞弗指了指。

"他家里没有别人？"

"应该是吧。所以你到底为什么要来？"

她说："虽然我觉得你的推测是错的。如果霍布顿真的和哈桑有关——"

"媒体公布了他的名字？"

"官方还没公布，但局里已经知道了。几个小时前何从数据库里挖出来的。这小子滑得像条泥鳅，幸亏他站在我们这边。"

"所以被绑架的孩子是谁？"

"哈桑·艾哈迈德。现在何肯定连他穿几码鞋都查出来了，但我离开时还只知道名字。总之，若这件事和霍布顿有关，他肯定已经被带走了。总部不会放他逍遥到现在的。"

瑞弗说："这我也想到了。"

"所以？"

他耸了耸肩。"我知道他肯定有什么打算。"

"你在酒吧看的那个文件,准备告诉我到底是怎么回事了吗?"

话都说到这个地步了,不如干脆就告诉她吧。他又不可能说服她自己的兴趣是阅读圆周率。"那是霍布顿的文件。"他说,"你之前偷走的文件。"

"什么?"

他尽量简洁地给她讲了一遍经过。

瑞弗讲完后,希多沉默了整整一分钟。他很感激,因为她本可以直接教育他这种行为有多么愚蠢,向他解释偷窃国有财产和机密信息(就算是无用信息)有什么不同,又会面临怎样惨烈的后果。他不想听到这些。然而仅仅是告诉她霍布顿U盘上的信息就会将她置身于同样的险境,她却没有指责他。如果瑞弗被抓住,她就是共犯,除非她现在就下车,给看门狗打电话。

她没有举报他,相反,过了一分钟,她说:"所以那个 π 是怎么回事?某种密码?"

"应该不是。我觉得是他准备的假文件。他可能很多疑,觉得会有人翻他的资料,想要确保这些人空手而归。不,不仅如此,他想让他们知道他有备而来,他想成为那个笑到最后的人。"

瑞弗想起来,霍布顿用了《探照灯报》来包厨余垃圾。这是一份反法西斯报纸,他是在嘲笑翻他垃圾的人。你是说,他在喊我们纳粹吗?他问兰姆。当然了,兰姆说,他当然觉得我们是纳粹。

"他这么想倒也没错。"希多说,"毕竟我偷了他的文件,你翻了他的垃圾。"

"当初那份名单被公布也不是意外。"瑞弗说,"不得不说,他被安全局折腾得够呛。"

"所以他就要斩首一个孩子来报复？你知道如果真的发生了这样的事，后果会有多严重吗？"

"我能想象。"他的咖啡还是太烫了，于是他把杯子放在了仪表盘上。"伊斯兰社区会上街反抗。当然，自由主义左派会对此表示同情。一个孩子可是在镜头前被斩首了，多可怜。但反抗不会止步于游行示威、要求平等和尊重。人们会寻求报复，持刀伤人、打砸抢烧，事态会逐步升级。"

"我就是这个意思。霍布顿虽然是个疯疯癫癫的蠢货，但他至少爱国。你觉得他真的想让国家乱起来？"

"当然了。因为混乱之后政府就会出台更强硬的政策，他想要的就是这个。他的目标不是混乱本身，而是之后的打压。因为虽然没人想看到小孩在电视上被斩首，但他们更不希望看到自己家门前乱成一锅粥。"

希多说："我最讨厌阴谋论了。"

"如果被证实了就不是阴谋论，只是单纯的阴谋了。"

"所以在霍布顿的公寓外面盯梢会有帮助吗？"

"等明早我再回答你这个问题。"

"你的计划就是在这里坐上一整晚？"

"说不上是计划。"

她摇了摇头，喝了一口咖啡。"如果什么都没发生，你请我吃早饭。"

他不知该作何回应，但在气氛变得更加尴尬之前，她突然开口说道："瑞弗？"

"怎么了？"

"你知道你是个混蛋，对吧？"

他忍不住笑了起来，但是及时转过了头，这样就不会被她发现了。

上面的谈话发生在晚上十点，现在过去了一小时，瑞弗觉得自己可能要请希多吃早饭了。街上没有一点动静，霍布顿也一样。窗边的灯光依旧，偶尔闪过的影子说明他还在屋里。但屋里的人也可能不是霍布顿，也许瑞弗应该去敲他家的门，让他露出马脚。

但直接试探是下下策。这样会惊动目标。在一次课上，蜘蛛·韦布回答道。目标会采取和以往不同的行为模式。显然蜘蛛是在复述某位专家的话。但另一方面，瑞弗会赞成任何蜘蛛反对的事。

他已经反复纠结了不下五次，但还是没能下定决心。

瑞弗尽可能伸了伸腿，努力让自己的动作不要太明显。他的穿着一如既往：蓝色牛仔裤、白色无领衬衫外面套着一件灰色V领毛衣。希多穿着黑色牛仔裤和一件连帽毛衣。很低调，很有间谍的气质，很适合她。她把座椅向后移动，整个人都坐在阴影中，看向瑞弗，眼睛偶尔会映出路边的灯光。她在想他的事。一个女人在想他，这可能是好事，也可能是坏事。瑞弗不知道这次是哪一种。

于是他打破了沉默，问道："你为什么要加入安全局？"

她看着他的眼睛说："当然是因为间谍很帅。"

"所以你入行时心怀憧憬，现在该面对现实了。"

"我又不傻。"

"我没说你傻。"

"我当年可是东方语言学系的第一名呢。"

"真令人安心。"

她翻了个白眼。"如果你能闭嘴的话就更令人安心了。"

于是他闭上了嘴。

霍布顿在公寓里来回踱步……他可能正在对着手机下令,或者给同伙发邮件,但瑞弗并不这么认为。他并不认为霍布顿会冒着被窃听的风险做这种事。他就像一只被关在笼子里的猫,潜心蛰伏,伺机而动。

瑞弗非常理解。

希多说:"你家里人也是做这个的。"

他点了点头。

曾经这种情况并不少见。就像警察和水管工都有子承父业一样,即便在今天,你还是有可能遇到三代或者四代间谍。瑞弗的外公是传奇人物,是他不可能超越的人。但这是希多的故事,所以他没有多嘴。

"我家没有人干这行。一开始我甚至没想过要当公务员,更别提间谍了。我最初想去银行。我妈妈是律师,我想成为赚得更多的银行家。这样才能被称作'成功',不是吗?你要赚得比父母多才行。"

他点了点头,虽然他很难想象母亲赚钱的模样。

"爆炸发生的那天我还在上大学。"

这也在意料之中。自从那次事件发生后,加入安全局的大部分人都提到了这个理由。

他静静地听着,但是没有看她。每个人讲述那天的口吻都不一样:有时是关于自己的故事,但是爆炸发生了;有时是关于爆炸的故事,但是他们也身在其中。无论如何,如果没有人看着,她讲述起来也会容易一点。

"我当时在市中心一家银行兼职,算是假期实习吧。我还是个新人,不知道上班路上可以穿运动鞋,再留一双正式的鞋在办公室。总之,我从艾德门站出来的时候听到了奇怪的声音。与其说是声音,更像是一种……一种空气的震动,就像打开一个真空瓶子,空气被吸进去了一样。但是更夸张一些。我当时就明白发生了什么,大家都知道发生了什么。好像我们花了整整三年半的时间等待这件事发生,却直到发生的那一刻都没意识到自己在等待。"

远处的路口出现了一辆车,明晃晃的车前灯将他们钉在了座位上。

"奇怪的是,当时街上并没有出现恐慌。大家好像都知道要怎么做,没有人上去逞英雄,而是让专家来处理问题。之后就开始谣言满天飞,有人说公交车要爆炸了,还有人说直升机会袭击白金汉宫——都不知道是从哪儿冒出来的说法。"

网络上还有其他疯传的谣言。虽然表面上镇定,实际上却暴露出了这个城市的根基有多么脆弱。

"总之,我到办公室时他们都已经撤离了。之前银行里做过疏散演习,每次下楼大家都阴着一张脸,盯着手表,等消防员统计完人数。那天早上他们甚至不让我进大楼,原因很明显——没有比这更适合抢劫银行的时机了。"

仿佛知道自己不会被打断一样,她进入了一种旁若无人的状态。她在脑海中排练过无数次的故事终于找到了听众。如果他们不是坐在车里,瑞弗相信就算他悄悄离席希多也不会停止讲述。

她说:"总之……我怎么一直在重复这个词?总之,总之……我走路回家了。七月七号那天很多伦敦人都是走回家的。那是步行回家日。到家的时候,我的脚疼得要命……我一直穿着工作用的高跟鞋。因为我当时是个新人，想在职场看起来更聪明老练一点，而且那毕竟是市中心。没人告诉我上班的第二周会有一群疯子带着炸弹去地铁报复社会——五十二人被炸死，伦敦瘫痪了整整半天。"她眨了眨眼，"回家后我把鞋放进了橱柜里，再也没穿过。每个人都有属于自己的回忆，不是吗？我的回忆就是橱柜里一双走坏的鞋。每次我看到它，就会想起那天的事。"她看向瑞弗，"我是不是说得太抽象了？"

"你是亲历者，"他的声音有点哑，于是他清了清嗓子，"这是你的回忆，抽象一点也没事。"

"你呢？"

她的意思是爆炸发生时他在哪里。

事实上他当时正在放假，和上一任女友去意大利旅游。她是个平民，两人的关系有点紧张，那次旅行也有点孤注一掷的意味。所以他只能在电视上看CNN报道那天的事件，努力控制自己不要疯了一样改订回程的机票。最终他独自飞回了伦敦，她留在了意大利。瑞弗甚至不确定她是否真的再没回来过。

有时，瑞弗·卡特怀特觉得自己就像一个从来没上过战场的职业军人。

他没有回答希多的问题，而是说道："所以你为了阻止类似的事发生，加入了安全局。"

"听起来有点天真，对吧？"

"不，这也是工作的一部分。"

希多尼说："我本来觉得，就算只是填表格，在网上寻找蛛丝马迹，甚至是给真正干活儿的人倒咖啡和茶都能让我心满意足。只要能参与其中就行。"

"你确实参与其中了。"

"你也是。"

但是他并没有说出来:给人倒茶无法满足他。

又有一辆车从主路拐了进来,几乎一瞬间就找到了停车位,亮着灯在原地停了一会儿,瑞弗能听到引擎的轰鸣声,然后它熄了火。

"瑞弗……"

"怎么了?"

"你想知道我为什么会来斯劳部门吗?"

瑞弗说:"你不用告诉我的。"

"我想说。"

他摇了摇头:"你不用告诉我细节。"因为归根结底,无非就那么几种原因。也许她惹怒了错误的人,也许她拒绝和那个人上床,或者同意了却闹得很尴尬……一切皆有可能。她应该是被人陷害了,不然不会沦落到斯劳部门。她并不需要把前因后果告诉他。瑞弗说:"我自己也搞砸过很多次。"

她因为地铁爆炸案进入安全局,瑞弗因一个虚构的地铁爆炸案被踢出了本部。也许有一天他能大声把这句话说出来,逗她开心,甚至逗自己开心,但不是现在。

"我没有搞砸,瑞弗。"

停在面前的车挡住了他的视线,让他看不清新来的车辆。但他知道有人从车里下来了。

"我来斯劳部门是有原因的。"

也许是下来打个电话,或者等人。也许这个人在天黑之后来朋友家,并拒绝用鸣笛声告知自己的来访,虽然这类事很少发生。

"瑞弗?"

他不想听。他不想听她讲述自己的性经历。几个月来，他努力装作看不见她，因为他害怕被拒绝。他已经被拒绝了太多次，全世界都知道他搞砸了国王十字车站。那个视频甚至会被拿来训练新生。

"瑞弗……"

路的尽头好像有动静。是否有一个影子下了车，走进人行道的阴影中？他无法判断，但如果是的话，肯定不会是巧合。

"你他妈的能好好听我说话吗？"

"我在听。"他说，"所以为什么？你为什么会在斯劳部门？"

"因为你。"

现在他真的注意听了。希多的半张脸隐藏在阴影中，另外半张脸像纸一样惨白。"我是来斯劳部门监视你的，瑞弗。"

"你是在开玩笑，对吧？"

她摇了摇头。

"你在开玩笑。"

光线中的那只眼睛直视着他。他能看出什么人擅长撒谎。希多很擅长，但她此刻说的是实话。

"为什么？"

"我不应该告诉你的。"

"但是你现在告诉我了，不是吗？你正在和我说。"

这种窒息感并不新鲜。他每天早上都有同样的感觉，和他的闹钟铃声一样熟悉。这种感觉会将他从睡梦中惊醒。白色衬衫，蓝色T恤；蓝色衬衫，白色T恤……有时他甚至记不清蜘蛛说的是哪个，目标人物穿的又是哪个。他只知道自己被蜘蛛耍了，但他并不明白其中的缘由。是为了肃清竞争对手吗？倒不是他觉得蜘蛛干不出这种事，但蜘蛛绝对没有这么聪明。如果他真的那么聪明，就没有耍手段的必要，因为他肯定早就比瑞弗更优秀了。

但希多相当于在告诉他背后另有其人。有人在幕后设计了他，还派希多来斯劳部门监视他。除了那个让他沦落至此的始作俑者，还有谁会做这种事？

"希多——"

但是她睁大了眼睛，用手指着前面。"瑞弗，那是怎么回事？"

他及时转头，看到一个黑色的身影翻过五英尺高的围墙，到了霍布顿家的窗边。

"希多？"

"看起来像是——"她瞪大了眼睛，"执行员？"

执行员身穿黑色制服，佩戴重型武装，完成任务毫不拖泥带水。

她说完那句话之前瑞弗就下了车。"你走前门，我翻墙。"

与其说是翻墙，不如说是撞墙。他错误地估计了自己的能力，不得不退后重来一次，连滚带爬地掉进花园里。花园里铺着草坪，边缘有一圈花圃。塑料家具散落在四处。野餐桌边撑着一把孤零零的旧阳伞，没有其他人。

距离黑影出现过去了多久？十五秒？二十秒？

房子背面有一个开放式休息区，通向内侧的双扇玻璃门敞开着。他走进去，走廊左右两边各有一扇门，门扉紧闭。一个短促的声音从两扇门中间某处传来，是有人抑制住惊呼的声音。

瑞弗的皮靴踩在瓷砖上，发出踢踏声。

他面前有两个选择。如果他没记错的话，霍布顿在左边那扇门后。无论是靠巧劲还是蛮力，那个黑衣人很可能是直接冲了进去。但那真的是一名执行员吗？如果是的话，他来这里做什么？但现在想这些也为时已晚，时间不等人，他此刻就站在这里，贴在走廊的墙边。踏过瓷砖的皮靴"砰"的一声踢开了门，瑞弗进入了屋内。

又是一道走廊，左右依然有两扇门。从敞开的门缝中可以看出是厕所和卧室。走廊通向客厅，客厅的另一端就是他在街对面看到的正门。屋里到处是书籍和报纸，还有一台便携式电视和一张破旧的沙发，上面堆满了吃剩的外卖。墙边有一扇窗户，窗帘紧闭。他就是透过那副窗帘看着霍布顿在屋内来回踱步的。记者一整晚都坐立不安，似乎在等待什么。而此时此刻，影子的主人就站在他面前。

瑞弗没见过霍布顿，但一看就知道是他：平均身高，稀薄的棕色头发，一脸惊恐地看着今晚的第二个不速之客。显然，他还没从第一个访客带来的惊吓中缓过神来。那人穿着黑色制服，戴着巴拉克拉瓦盔式帽，佩戴多功能腰带，却并不是一名执行员。他的装备不够先进，没有什么科技含量。而且他用来抵住霍布顿脑袋的点二二口径手枪并不是官方配备的款式。

现在枪口指向了瑞弗，口径突然不再重要了。瑞弗举起一只手，仿佛在安抚一只发狂的恶犬。"不如我们先放下枪？"他的声音之平淡、用词之平庸连他自己都吓了一跳。霍布顿突然语无伦次地大喊道："发生了什么事，你们是谁，这到底是为什么？！"黑衣人一记猛击放倒了霍布顿，对着瑞弗做了一个手势，示意他趴下。无数念头在他脑海里争论：他不是总部派来执行任务的。把他拿下。你怎么知道他没有同伙？争论结束，他不知该怎么做才好。瑞弗缓缓蹲下，目测着旁边桌上那个沉重的烟灰缸的距离。黑衣人没有说话，一只胳膊卡住霍布顿的咽喉，把他拖向门口，枪依然指着瑞弗。开门时他松开了记者，冷风灌进屋内。他重新抓起霍布顿向后退去，双眼死死地盯着瑞弗。无论他的计划是什么，他都没料到希多正在外面等着他。她抓住霍布顿的胳膊，瑞弗拿起烟灰缸向前扑去，想要击昏黑衣人。霍布顿跌倒在人行道上，瑞弗迅速冲向另外两人。三角形的第三个边并不稳定，枪发出微弱的响声，三人散开了。

其中一人跌在地上，倒在一摊之前并不存在的液体中。那摊液体逐渐涌出、铺开，墨一样的溪流静静地汇入下水道，对周遭逃窜、惊恐和悲伤的声音浑然不觉。

第二部 狡猾的妓女

10

如今死期将近,哈桑忽然平静了下来。他有一种不真实的感觉——不,这个说法不够准确——他有一种看破尘世的感觉,内心感到前所未有的平静。生命就像过山车,经历了无数刺激的俯冲之后,乘客会对最后的安宁心怀感激。他不必再忍受这一切,终于可以从痛苦中解脱。相较而言,死亡并不算什么沉重的代价。

如果他能保持这种心态的话,接下来的时间就不会那么难熬了。但是每次他想到"死亡"和"代价",内心的平静都会被恐惧驱散。他才十九岁,还没坐过真正的过山车,更别提用它来比喻人生了。他根本不知道人生是什么样的,他还从来没站在聚光灯下,对着观众讲过一个完整的笑话。

拉瑞、摩尔和库里。

库里、拉瑞和摩尔。

这些人到底是谁?为什么会找上他?

哈桑只是一个梦想成为喜剧演员的普通学生。但他更可能会进入某家公司,在办公室上班,做一份普通的工作。他学的专业是商业管理,该死的商业管理。父亲并没有逼着他选,但他显然更希望哈桑选择这个,而不是戏剧专业。哈桑想去学戏剧,但他付不起学费,所以随波逐流又有什么不好呢?这样他就算当不成脱口秀演员，至少还有自己的公寓、汽车和退路。

　　他不禁想道：世界上有多少人没能实现最初的梦想，选择得过且过？他们可能并不像他一样被关在漆黑的地窖中，面临被斩首的危险，但也因为没能进入摇滚、足球、电影或写作行业，转而选择成为办公室白领、清洁工、水管工、店员、程序员、牧师，或者会计。也许大家都是这样，都不甘于平凡，但只有小部分人能成功。而那些成功的人却不懂得珍惜。

　　所以某种意义上，哈桑是幸运的。他的人生不再平凡，他出名了。但他也确实不觉得这有什么可感激的。只有当他再次看破凡尘，平静地等待过山车结束时，他才能获得真正的解脱，才能真正地放手……

　　拉瑞、摩尔和库里。

　　库里、拉瑞和摩尔。

　　这些人是谁？为什么会找上他？

　　最可怕的是，哈桑觉得自己知道原因。

　　或者说，他本以为自己知道。

　　斯劳部门附近的酒吧里，明·哈珀和路易莎·盖伊坐在桌边喝酒。今天早些时候，瑞弗和希多也来过这里。明在喝龙舌兰，路易莎在喝公牛鸡尾酒。这已经是他们今天的第三杯了。喝前两杯时他们都没有说话，沉默地听着酒吧里嘈杂的人声。远处的角落里有一台电视，但他们都没有转过头去看，因为怕看到那个被关在地窖里的少年。但这毕竟是今天唯一的话题，就像一个深潭中的气泡，它总有一天会冲破岩石浮到表面。

　　"可怜的孩子。"

"你觉得他们真的会动手吗?"

"动手?"

将他的头砍下来。两人不约而同地想道,然后露出了痛苦的神色。

"抱歉。"

"嗯,但是你怎么想?"

"是的,我觉得他们会动手。"

"我也觉得。"

"因为他们还没——"

"——提出任何要求,只是说了要——"

"只说了要杀他。"

两人同时放下了手里的酒杯,玻璃碰撞桌面的声音回荡在空气中。

今晚阿尔比恩之声在网站上做了公开声明,说哈桑·艾哈迈德会在三十小时内被处决。地铁爆炸案死了五十二人。他们论述道,所以就要五十二个人来偿命。当然他们还写了其他内容,都是些关于民族身份、街头纷争的陈词滥调。网站只有一页,没有提供任何其他证据表明他们是这次案件的绑匪。与此同时,还有十三个不同组织发表了犯罪声明,并在网站上播放哈桑的视频。但阿尔比恩之声的声明是何从摄政公园的记录里查到的,所以总部在怀疑谁就很明显了。但是很奇怪,何说,因为他们的网站是两周前才上线的。而且网上和这个组织有关的资料非常之少。

但至少他们知道男孩的名字了,这也算是一种进展。

"也许有了名字,他们就知道该从哪儿开始查了。"

"他们可能早就知道他的名字了。"

"他们知道的肯定比透露出来的要多得多。"

"反正不会告诉咱们。"

"斯劳部门:简单生活,专业打杂。"

比如在推特上寻找加密信息,或者列出一个学期内缺席超过六天的留学生名单。

他们喝完了杯中的酒,又点了一轮。

"何应该已经追上他们的进度了。"

"他无所不知。"

"他认为自己无所不知。"

"发现视频是循环的时候,你看到他脸上的表情了吗?"

"好像他刚刚破译了恩尼格玛。"

"对他而言这才是最重要的:视频是循环播放的。"

"那个孩子在他眼中就只是像素。"

两人对视了一眼,第一次没有装作在看别的地方。他们都不太擅长喝酒。路易莎一喝就脸红,如果只是淡淡的粉红倒还好,但她皮肤上会浮现斑驳的红色,就像一张没叠好的地图。明则是整张脸都垮了下来,皮肤松弛地挂在下颌骨上,耳朵和双眼一样通红。整个伦敦,不,整个世界都有这样的人:去酒吧时在心仪的同事面前丢尽了脸面,却还是要勇往直前。

"兰姆肯定知道更多。"

"更多什么?"

"比我们知道得多。"

"你觉得他没被总部排除在外?"

"至少比我们强。"

"那也没强到哪儿去。"

"我知道他的密码。"

"……真的?"

"应该是吧,我觉得他从来——"

"别告诉我!"

"没改过默认密码。"

"确实像他会干的事。"

"他的密码就是'密码'。"

"你确定?"

"何是这么说的。"

"他告诉你的?"

"他忍不住,他一定要找人倾诉,证明自己有多聪明。"

两人盯着自己的酒杯看了看,又对上了视线。

"再来一轮?"

"嗯,是吧,或者……"

"或者?"

"或者回办公室?"

"太晚了,办公室都没人了。"

"我就是这个意思。"

"你是说,我们要……"

"看看何查到了什么?"

"如果兰姆知道案件细节,肯定能在他的邮箱里找到。"

两人反思了一下计划内容,发现漏洞百出。但都决定保持沉默。

"如果我们被抓到翻兰姆的邮件……"

"不会的。"

如果办公室里有人,窗户就会是亮的,坐在街对面就能看到。斯劳部门又没有高科技安保措施。

"你确定这么做真的有意义吗?"

"至少比在这里把自己灌得烂醉有意义。我们这样也帮不上什么忙。"

"有道理。"

两人都等着另一个人率先行动。

但最后他们还是先喝了另一杯酒。

他来过医院，但那已经是小时候的事了。有一年瑞弗住了两次院，第一次是扁桃体切除手术，第二次是手臂骨折。他当时去爬一棵巨大的橡树，不慎掉了下来。那棵树在祖父母家两片地外的空地上，他也不是第一次爬。之前每次上去他都发愁该怎么下来，这次倒是省心，地心引力直接把他拽向了地面。回家后，他努力隐瞒受伤的事实，因为他保证过不会在爬树时弄伤自己。但最终他还是不得不承认，是的，他握不住叉子。老家伙后来告诉他，那之后他脸色变得煞白，晕倒在地上。

他躺在黑暗中回忆当年。后来母亲来医院探望他了。当时他整整两年没见到她，她说自己下午刚刚回到英国。"没准儿这就是你从树上跌落的原因，对不对，亲爱的？千里之外，你感应到了我在回来的路上。"虽然当时年仅九岁，但他已经开始感到疲于应对。后来他发现伊泽贝尔已经回来了好几个月，却并不惊讶。话虽如此，她那时确实陪在他身边，没带上"新爸爸"，得知瑞弗对护士说自己是个孤儿时也没生气。唯一牵动她神经的是外祖父母对瑞弗的放任。

"爬树？他们怎么能让你爬树？"

她向来擅长回避责任，身边的人早就习以为常。瑞弗却并不擅长应对她这种理直气壮的态度。其中最不负责任、伤他最深的就是"瑞弗"这个名字，天知道他因此吃了多少苦头。但即便是九岁的他也知道要见好就收。此时伊泽贝尔已经不再沉迷嬉皮士，换成了日耳曼风格。如果瑞弗再晚一年出生，他的名字可能就会变成沃尔夫冈。外公肯定不喜欢，但老家伙很善于摧毁真实身份，捏造假身份。

那都是很久以前的事了。往事如流水，也就是他名字的含义——河流（River）。现在躺在另一家医院中，瑞弗不禁想道：如果他有一个不同的母亲会怎样？如果她叛逆得不那么彻底和失败，不去刻意逃离自己的中产家庭，此时又会是怎样一番景象？他不会和外公外婆一起生活，也不会从树上摔下来——至少不是同一棵树。他不会想要加入安全局，过上与众不同的人生……然而母亲就像一首歌，反复闯入他的生活中。她不在时，他就会忘记歌词；而她每次回来，都会带上一首新的旋律。她美丽、虚幻、自以为是又幼稚。最近他才发现她变得多么脆弱。她经常幻想瑞弗是她一手带大的，如果有人反对，她就会愤怒地据理力争。那些混乱的岁月被她抛在了身后，她变成了一个完全不同的人。她现在的名字是伊泽贝拉·邓斯特布尔。上一次婚姻较为圆满，给她带来了尊严和财富，早逝的丈夫为她留下了大笔遗产。现在她就算看到了吸大麻用的烟斗，也只会露出疑惑的神情。擅长摧毁身份的人可不只是外公。

回忆过去总比面对现实要好，他现在一点也不想面对现实。

紧锁的门后传来了剐蹭的声音，好像有人在椅子上摇晃，用脚顶着对面的墙保持平衡。

瑞弗曾经摔断过胳膊，在医院住了很久，所以他知道这里就是医院。医院里没有光照不到的角落，隔断帘就相当于是墙壁。这里几乎没有隐私，你盼不来想见的人，却总能盼到不想见的人。

他听到走廊里有人在走动,走向他所在的位置。

斯劳部门也在一片漆黑之中。换作摄政公园,即使没什么要紧事,也有一整个足球队的人在大楼里值班:每个队伍十一人,加上边线裁判员。但斯劳屋里空空荡荡,透着一股失望的气息。明·哈珀爬上楼梯,屋里空无一人,就像一个网购成人影片店的接待前台。这让他想到了自己的处境:同样身处无人在意的部门,心不在焉地做着毫无意义的工作。过去两个月,他一直在查异常交通缴费,统计进了城却未缴纳进城费的车辆。车主往往称自己当天并未进城。最后查出来的结果都是一样的,他们只是不想被家人知道自己去做了什么。有些人瞒着家人出去玩,有些去交易盗版DVD,甚至是瞒着丈夫带女儿去做人工流产……集中营里,囚犯每天会把石头从一个地方搬到另一个地方,然后再搬回原地。明觉得这都比他的工作更有意义。

忽然间,楼梯上方响起了什么声音。

"你听见了吗?"

"什么?"

"不知道,好像有声音。"

他们来到楼梯顶端,停在了原地。声音没再响起。

路易莎向明走近了几步,他闻到了她头发的味道。

"是老鼠吗?"

"这栋楼里有老鼠?"

"那种大老鼠。"

酒精把他们都变成了大舌头,说出来的话含混不清。

刚才的动静没再出现,但路易莎头发的香气依然萦绕在鼻尖。明清了清嗓子。

"我们要不要……?"

"嗯?"

"上去?我是说——"

"行啊。反正来都来了——"

还好楼里一片漆黑。

他们继续向上,两人的手在黑暗中抚摸彼此,醉酒的手指自顾自缠在了一起,他们开始接吻,不只是接吻,两人都在黑暗中疯狂地抓住彼此,拉扯着,想要与之融为一体,撞在了罗伊办公室的墙上。

三分钟过去了。

两人气喘吁吁地分开,说:"天哪,我从来没——"

"闭嘴。"

他们闭上了嘴。

两层楼上方,兰姆的办公室里有一个执行员模样的黑影。

门外,尼克·达菲的手下坐在塑料椅上。他将椅背后倾,靠在墙上。丹·霍布斯原本还有两分钟就能下班了,却突然收到了通知要来这里加班。有特工中弹了,现在可没空休息。即便中弹的是下等马,而这很可能是他们自作自受。

虽然霍布斯并不了解事件细节,但他已经做好了心理准备,接受这一切都是因为下等马犯了个愚蠢的错误。

安全局特工在医院是标红的,一旦有特工入院,摄政公园就会收到警报。霍布斯就是那个收到警报的人。他向总部发送了特工倒下的信号，赶到医院的路上超了几次速，检查了特工受伤的情况，然后遵从达菲的指示：看好送她来的那个人，原地待命。于是他将目标关进了唯一空着的房间，停尸房附近的储物间里。

那之后过去了半小时，他完全没收到总部的消息。这时霍布斯终于察觉到了不对劲，仔细看了看手机，发现了一件尴尬的事。

他没有信号。

该死的。

他可以迅速跑一趟楼上，一分钟之内就能回来。他越早恢复和总部的联络，暴露失联的概率就越低。

然后他听到了橡胶摩擦的吱嘎声，有人下楼了。

他在椅子上坐直，脚踩地面。

上面确实有声音，毫无疑问。而且动静大到足以打断路易莎和明的激情拥吻。要是声音响起的时间再晚三分钟就不一定了，也许这就是命运吧。

"你听到了吗？"

"听到了。"

"楼上传来的。"

"兰姆的办公室？"

"或者凯瑟琳的办公室。"

他们等了等，但是没再听到其他的声音。

"你觉得是兰姆吗？"

"如果是的话，他肯定会开灯。"

他们分开了，整理好衣服，悄声无息地走向门口。如果有人看到他们的动作，可能会以为他们事先做过排练。两人隐匿在黑暗中，时刻防备着附近的第三人。

"武器？"

"桌上。"

一只手捡起桌上的玻璃镇纸。另一只手拿起订书机，用作指虎。

"你确定要这么做？"

"我宁可继续咱们刚才干的事。"

"嗯，但是——"

"但我们得先处理这件事。"

之后怎么样就不好说了。

如果有人看到这一幕，肯定想不到他们之前饥渴又烂醉的模样。因为此时两人都变成了头脑清醒的特工，神不知鬼不觉地又爬上了一层楼梯。明打头阵，路易莎盯着他的动作紧随其后，警觉地等待着他可能会给出的手势或指令，周围一片寂静。

迎面走来的人身材臃肿、脚步沉重。他可能是来医院看心脏病，或者来装胃束带，却不小心迷路走到了这里。霍布斯每天跑步七英里，晴雨无阻。他觉得让身材走形就是一种慢性自杀，这意味着每次交手你都处于劣势，而他从未让自己处于劣势。

名义上他也是"人民公仆"，于是他做好了为普通市民答疑解惑的准备。

但那个男人并不是普通市民。他没有问霍布斯是谁，好像早就知道了答案一样，对此漠不关心。

"给你个建议。"他说,"手机、黑莓手机,还有其他电子设备在地下都不太好用。"

霍布斯像个普通公务员一样问道:"您需要帮忙吗?"

"嗯,"胖男人指了指上锁的门,"你可以把那个打开。"

"您是迷路了吧,先生。"霍布斯说,"无论您在找什么,前台都能帮助您。"

男人歪了歪头,问:"你知道我是谁吗?"

真是对牛弹琴。霍布斯舔了舔牙齿,准备从椅子上站起来:"我不知道,先生。"

男人俯身,在他耳边低语道。

"那就好。"

然后动了手。

楼梯在黑暗中似乎变得更陡峭了。但也可能是因为喝了一晚上酒,膝盖在漆黑的办公室里使不上劲。之前可能确实如此,但自从听到楼上有动静,醉醺醺的路易莎和笨手笨脚的明都像换了一个人。他们又变回了曾经的自己。那时灾难还未发生,他们还没有沦落到这栋可悲的建筑物里,做着无人问津的工作。

屋内静悄悄的,那个声音没再出现。也许只是挂画掉在了地上。地铁就在旁边,每次列车驶过都有什么小物件被地心引力俘获。明和路易莎用订书机和镇纸武装自己,潜伏在黑暗中,随时准备发起进攻,但对手很可能只是某个掉在地上的摆件。

但是也有可能,楼上的人发现屋里还有其他人,正在屏息凝神。

两人无声地交换着意见。

你还好吗？

当然了。

我们受过训练。

上吧……

于是他们继续向上。

虽然不知道外面的情况，但最后他听到了什么东西被放倒在地的声音。在那之前是交谈的声音，其中一个声音很耳熟。所以当门打开，那个熟悉的身影出现在眼前时，瑞弗并不感到惊讶。"老天，你这是在搞什么？"杰克逊·兰姆嗓门大得像火车，他随手打开了灯。"快给我站起来。"

此时瑞弗正躺在地板上。墙边堆着许多纸箱，上面贴着标签：乳胶手套、床笠、塑料杯、一次性餐具，还有各种其他东西。兰姆很快就失去了兴趣，关上了灯。很显然，霍布斯把瑞弗关在了一个储藏室里。

"你在这儿多久了？"

瑞弗摇了摇头。十分钟？二十分钟？三十分钟？门被锁上后，他就对时间失去了概念。

他没有反抗，光是来到医院就耗尽了他全部的精力。整个过程就像是一场噩梦。他开车跟在全速前进的救护车后，穿过像被僵尸袭击过一样的街道。他浑身是血。头部中弹会流血。头部中弹会流很多血。他像抓住救命稻草一样抓住这个念头。头部中弹会流很多血。虽然希多·贝克头上流了很多血，但这并不一定意味着她伤得很重。可能只是擦伤。但是她为什么看起来好像死了一样？

他看着她被抬上轮床,医护人员急忙推着她穿过走廊。他甚至没上报假身份,有人中弹肯定会惊动警察。就算你对看门狗有意见,也不得不承认他们的反应速度确实超乎常人。霍布斯是第一个赶到的,他抓住了瑞弗,接下来要带他去做汇报。

有特工中弹了,这次汇报肯定是一次漫长的折磨。

"你还打算在这里待多久?"兰姆问,"快点,出发了。"

可能接下来的夜晚也是如此。

瑞弗站起来,跟着自己的老板走进灯光之下。

楼梯顶端没有人埋伏。明已经习惯了镇纸的重量,还有它光滑而沉重的手感,甚至有点像——但是他很快就收起了这个念头。明走进杰克逊·兰姆的办公室,窗帘拉着,伦敦夜空星星点点的光芒落进屋内。笼罩在城市上空的霓虹光晕就像一圈泡泡。

渐渐地,他们看清了屋里的东西。办公桌、衣架、文件柜、书柜。没有其他人,没有陌生入侵者。

路易莎跟在明的身后,检查起狭窄的茶水间。除非弄出声音的人能钻进冰箱,他们此刻应该是安全的。

"凯瑟琳那间屋子。"

他们看到了同样的办公桌、书柜和文件柜。但是这间屋子里有一扇天窗,幽幽的灰色光芒洒在凯瑟琳空旷的工位上。她把键盘放在电脑上,文件夹与桌角对齐。这里也有阴影,但阴影中没有人。

"我去开灯。"

"好。"

灯光刺痛了两人的眼睛,醉酒的感觉又回来了。

"这里没有人。"

"看起来是的。"

灯光下,他们看起来累坏了。

他们转身,面向另一间办公室,那里有一个东西靠在墙边,是兰姆的软木板,用来钉优惠券的软木板。

"你觉得会不会是——"

会不会是软木板掉下来发出的声音?

就在这时,他们身后响起了风声,明被攻击了。

明及时做出了反应,攻击只刮到了他的耳朵。他踉跄了几步,但是没有跌倒。袭击他们的人一身黑衣,戴着巴拉克拉瓦盔式帽,拿着一把小口径手枪,但是没有开枪。他从凯瑟琳办公室的阴影中冲了出来,之前肯定是藏在了她的橱柜里。他的第二次攻击击中了路易莎的胸口,她痛得叫了出来。

明扑向黑衣人的腿,两人一同滚下了楼梯。

霍布斯坐在塑料椅子上睡着了,或者只是看起来睡着了。口水从他的嘴边流下,挂在脸上。瑞弗从他口袋里取回了自己的员工卡和车钥匙,然后跟上了兰姆。

楼上有两个警察围在值班护士面前,护士在查看手中的文件夹。兰姆带着瑞弗径直从他们面前走过。护士摇着头,对警察指了指前台。

外面天已经黑了,又下起了雨。瑞弗斜停在救护车边上的车已经不见了。不知道希多现在怎么样。那些医生和护士推着她进手术室的样子很着急,也许他们和瑞弗持不同观点。他们肯定不会说:哦,头部中弹啊,没事的,这种伤只是看起来严重罢了。

"别走神，卡特怀特。"

"现在去哪儿？"

这句话就像一团棉花，吸干了他嘴里的唾液，让他觉得头晕恶心、口干舌燥。

"只要离开这儿就行。"

"我的车不见了。"

"闭嘴。"

他跟着兰姆穿过医院的临时停车场。这些车的主人都没想到自己今晚会来医院，此时他们就在瑞弗身后的那栋建筑物里。他努力不去想他们来到医院的理由：持刀斗殴、街头打劫、生殖器卡在吸尘器管子里……努力不去想希多躺在手术台上，脑袋上被子弹开了一个洞。也许子弹只是擦了过去？他看不出来，因为她出了太多太多血。

"该死的，给我振作点，卡特怀特。"

附近停着两辆警车，里面都没有人。

兰姆开一辆方形的日本车。瑞弗心不在焉地上车，等着兰姆开走。但是车停在原地。

瑞弗闭上眼，然后睁开。雨水打在挡风玻璃上，每一滴水里都装着一颗橙色的灯泡。

兰姆说："你被锁进储物室了。"

"他们要我等着。"瑞弗说，"等着……汇报情况什么的。"

"从这儿一路到摄政公园都能听见你的ID发出的警报，你知道自己在干什么吗？"

"我必须把她送到医院。"

"你已经叫了救护车，有必要跟过来吗？"

"她可能会死，可能现在已经死了。"

兰姆说:"她还在手术台上。她的脑浆被子弹崩出来了一块。"

瑞弗不敢看他。

"他们说她没准儿能活下来。"

谢天谢地。他想起了门前的扭打,突然的枪声,砰,希多倒下了,人行道上的血漆黑如墨。罗伯特·霍布顿早已消失无踪。瑞弗不敢碰希多,没法查看伤口状况。等他能站起来之前,黑衣人已经跑出了半条街。他打了三次才打通急救电话,手指迟钝得像一摊果冻。

"但她也可能活不下来,就算能活下来,多半也会变成植物人。所以总的来说,你们这次干得真不怎么样。"他对着瑞弗打了几个响指,"快醒醒,这件事很重要。"

瑞弗面向他。昏暗的灯光中,杰克逊·兰姆就像是被架在篝火上,他的双眼通红,像被烟熏过一样。他嘴里有威士忌的味道。他喝酒了。

"是谁干的?"

他们手脚纠缠在一起,跌跌撞撞地摔下了楼梯。路易莎急忙冲过去,跨了两大步到他们面前。明躺在地上,黑衣人趴在他的身上,就像一条羽绒被。路易莎抓住黑衣人向后拉,意外地没有遭到反抗。

他就像一个沙袋,一个坏掉的稻草人。

"天哪,你——"

"枪呢?枪在哪儿?"

枪在墙角。

明挣扎着爬起身，黑衣人了无生气地跌倒在地，像一条上岸的鱼，一包被丢弃的垃圾。

"他死了吗？"

他看起来好像死了。他摔下来时撞到了头，脖子呈现出一种诡异的角度。

"希望他死透了。"

明捡起枪，弯腰时骨架发出嘎嘣的响声。他明天早上肯定会浑身酸痛，他从来没从楼梯上那样滚下来过，并且也不希望重复类似的体验，但是……

但是这个感觉很不错。他站在这里，脚下是打败的敌人，手里还握着枪。路易莎看着她，眼中是毫无疑问的钦佩。

好吧，他说得有点夸张了。路易莎在看那个黑衣人，而不是他。

"……他死了吗？"

他们都希望那人死了，却不知道他为什么会来。这里可是斯劳部门，任何相关人员都知道这地方没什么值得抢劫的东西。但这个人全副武装，还戴着巴拉克拉瓦盔式帽。

他手里有武器，却躲了起来。

"没有心跳了。"

"他的脖子断了。"

为什么他带了枪，却要躲两个手持镇纸和订书器的人？

"我们来看看这个混蛋到底是谁。"

"是谁干的？"兰姆问。

"他穿着全套制服，配备战斗武装，戴着战术——"

"嗯，猜到了。但是你认出他了吗？"

瑞弗说："他想伪装成我们的一员。他穿着执行员的衣服，但是有点奇怪，不光是因为他在单独行动。"

"哪里奇怪？"

"我也说不好……"

"我真的服了，卡特怀特——"

"闭嘴！"瑞弗再次闭上了眼，回忆起那个疯狂的瞬间。那个人对着希多开枪，跑出去大半条街，瑞弗要站起来……他打了三次电话叫救护车。不，不对，是在那之前。他注意到了什么，是什么？

瑞弗说："他没有说话。"

兰姆也没说话。

瑞弗说："整个过程中，他一句话都没说过。"

"所以呢？"

瑞弗说："他怕我认出他的声音。"

兰姆等待着。

瑞弗说："我觉得是杰德·穆迪。"

路易莎摘下了黑衣人的巴拉克拉瓦盔式帽。

从明站的位置看去，黑衣人的头是倒着的，但他还是认出了那张脸。

"妈的。"

"天……"

他们根本不该出现在这里。

这下他们必须要想一个借口了。

兰姆驾车离开停车场时雨已经停了。瑞弗直直地看向前方，盯着雨刷刷出的 M 形痕迹。他甚至不需要开口问他们要去哪里。他们还能去哪儿？斯劳部门。

他的衬衫沾满了血。脑海中也沾满了血。

兰姆说："你到底为什么要去那儿？"

有特工中弹了，这次汇报肯定是一次漫长的折磨……

他说："盯着霍布顿。"

"这我知道。但是为什么？"

"因为他和那个被绑架的孩子有关，那个——"

"我知道你说的是谁。你为什么会这么想？因为他和那些纳粹分子混在一起？"

兰姆咄咄逼人的语气让瑞弗开始怀疑自己。他问："你是怎么找到我的？"

他们在人行横道前停下，几个头戴兜帽的年轻人走了过去。兰姆说："我说过了，警报从医院一路闪到总部。无论是警察局还是医院，只要系统里出现了局里的人名，立刻就会呈现在总部的名单上。你就是这么隐藏身份的？你的名字可是瑞弗，妈的，全国上下顶多只有四个人和你同名。"

瑞弗说："然后总部就通知你了？"

"他们当然不可能通知我，我看起来像内部人士吗？"

"所以？"

"斯劳部门虽然被排除在外，但我们有自己的手段。"信号灯变绿，兰姆继续开车，"虽然何的社交技巧连癞蛤蟆都不如，但他懂互联网。"

社交技巧连癞蛤蟆都不如。杰克逊·兰姆用事不关己的口吻说道，但他自己也好不到哪去。

"很难想象何会出手帮你。"公平起见,瑞弗又补充了一句,"或者帮任何人。"

"哦,他不是在帮我。我有他想要的东西。"

"什么?"

"还能有什么?信息。我有一个他绞尽脑汁也想不明白的答案。"

"是什么?"

"他为什么会被发配到斯劳部门。"

瑞弗自己偶尔也会思考这个问题。他不太关心,但还是会想。"所以你告诉他了吗?"

"没有,但我说了另一个他想知道的答案。"

"是什么?"

兰姆的扑克脸比巴斯特·基顿①还难猜。"我说了我来到斯劳部门的原因。"

瑞弗张嘴,想要追问,但还是闭上了嘴。

兰姆一只手握着方向盘,另一只手拿出了一根烟。"你觉得霍布顿是英国唯一的右翼疯子吗?还是你下班时只能想起他的名字?"

"在过去四十八小时内,他是唯一一个有两名特工尾随的人。"

"所以你现在是特工了,恭喜啊。我还以为你没通过毕业考试。"

"闭嘴吧,兰姆。"他说,"我当时就在现场,看着她中枪,你知道我是什么感觉吗?"

---

①巴斯特·基顿(Buster Keaton, 1895—1966),出生于堪萨斯州,美国默片时代演员及导演,以"冷面笑匠"著称。

兰姆扭过头，半睁着眼看向他。瑞弗突然想到，河马是世界上最凶猛的野兽之一。虽然它身材像水桶，外表笨重，但如果你激怒了它，最好离得远一点。坐在同一辆车里时，最好不要招惹它。

"你不只是在现场看着，"他说，"这也是你的责任，难道你觉得自己很聪明吗？"

"你觉得我是故意让事情变成这样的？"

"我觉得你做得不够好，没能阻止事件发生。如果你连这都做不到，那你对任何人都没用处。"像是在指责他一样，兰姆突然变了语速，"如果不是你，她现在肯定睡得正香，无论是在自己家还是别人家。还有，别以为我没发现你看她的眼神。"

汽车引擎轰鸣，一路向前狂奔。

瑞弗的声音连他自己都觉得有些陌生。"她说她是眼线。"

"她是什么？"

"她是别人为了监视我安插进斯劳部门的眼线。"

"这是她中弹前还是中弹后告诉你的？"

"你——"

"别解释了，卡特怀特。她是这么跟你说的吗？怎么，你一下子就成了世界的中心？太可笑了，肯定不可能。"

在那个眩晕的瞬间，瑞弗觉得有些耳鸣。手心里昨天的伤口正一阵阵地疼。这些都是真实发生的事。还有希多的话：我是来斯劳部门监视你的，瑞弗。我不应该告诉你的。这是真实发生的事。她真的这么说了。

但这些话背后的含义却不会有人知道了。

* * *

虽然营业时就无人问津，但此时中餐馆显然已经关门了。兰姆把车停在对面，瑞弗过马路时看到斯劳部门的楼上映出了一丝光亮。

可能只是反射了巴比肯艺术中心的光。

"我们为什么要来这儿？"

"你有什么别的安排吗？"

瑞弗耸了耸肩。

兰姆说："卡特怀特，我知道你并不知情，但总部还是一样要把你带回去审问。"他走到后巷，来到熟悉的铁门前，"我不敢保证这是他们最后来查的地方，但肯定也不是第一个。"

进屋后，两人都察觉到了一件事：楼里有人，而且那人突然停下了手头的动作。

瑞弗不确定他们是如何发现的，空气就像餐叉一样在黑暗中震动。有人在楼上屏息而待。

"你待在这儿。"兰姆严肃地低语道。

他无声无息地走上楼去，仿若幽灵。他是怎么做到的？简直就像蜕变成了另一种生物。

瑞弗跟了上去。

上了两层楼后，他终于追上了兰姆，看到了他们错过的一幕：杰德·穆迪躺在地上，旁边是摘下的巴拉克拉瓦盔式帽。他已经死透了。

再往上三和五级台阶，分别坐着明·哈珀和路易莎·盖伊。

兰姆说："你们要是对他有意见，我可以去和人事部商量。咱们可以和平解决。"他用脚踢了踢穆迪的肩膀，"但是不跟上级商量就杀死同事？这可是要记入档案的。"

"我们不知道是他。"

"这个借口不一定能行得通。"兰姆说。

"他手里有枪。"

"这次好一点。"兰姆看着那两人说道,"好消息是,他之前刚刚开过枪,击中了希多·贝克。"

"希多?"

"天哪,她还——"

瑞弗终于找回了自己的声音:"她还活着。"

"二十分钟之前还活着。"兰姆纠正道。他蹲下身,翻着穆迪的口袋。"这是什么时候的事?"

"十分钟之前。"

"也可能是十五分钟。"

"你们是打算怎么着?坐在这儿等着他自动消失?还有,你们为什么要来办公室?"

"我们本来在马路对面。"

"酒吧里。"

"怎么,没钱开房了?"兰姆从穆迪口袋里拿出一部手机。"枪呢?"

明·哈珀指了指他的身后。

"他当时用枪瞄准你们了吗?"

哈珀和盖伊看向了彼此。

"咱们先讲清楚。"兰姆说,"这不是在法庭上,他当时瞄准你们了吗?"

"他带着枪。"

"但是没有瞄准。"

"你们最好再好好构思一下自己的说辞。"兰姆说着,从穆迪的外套口袋里拿出了一个棕色信封,"这个混蛋!"

"他在你的办公室里。"

"我们以为他是去偷东西的。"

瑞弗看着两人一唱一和,突然意识到他们之间产生了某种情愫。也许是伪装成欲望的纯爱:楼梯间的亲热,醉酒后的拥吻,或者濒临死亡的刺激。总之,爱或死亡将两人带到了一起。他想起了在霍布顿的公寓外,人行横道上,那种在他和希多之间发酵的情绪——还未开始便已结束。

她的血液飞溅在他的衣服上、头发里。

"他戴了巴拉克拉瓦盔式帽。"

"看起来不像是个普通小偷。"

"我们不是故意要杀死他的。"

"好嘛,"兰姆说,"现在后悔是不是有点晚了?"

"信封里装的是什么?"瑞弗问。

"你怎么还在这儿?"

"那是他从你办公室里拿走的,对不对?里面是什么?"

"蓝图。"兰姆说。

"什么?"

"秘密计划。"兰姆耸了耸肩,"微缩胶卷之类的。"他又找到了另一样东西。穆迪衣服上的口袋比魔术师的还多。"这个混蛋。"他又说了一遍,但这次语气少了一丝凶狠,多了一丝敬佩。

"那是什么?"

有那么一瞬间,兰姆似乎想将发现的东西藏进大衣口袋里。但最后他还是把它举到了灯光下:那是一条黑色的电线,只有一根回形针那么大,头部连着一个扁豆样的装置。

"窃听器?"

"他在你的办公室里装了窃听器?"

"或者,"瑞弗说,"他是去回收原本装在那里的窃听器。"

"今晚发生了那样的事,我很怀疑他的第一要务是给我的办公室装窃听器。"兰姆说,"不,他是在清理痕迹,然后离开现场。"他还没搜完尸体,"两部手机?杰德啊杰德,真想不到,你居然有那么多朋友。"

"他在和谁通话?"

"幸亏有你在,我怎么就没想到呢?"兰姆一只手拿着一部手机,分别用两只手的拇指开始操作。作为一个公开反对现代技术的卢德分子[①],兰姆的动作有些过分熟练了。"真奇怪。"但他听起来一点都不意外,"这部手机很新,几乎没有用过,只有一通打进来的电话。"

瑞弗想说:"拨回去。"但他知道这正是兰姆想让他说的话,于是紧紧地闭上了嘴。

明和路易莎依旧坐在台阶上,同样没有说话。

过了一会儿,兰姆又按了几个键,把手机放到耳边。

对面几乎立刻就接通了。

兰姆说:"很抱歉他现在不能接电话。"

然后又说:"我们得当面聊聊。"

[①]卢德分子,十九世纪英国工业革命时期,失业的技术工人卢德因不满被机器替代而带头开始砸机器,后演变成全国运动。现在引申为持有反机械化以及反自动化观点的人。

11

罗伯特·霍布顿走在伊斯灵顿一条静谧的小巷里，晚风吹过他的外套，掀起他的衣角。街道两旁的建筑物门前都有一排石阶，哨兵般的石柱把守着其中一些房子，另一些则镶着华丽的蒂芙尼彩窗。此时已过午夜，一些房子隐于黑暗，另一些厚厚的窗帘下却透着光。霍布顿能想象到屋内觥筹交错、一派奢华的景象。他走到小巷中央，找到了此行的目的地。

屋里亮着灯，他仿佛能听到里面正在举行一场晚宴。此时宾客们应该已经结束用餐，正在细细品味香醇的白兰地。但是无所谓，无论屋里的人是否开灯，他都会按响门铃。他使劲按着门铃，直到有人开门，整个过程从开始到结束只用了不到一分钟。

"您好？"

说话的人身材瘦长，黑发向后梳起，露出高高的额头。一双棕色的眼睛盯着霍布顿，目光锐利如刀。他穿着黑色西装，白色衬衫，也许是管家？霍布顿并不在意。

"贾德先生在吗？"

"现在已经很晚了，先生。"

"哈哈，"霍布顿说，"我知道。他在家吗？"

"请问您是哪位？"

"霍布顿。罗伯特·霍布顿。"

门关上了。

霍布顿转身面对街道。也许是因为高度，对面的房子好像在向他倾斜。云层在头顶从天鹅绒一般的夜空中飘过。他的心跳异常平静。不久前他还险些丧命，现在却心平气和。说不定正是濒死体验让他平静了下来。而且从统计学的角度看，他今晚不太可能再次面临同样的危机。

他不确定那个入侵者是否真的想杀他。整件事都很诡异。前一秒他还在屋里踱步，等一通永远不会打来的电话；后一秒就有黑衣人闯进他家，威胁说要拿走他的电脑。那人肯定是撬锁进来的，混乱和恐惧充满了房间，男人手里挥着枪，这时又来了第二个入侵者。不知怎的，他们在外面打成一团，血流到了人行道上，然后……

霍布顿逃跑了。他不知道中枪的人是谁，也不在乎。他疯狂向前奔跑，上次这样跑是什么时候的事了？曾经的他有要紧事都会直接打车。所以很快他就觉得肺好像要爆炸了。但他还是不停地向前，双脚在人行道上拍动，就像一条离开水的鱼。震动顺着腿爬上牙尖，他气喘吁吁地转过一个又一个街角。他在伦敦的角落里生活了很久，但还是迷路了。他不敢回头，不知道如果停下脚步会不会被追上。捕猎者与猎物的脚步声纠缠在一起，环环相扣，难舍难分。

终于，他精疲力竭地停在了一家商店门前。空气里是这座城市的味道：灰尘、腐败的脂肪、燃烧的烟蒂，还有酒鬼的尿骚味。他看向四周，没有人追来。身边只飘荡在伦敦夜晚的游魂，那些在其他人熟睡的时刻出来闲逛的疯子。

"哥们儿，借个火？"

他被自己的暴跳如雷吓了一跳："滚一边去，懂吗？快给我滚!"

在夜晚游荡的疯子都能看出谁比自己更疯。男人溜走了,霍布顿也终于平复了呼吸。他吸进了一大口污浊的空气,继续向前。

他不能回家。现在不行,以后可能也不行。不知为何,他忽而感到了一种奇异的轻松。无论他要去哪儿,都不能回家。

但他也没几个地方可去。所有人都需要一个随时欢迎自己的地方,但是霍布顿没有。名单被泄露时,所有的大门都对他关闭了。他人生中第一次开始害怕在报纸上看到自己的名字。他不再是发人深省的激进分子,而是不被接受的政治毒虫。但尽管如此,他还是有可以联系的人。有一些人欠他的,因为风暴来临时他闭紧了嘴。有些人会认为他是牺牲自己保全了他们。但没有人意识到,如果他把他们供了出去,右翼事业的进展肯定会倒退好几年。

无论自由派精英怎么说,种族歧视、仇恨和党同伐异都无可避免。关键就在于身份——民族身份。他们要构建共同的民族身份,而不是屈服于混乱的多元文化,那样只会让社会乱套……

但他现在没时间对着虚空练习演说。他需要庇护,也需要把手里的信息传出去。如果彼得·贾德不接电话,就得来开门。

但那毕竟是彼得·贾德,他绝对不会在这种时候给人开门。不,他可能平时也不会亲自来开门。

门打开了,瘦长的人影再次出现。"贾德先生现在很忙。"

管家一扫先前敬业的态度,变得敷衍起来。

但霍布顿毫不犹豫地用脚挡住了合上的门。"那就告诉贾德先生,他明天一大早就要做好准备。小报头条一般是中午发行,这样他们就有时间组织爆料。你懂的,不雅照片、八卦专栏之类的。"

他收回脚，门关上了。

他想：这些人以为我是谁？他们以为我会老老实实地认栽吗？明明是他们有错在先，凭什么把我当成不能放进家门的流浪狗？

两分钟，也许是三分钟之后。他没有计时，只是看着街对面，阴郁的屋顶像要倾塌一样压向他。

门再次打开时，管家没有说话。瘦长先生沉着脸让开了门口，好像在饭后的"你演我猜"游戏里抽到了"勉为其难"这个词一样。

霍布顿跟着他下楼，穿过客厅，一扇紧闭的门后传来模糊的欢声笑语。他已经不记得上次参加晚宴是什么时候了，但肯定有人在聚会时提起他的名字。

楼下是厨房。这间厨房和霍布顿的公寓差不多大，装潢也更考究。木质地板、珐琅橱柜，中间还有一张棺材大小的厨房岛台，由一整块大理石雕刻而成。无情的顶灯本应照出油污，但这里简直一尘不染。洗碗机发出微微的哼鸣声，玻璃杯整齐地罗列在橱柜上。这里看起来就像是杂志上《品质生活》栏目中的样板房。一排闪亮的平底锅挂在不锈钢挂钩上，每个锅都有自己独特的用处。一个用来煮鸡蛋，一个用来煎鸡蛋，还有一个用来炒鸡蛋。一排橄榄油按照产地分门别类地摆在架子上。罗伯特·霍布顿并没有失去记者敏锐的观察力，这些东西在他看来就是一场中产阶级作秀，一堆临时下单用来伪造某种概念的舞台道具。但是他现在已经不写人物专栏了，就算写了也没有人会刊印。

霍布顿走向房间的另一边，靠在水池旁。

他已经不写人物专栏了，但如果要写，如果目标人物就是这栋房子的主人,他一定会从名字开始。彼得·贾德,人称PJ。他今年四十八岁,外表看起来更年轻。他有一头蓬松的头发,还有满嘴过时的说教:一派胡言!真是荒唐!我的姑奶奶啊!彼得·贾德将自己打造成了老派右翼的代表。民众喜欢他,觉得他是个可爱的傻子,因为他在议会之外——用媒体的话来说就是——低俗问答节目最爱的嘉宾。他会犯一些无伤大雅的小错,比如调戏孩子的保姆,偷税漏税,或者因为一些离谱发言惹怒党首。("这座城市真不错,"某次他去巴黎时说道,"还算值得捍卫,也许下次吧。")但每次他都能巧妙地应付过关。也不是所有跟他合作的人都觉得他蠢得无可救药,某些见过他发火的人甚至怀疑他真的拥有政治头脑。但总体来讲,无论是刻意营造还是与生俱来,PJ都对自己的形象颇为满意:一个头发蓬松,骑自行车,口无遮拦的人。现在他欢欣雀跃地冲进了厨房,瘦长先生不得不立刻躲开为他让道。

"罗伯特·霍布顿!"他喊道。

"PJ。"

"罗伯特,小罗!你最近怎么样?"

"我还行,你呢?"

"哦,当然,我很好。赛巴,快去把罗伯特的大衣挂起来。"

"我不会待很久——"

"但还是可以脱掉外衣!很好,这样就好。"他把外衣递给赛巴,也就是瘦长先生。"你可以退下了。"厨房门关上,PJ的语气没有变化,"你他妈的来我家做什么?你这头该死的蠢驴?"

他想起了黑暗时期,想到了那些有去无回的任务。当然,每次他都回来了，但有其他没能回来的人。要怪任务太危险，还是执行的人太粗心？没人能说得清。

今晚他是打算回去的。但他的部下中已经有人死了，还有一个躺在医院里，这个伤亡率不低，而他甚至没有组织行动。

他们约在运河边，步道的尽头。河水消失在长长的隧道中。兰姆不相信戴安娜·泰维纳，所以选择了在这里见面，毕竟出入口数量有限。这也是为什么他到得比约定时间更早。此时将近凌晨两点，夜空中挂着一轮弯月，在飘动的云层中若隐若现。河对岸的三层楼里亮着灯，几个人站在花园里抽烟聊天，偶尔开怀大笑。有些人在工作日开派对，杰克逊·兰姆则在给部下的尸体计数。

她从安琪尔站的方向走来，地面上响起高跟鞋的声音。

"就你一个人？"她问。

他摊开双臂，像是在测量这个问题的愚蠢程度。但他伸胳膊的时候衬衫扣子突然崩开，夜风吹过裸露的肚皮。

她看向他身后，堤坝边的坡道上种了树，通向外面的马路。她收回了眼神，看着他说："你到底在玩什么把戏？"

"我借给你一名特工。"他说，"现在她躺在医院里。"

"我知道，抱歉。"

"你说过，这只是个劳埃德·韦伯级的任务。难度和削铅笔差不多，但现在她脑袋里多了一颗子弹。"

"兰姆，"她说，"那是之前的任务。之后发生的事不能算——"

"省省吧。她在霍布顿家中弹，虽然不知道是有意还是无意，但开枪的人是杰德·穆迪。你不是在指挥我的团队，就是在策反他们。你给了穆迪一部手机，还给了他什么？一句承诺？一张通向未来的门票?"

泰维纳说:"你去查查规章制度吧,兰姆。斯劳部门归你管,相信我,没人想抢你的位置。但我是行动主管,也就是总指挥。所有人都归我调遣,无论是你还是其他人的手下。"

杰克逊·兰姆放了一个屁。

"天哪,你也太恶心了。"

"你不是第一个这么说的人。"他说,"假设你说得没错,这些都与我无关,我又该怎么处理楼梯上那具尸体?打电话给看门狗吗?"

如果他之前没能引起她的注意,那么他现在成功了。

"穆迪?"

"没错。"

"他死了?"

"和渡渡鸟一样。"

河对面的人似乎听到了一个格外有趣的笑话,大笑出声。夜风将河面吹出涟漪。

兰姆说:"就算你想挖墙脚,也得斟酌一下人选吧?杰德·穆迪?你认真的吗?他就算在全盛时期水平也不怎么样,而且他早就开始走下坡路了。"

"谁杀了他?"

"你想知道吗?给你讲个笑话:他自己绊了一跤,摔死了。"

"委员会肯定会喜欢这个说辞,但你最好别提笑话两个字。"

兰姆仰头,无声地笑了起来。树叶在他颤动的脸上留下斑驳的影子。他看起来像一幅戈雅的画。"很好,非常好。委员会,嗯。所以要打电话给看门狗吗?这可是死了个人,要不我干脆报警吧?正好,我现在带着手机。"他对她咧嘴一笑,露出参差不齐的牙齿，湿漉漉地反着光。

"好吧。"

"或者找验尸官？这算他们的工作，对吧？"

"我明白你的意思了，兰姆。"

他翻着口袋，有一瞬间她惊恐地以为他要拉开裤子拉链，但他只是拿出了一包万宝路。他用嘴叼出一根烟，想了想，又把烟盒递到了她面前。

泰维纳也拿了一根。不要拒绝别人的好意，这样才能加深情谊，增加盟友。

但告诉她这句话的人显然没料到世界上还有杰克逊·兰姆。

他说："说吧，你都知道些什么？"

"我也很开心见到你，PJ。"

"你他妈的是疯了吗？"

"你不接我的电话。"

"我当然不会接了，你就是害群之马。有人看到你来我家吗？"

"不知道。"

"你可真够混蛋的。"

"我他妈的也没办法啊！"霍布顿大喊道。

他的声音大到屋里的金属都开始共振。

彼得·贾德愣了愣，但也可能是装出来的。"嗯，"他说，"好吧，哎呀，我知道你肯定也有理由。"

"有人想杀我。"霍布顿说。

"杀你？唉，确实，现在这世道，到处都是疯子。虽然你不是最出名的——"

"不是狂热分子，PJ。是政府特工。"

"特工。"

"他们要暗杀我。"

贾德终于维持不住他的政客人设了。"妈的，别告诉我你在人行道上差点被车撞了？我在招待客人，霍布顿，该死的文化部长就在楼上，他的专注力还不如一只跳蚤，所以我必须得——"

"那人是个特工，他们在跟踪我。他拿着枪冲进了我家，然后有人中枪了。如果你不相信我可以打开新闻，不，还是算了吧，他们不会让媒体报道的。但是你可以打电话问内政大臣，他肯定知道。我公寓外面的人行道上全是血。"

贾德思量着，霍布顿说的是真事吗？所以他才会出现在我家厨房里？"好吧，"他终于说道，"但是，罗伯特，你家位置很偏僻。我是说，那个地方肯定每周都有入室抢劫案，这次又有什么不同？"

霍布顿摇了摇头。"你没认真听。"他说完又摇了摇头。他没有把事情和盘托出，比如那天早上在麦克斯的店里，还有打翻的咖啡。当时他没觉得不对劲，但自从黑衣人出现，霍布顿仔细回忆了一遍，才发现今晚的事件绝非临时起意，而是精心策划的。那天在咖啡店，他拿起钥匙离开，U 盘却突然掉了下来，落在桌面上。以前从未发生过这种事，他为什么没注意到？

"他们想要我的文件，想知道我了解的信息。"

贾德的表情变得越来越严峻，公众从未见过这样的他。"你的文件？"

"他们没得手。他们拷走了我 U 盘上的文件，但是——"

"你的文件里都他妈的装了什么，霍布顿？"

"那是个假文件。只有数字。走运的话他们会以为那是个密码，浪费时间去破译——"

"告诉我，你的文件里到底装了什么？"

霍布顿把手举到眼前，盯着看了看，他的手正在颤抖。"你看我的手，看见了吗？我差点死了，他们差点杀了我。"

"我的老天爷啊。"彼得·贾德开始疯狂地在厨房里翻找，肯定有一瓶酒放在哪里，不然要厨房做什么？他找到了一瓶伏特加。做饭用伏特加？真的有人用伏特加做饭吗？就算他没有大声问出这两句话，也很清楚地用肢体语言表达了自己的情绪。他拿起一只玻璃杯，倒了满满一大杯伏特加。

"所以，"他把玻璃杯递给霍布顿，"你的文件里都有什么？名字？"他突兀地笑了一声，电视观众最喜欢看他这样笑了。"里面该不会有我的名字吧。"藏在笑容背后的是威胁，"不会吧？"

"没有名字，不是那种文件。"

这算是好消息，但贾德还是追问道："所以你到底想说什么？"

霍布顿说："军情五处设计了一场行动。我听说这件事也有一段时间了，当时还不能确定。我只知道有事件会发生，但并不知道具体是什么。"

"一个字也听不懂，给我说人话。"

"去年某个晚上，我在前线俱乐部的酒吧里。"

"他们居然还让你进？"

霍布顿怒道："我是付费会员。"他喝光了杯中的伏特加，把杯子递到贾德面前。"戴安娜·泰维纳也在，和她的一个左翼记者朋友一起。"

"我已经分不清哪件事让我更难接受了。"彼得·贾德一边给霍布顿的杯子里倒满酒,一边说,"让女人来管理军情五处?还是所有人都知道五处的老大是谁?这地方以前不是叫保密局吗?"

霍布顿听过这个笑话,估计是在哪个电视节目上。他无视了贾德的发问,继续道:"那天晚上正好是欧洲议会选举,英国国家党获得了席位,你记得吧?"

"当然记得。"

"他们就是在讨论这件事。那个记者叫斯宾塞,当时他喝得烂醉,开始胡言乱语,说什么法西斯势力又抬头了,问泰维纳打算什么时候处理这个问题,然后她说……"

说到这里,霍布顿闭上了眼睛,开始回忆。

"她说:别担心,我们心里有数,已经安排上日程了……之类的,该死,我记不清原话了,但她向他保证会采取行动。她设计了一次行动,不只是针对英国国家党,还有那些'极端右翼'。我们都知道她指的是谁。"

"然后你就听到了他们的谈话?"

"他们不知道我也在。"

"军情五处的二把手扬言要设局针对英国国家党和右翼分子,而且是在酒吧里?"

"他们喝醉了,好吗?听着,这件事真的发生了,正在发生。你没看新闻吗?"贾德冷冷地看着他,"那个地窖里的孩子?"

"我知道你说的是什么。你想说这就是她口中的计划?这是一次安全局策划的行动?"

"不然就太巧合了,不是吗?骚扰我、绑架那个少年,这些事都发生在同一周。今天有人来刺杀我恰恰说明——"

"如果真是这样,"贾德说,"真的是我听过最愚蠢的行动了,比猪湾事件①还要蠢。"他低头看向手中的酒瓶,开始寻找第二个玻璃杯。最近的是水池边一只待洗的高脚杯。他往杯中倒了些酒,放下酒瓶。"这就是你给我打电话的原因?"

"不然呢?"

贾德狠狠扇了他一巴掌,声音回荡在厨房里。"不许跟我顶嘴,你这个废物。记住自己的身份。你已经不是记者了,你的名声从这儿一路臭到世界尽头。而我则是女王陛下内阁的一员。"他看向自己潮湿的袖口,"瞧你干的好事,你让我把酒洒到衣服上了。"

霍布顿的嗓音颤抖,像口哨里的一粒绿豆。"明明是你打了我!"

"是的,唉,人在气头上就是这样。你别往心里去。"他又往霍布顿的杯子里倒满伏特加。霍布顿虽然一肚子坏水,但他并不傻。贾德不该忘记这一点的,但他确实气坏了。"你给我打电话,是因为你觉得这个——这个——这场闹剧是军情五处设计陷害右翼的陷阱。你甚至没提自己正在被监控,就给我打了电话?你他妈的是疯了吗?"

"必须有人知道这件事,我还能打给谁?"

"反正不是我。"

"我们认识这么多年了——"

"我们不是朋友,罗伯特。不要搞错了。你在报道里写了我的好话,我很感激。但是面对现实吧,你已经身败名裂,我不能

---

①猪湾事件(Bay of Pigs Invasion),又称猪湾入侵。一九六一年四月十七日,流亡美国的古巴人在中央情报局的协助下,于古巴西南海岸猪湾向革命政府发动入侵,后以失败告终。

被人看到和你有联系。去找别人吧。"

"找谁?"

"嗯,比如你那些在英国爱国党的朋友。"

霍布顿脸上的掌印逐渐变深。"朋友?我的朋友?名单被泄露到网上的时候,你以为他们最先怪罪的是谁?我收到的一半死亡威胁都是他们发出的!他们觉得要不是因为我,自己就不会惹上麻烦。但是泄露名单的罪魁祸首是谁?呵呵,我们都心知肚明,就是那群正在骚扰我的左派犯罪分子!"

"也许吧。但我还是不明白,你为什么要大半夜跑到我家来……"

"因为必须有人阻止这一切。"霍布顿说道。

"说吧,你都知道些什么?"

兰姆说着,在泰维纳面前点燃了打火机,一副威胁她的样子。

她倾身向前,点燃嘴里的香烟。这是她今天的第七根,她已经开始习惯把烟吸进肺里的感觉了。她呼出一口气,说:"你想过我们为什么会做这些事吗?"

"泰维纳,现在是凌晨两点,我的团队人数比昨天少了,别兜圈子,行吗?"

"七月七日伦敦爆炸案以来,我们阻止了十五起恐怖袭击,杰克逊。千真万确,我都在报纸上读到了。"

"这不是好事吗?"

"在第十一页,最下面一栏。"

兰姆说:"如果你想出名,最好还是换个行业。"

"我不是为了自己才这么做的。"

杰克逊·兰姆对此表示怀疑。

"比起成功，媒体更关注我们的失败。你最应该感同身受了。还记得九月档案和大规模杀伤性武器吗？好吧，那是军情六处捅的娄子，但没人分得清。"她的语速变快了，每一个说出的字都裹在烟雾中。"最近有一项调查，百分之四十多的人觉得五处和大卫·凯利①的死有关。百分之四十多！你觉得我看了之后是什么感觉？"

兰姆说："你觉得应该要采取行动。让我猜猜，你策划了一起狗屁不通的绑架案，让一伙新兴法西斯组织绑走一个穆斯林小孩，威胁要在YouTube上砍掉他的头。但他们不会得逞，因为绑匪里有你安插的眼线。所以在最后关头，军情五处挺身而出，拯救人质，全世界的媒体都会报道你们的工作多么高效，多么雷厉风行。"他呼出一口烟，"我猜得对吗？"

"差不多吧。"

"天哪，戴安娜，现在死了一个特工，还有一个躺在急救室里，全都是因为你不想曝光这个计划。如果你没失忆的话，这两个都是我的人。"

"希多·贝克遭遇了那样的事，我也很遗憾。"

"嗯。"

"听起来穆迪是自己绊了一跤，这不能怪我；但贝克受伤是我的错，对不起。"

"我会把你这句话写在她的表格上的。就是医院挂在她床头，用来记录导尿管更换时间的那个表格。我是说，天哪，你真觉得

---

① 大卫·凯利（David Kelly），威士科学家，专攻生物武器。《伊朗大规模杀伤性武器：英国政府评估报告》（也称《九月档案》）发布后，凯利涉嫌泄密，在出席议会情报安全与外交事务特别委员会两日前于家附近自杀身亡。

这个计划能行得通?"

"现在也可以。"

"放屁。你这个计划简直漏洞百出。告诉我霍布顿是怎么回事,他为什么会威胁到你?"

"我还不能确定。"

"我不是来这儿打太极的。你偷了他的文件,还要翻他的垃圾,为什么?"

她用手心摸了摸额头。当她看向兰姆时,他几乎可以透过皮肤看到下面的血管贴在反光的头骨上,仿佛轻轻一碰就会碎裂。她说:"你知道大卫·斯宾塞吗?"

"那个《卫报》的记者?"

"曾经是,现在被辞退了。但总之……是的,我和他曾是朋友。听起来是不是很奇怪?我和一个左派记者是朋友。"

兰姆不觉得有什么奇怪,但人类会交朋友这件事本身就让他觉得奇怪。

"那天是欧洲议会选举,我们在前线俱乐部的酒吧里。英国国家党赢了两个席位,你有印象吗?"

兰姆点了点头。

"看到结果发表,大卫直接崩溃了。他酗酒,这也是他被辞退的原因之一。总之他开始大谈特谈,好像会变成这样都是我的错。你们呢?他不停地问我,你们是不是该把那些法西斯鼠辈撵出去了?"

"我的妈呀。"兰姆说。

"我不知道自己说了什么,我当时只想让他冷静下来。但我确实说了什么,我们会安排上日程之类的。我没说细节,那只是私人对话。"

"但是被霍布顿听到了。"

"我又不知道他在场!他藏得很深,很低调。"

"那是当然的,他都上黑名单了。"兰姆摇了摇头,"所以你打算打击极端右翼的对话被一个极端右翼记者听到了。之前泄露的名单已经激怒了他,而安全局和这份泄露的名单脱不开干系,对不对?难怪你想在行动前弄清楚他到底知道多少。他的文件上写了什么?"

"什么都没有。是π,无穷无尽的圆周率。说我们是多疑偏执狂的人真应该看看他。"

兰姆没觉得他是偏执狂,只觉得他很谨慎。换成是他也会那么做,就像游客会随身携带假钱包一样。钱包里装几张纸币,用来打发当地扒手,银行卡和重要证件都塞进袜子里。"所以你派穆迪去做什么?查证?偷他的硬盘?"他顿了顿,"他带了一把枪。"

"天哪,兰姆,难道你觉得是我批准的?"

"现在已经没有什么会让我感到惊讶了。"

她说:"他的任务是带走电脑,把整个事件伪装成入室盗窃。"

"那我们又得给穆迪的光辉事迹加上一笔了。"兰姆突然吐了一口痰,接着说,"希多·贝克躺在手术台上,等着医生把她脑袋里的子弹取出来。即使是穆迪也该意识到大事不妙了。于是他试图给自己善后,回收放在我办公室里的窃听器,然后他就像你说的那样,绊了一跤,把自己摔死了。"

"当时只有他一个人吗?"

"我们死的时候都是孤身一人,不是吗?在人生的最后时刻。"杰克逊·兰姆把烟蒂丢进漆黑的运河,"无论如何,这件事结束了。无论是对他还是对你,你必须停手。"

"还能继续。"

"不,不能继续了。就算霍布顿之前不知道你的把戏,现在也该明白了。哦,而且他还跑了。我有和你说过吗?你现在只能叫停。"

"霍布顿就是个小丑。现在只有《英国观察报》这种三流报社才会接他的稿子,而且只在一小部分口吐白沫的疯子之间流通。"

"我说的不是之后的事,而是今天晚上。这些极右组织——英国爱国党、英国纳粹党,还有其他的混蛋们——虽然彼此不睦,但是他们看其他人更不顺眼。霍布顿会把消息传出去,可能已经传出去了。现在就让你的特工撤退,不然这次任务的伤亡人员可不止穆迪和贝克。"

她扭开了头。

"泰维纳?"

"他们在封闭环境里,没有人能从外界传消息进去。"

"想得倒是挺美。但你看看现在闹成了什么样?这计划散架的速度比宜家的家具还快。你可是专业人士!你说手下的特工控制住了那伙人,但是他能捂住那些家伙的嘴吗?霍布顿的消息从一个人传到另一个人耳中,他们其中一人随时可能接到电话,被告知这是个陷阱。也就是说现在有两个人陷入了危险:你的特工和那个孩子。"兰姆眨了眨眼,"那个孩子只是因为肤色才被抓的,对吗?"

她没有说话。

"行吧,真有你的,"兰姆说,"这事还能糟到哪儿去呢?"

* * *

"因为必须有人阻止这一切。"霍布顿说,"你没看新闻吗?"

"如果这是情报局一手策划的,肯定能被阻止。"彼得·贾德指出,"五处肯定不会让人在网上直播斩首,他们只是想——"

"我知道他们想干什么。他们想让大家忘记那次地铁爆炸案,还有那些凌晨的抢劫案。他们要拍下勇敢的特工营救棕色皮肤男孩,顺便把右翼塑造成一帮疯狂的谋杀犯。我想阻止的是这件事,你呢?你想让他们成功吗?"

"看他们目前为止的表现,我很怀疑他们是否能成功。但你还是没说为什么要找上我。"

"因为我们都知道,舆论在变化。英国民众已经不想被那帮自由派左翼道德绑架了,我们迟早会赢得民心,登上自己的政治舞台……"

"你是认真的?你在给我上课?"

"我们都知道这件事必然发生,很可能就是在你的任期内。这届议会不行,但是下一届肯定可以。到时候我们都知道你会住在哪儿,肯定不是伊斯灵顿,对吧?"霍布顿的双眼发亮,再次充满了活力,呼吸也变得正常了。"你会住在唐宁街。"

"啊,这个嘛。"十分钟前那个怒不可遏的贾德消失了,扇了霍布顿耳光的贾德消失了。取而代之的是电视和 YouTube 上熟悉的身影,那个憨厚的政客。"自然,如果国家需要我,我当义不容辞。"

"你会带你的政党继续向右,但万一这个选项已经不存在了呢?如果其中的一个党派,曾经试图在黄金时段直播斩首呢?"

"你这就是在胡说了。就连最没有底线的记者都不敢将女王陛下的政府与那样的组织画上等号——"

"嗯,但他们可能会发现你和其中某个组织的联系。"

他们终于聊到问题的关键了。

霍布顿说:"我没在报道里提过,不是因为我觉得你只是在年轻时犯了个错。我是不希望你在公众面前否认这一点。你是当首相的料,如果由你来掌舵,这个国家就能再次崛起。我们这些相信强大政府的人不希望你因捍卫信念而道歉。"

贾德小心地把杯子放在餐台上。"我从未和极端组织有过接触。"他平静地说道。现在他又成了人民心中的权威人士,用那种在电视上指出他人错误的语气说话。虽然心平气和,却在暗示对方错得离谱。"我确实写过一篇关于极右组织的报告,那是九十年代早期,为了研究调查,我参与了一两次会议。"他凑近了些,霍布顿能感觉到他的呼吸。"你真的认为会有人相信你吗?"他的声音像天鹅绒一样丝滑,"和你要面临的后果相比,你如今的处境都能称得上是幸福了。"

"我不想闹出丑闻。我最不想做的就是把这件事公之于众,但如果我真的这么做了——"

霍布顿慢慢地、小心翼翼地喝完了杯中的酒。

"如果我真的这么做了,我并不需要人们相信我。我有其他的证据。"

他把空杯子放在了贾德的玻璃杯旁。

"我有照片。"

"行吧,真他妈有你的,这事还能糟到哪去呢?"

泰维纳说:"这不只是为了五处的声誉。现在是战争时期,杰克逊。你在斯劳部门肯定也察觉到了。我们必须尽可能地拉拢盟友。"

"他是谁？"

"他的身份不重要，重要的是他舅舅的身份。"

"天哪，"兰姆说，"别告诉我——"

"他母亲的哥哥是马哈茂德·古尔。"

"老天爷啊。"

"马哈茂德·古尔上将。巴基斯坦三军情报局的副局长。"

"谢谢你的说明，我知道他是谁。天哪。"

"就当我们是在联合不同的势力。"泰维纳说，"等我们救出哈桑，就能交上一个新朋友。你觉得我们不需要吗？那可是巴基斯坦的情报机构。"

"你有想过失败的后果吗？你看看现在的进展有哪一步是顺利的？但凡出了一点差错，你就是暗杀他外甥的罪魁祸首。"

"不会出错的。"

"要不是你蠢得让我恶心，我都要被你的信心感动了。现在立刻终止行动。"

河对岸又传来一阵笑声，但不如上次那么发自内心，像是单纯的酒精作用，而非真的听到了好笑的笑话。

她说："好吧，那就听你的，今晚就结束行动。"她看向兰姆肩后的虚空，然后又看向他的眼睛。"比计划早一天，但还是可以起到我们想要的效果。"

"每当我听到有人这么说——"兰姆开口道，却被她打断了。

"甚至比原本的计划更好。不是最后时刻营救，我们在斩首二十四小时之前把那孩子救了出来，为什么？因为我们很专业，知道自己在做什么。因为你知道自己在做什么。"

兰姆差点呛到。"你疯了。"恢复声音后他说道。

"计划会成功的，没理由失败，不是吗？"

"首先，你没有完整的破案记录。不做调查我怎么可能找到他？靠神启吗？他可是在利兹被绑走的。"

"他们把他带到这附近了，并不远。"

"他们在伦敦？"

"反正不远。"她重复道，"至于破案记录，我们会准备好的。不如说现在已经准备好了一半，霍布顿就是我们的突破口。是你的团队抓到了他，偷走了他的文件。"

"一堆毫无意义的乱码。"他提醒道。

"不一定。等我们决定好在里面写什么，就不是乱码了。"

微弱的光照在泰维纳脸上，兰姆能看出来她是认真的。她可能已经疯了，这份工作有的时候把人逼疯，而她的身份并不能帮她保持理智。如果她神志清醒，很快就能发现自己逻辑中的漏洞，也就是他——杰克逊·兰姆。他根本不在意她递出的橄榄枝。

但她自己可能也发现了。"别急着决定，先想一想，想想这意味着什么。"

"我在想：我的楼梯上躺着一具尸体。"

"他在你的楼梯上跌倒了，你只需要在他身边放一只空酒瓶。"她的语气变得急切起来。他们在谈论死亡，其他人的死亡。他们谈论的是摧毁事业的瞬间，也许还有其他的什么。"第二次机会。"

"你他妈的在说什么？"

"就当是复健训练。"

"我不需要复健，谢谢。我现在这样就很好。"

"只有你这么想。为了回到总部，杰德·穆迪什么都愿意做。"

"瞧瞧他现在在哪儿?"

"所以他证明了自己是一匹下等马,其他人也这么糟吗?"

兰姆假装想了一会儿。"是的,"他说,"很有可能。"

"但事情不一定要维持现状。你帮我这一次,你就会是英雄,夺回属于你的荣耀。还有你的那些手下。想想吧,下等马回到马群之中,你不想给他们一次机会吗?"

"不想。"

"好吧,那就想想后果。穆迪死的时候真的是孤身一人吗?"她向一侧歪了歪头,"还是有其他人在他身边?"

兰姆龇了龇牙。"我们已经聊过这个了。打电话喊看门狗过来,等他们把你撕碎之后如果还有力气,可能会来找我们。"他打了一个大大的哈欠,"反正我无所谓。"

"无论被干掉的是谁都行?"

"你说了算。"

"斯坦迪什呢?"

兰姆摇了摇头:"你这是在对着空靶子扔飞镖,斯坦迪什与此事无关,我敢说,她现在在家里睡得正香。"

"我说的不是今晚。"这次她知道飞镖更接近靶心了。她能从兰姆的肢体动作里看出来:他唇边的肌肉开始松动,他无心控制表情了。"还记得吗?凯瑟琳·斯坦迪什差一点就被判了叛国罪,你觉得这件事已经过去了吗?"

月光下,他的双眼黑漆漆的。"劝你不要提起这件事。"

"我也不想提的。你说得没错,今晚太疯狂了。我只想快速安静地处理完一切。我需要一个能信任的帮手,无论你愿不愿意承认,斯劳部门都已经牵扯进来了。如果事情暴露,你们全都会完蛋,而可怜的凯瑟琳……哈,她根本不知道自己当年差点惹上什么事,对不对?"

兰姆看着运河,光斑在河面上随着波浪摇曳,反射着远处建筑物里的灯光。几艘船屋漂在黑暗中,屋顶上摆着盆栽,几株植物的绿叶伸向水面,旁边放着几辆自行车。船里可能住着一些向往另类生活的人,或者是谁家的周末度假屋。谁在乎呢?

他说:"你当时还不是副局长,但你应该知道我为什么会在斯劳部门。"

这不是一个问句。

戴安娜·泰维纳说:"我听说过三个版本。"

"最糟糕的那个就是真相。"

"我大概猜到了。"

他倾身向前。"你把斯劳部门当成你的私人玩具箱,这让我很生气。你明白吗?"

她又把飞镖向前推了推。"你很在乎他们,是不是?"

"不,我觉得他们就是一帮废物。"他靠近她,"但他们是我的废物,不是你的。所以我会帮你这个忙,但是有条件。首先,穆迪要消失。贝克则是街头纷争的受害者。今晚我身边的人都要有免罪金牌。哦,而且你永远欠我一个人情。你最好记住,我会让你一分不差地还回来。"

"事成之后,我们都会荣耀加身。"她说了一句愚蠢的话。

兰姆想到了至少八种反驳,最后还是难以置信地摇了摇头。他再次看向运河表面,破碎的光芒安静地漂浮其间,悠悠荡荡。

"我有照片。"霍布顿说,"照片里你揽着尼古拉斯·福斯特行了一个纳粹礼。当然,现在已经没人记得他了,但他曾经是国民阵线的领头人,几年前在一条小巷里被乱刀刺死,但也正好,正是他这种人毁了右翼的名声。"

许久之后,贾德说:"那张照片已经被销毁了。"

"我能想象。"

"销毁得十分彻底,甚至可以说它从未存在过。"

"既然如此,你就没什么好担心的。"

贾德已经露出过许多张面孔:从容不迫的、憨厚可爱的、心狠手辣的、残酷无情的……此刻所有面孔都凝聚成同一张,有那么一瞬间,那个学生气的大男孩消失了,取而代之的是真正的彼得·贾德。他在做自己最擅长的事:观察这个和他说话的人会带来怎样的威胁,然后评估如何彻底解决掉威胁。"彻底"的意思是没有后顾之忧。如果照片确实存在,并且在霍布顿手中,那么潜在的后果就是灾难性的。霍布顿可能只是在虚张声势,但他知道这张照片本身就已经很危险了。

首先要杜绝可能的负面影响。

然后再处理威胁。

他说:"你想要什么?"

"我想让你把消息传出去。"

"消息?"

"这整个绑架事件是个陷阱,处刑是假的。阿尔比恩之声只是一群小混混,但是他们被情报局渗透了。他们被当成了宣传手段,下场会很惨。"霍布顿停顿了片刻,"我不在乎那些蠢货的安危,但这些人对我们事业的打击是毁灭性的。"

贾德没有理会他说的那句"我们"。我们的事业。"那我要怎么做?在家里宣布这件事吗?"

"别告诉我你没有可以联系的人。你只要把消息传给该知情的人，肯定会比我去传信更有效。"他的声音变得更加焦急，"如果我自己能处理，就不会拉你下水了。但就像我之前说的那样，那些人不是我的朋友。"

"很可能已经太晚了。"贾德说。

"至少应该试一试。"霍布顿突然精疲力竭，用一只手擦着脸说，"他们可以宣布这只是个玩笑，他们本来就没想杀人。"

外面传来了隐约的声音，有人在找他。PJ？该死的，你跑去哪儿了？还有：亲爱的？你在哪里？后者的声音中压抑着怒火。

"我马上回来！"贾德喊道，然后对霍布顿说，"你该走了。"

"你会打电话吗？"

"交给我吧。"

他的眼神中闪过某种情绪，霍布顿不敢继续追问下去。

兰姆离开了。泰维纳看着他臃肿的身形消失在阴影中，然后坐在原地休整了两分钟。她看了眼手表，现在是两点三十五分。

距离哈桑的死期还有大概二十六小时。

理想情况下，戴安娜·泰维纳还可以拖得更久，等到全国的每个屏幕上都开始播放倒计时，她再带着救援队从天而降。但今晚就今晚吧。而且就像她之前说的那样，不赶在最后时刻营救更能显得他们胸有成竹、游刃有余。这样也很好。从未有过任何危险。报道会这么说，军情五处从一开始就抓住了罪犯的把柄。等到了早上，哈桑就能安全地回到家中，她的卧底也可以回来。她会收到来自各方的赞美，安全局的口碑也会一飞冲天。最棒的是：英格丽德·蒂尔尼不会从华盛顿飞回来抢走她的功劳。

但她依旧忧心忡忡，因为救人的重担落在了杰克逊·兰姆身上。兰姆不是下等马,却比下等马还要糟糕,他是一匹脱缰的野马,没有人能管得住他。他刚才问她是否知道他在斯劳部门的原因,其实是在威胁她。他在问她知不知道他做过什么。如果今晚的计划失败,兰姆不会等看门狗来收拾残局,他会亲自动手。

也就是说,她最好准备一个应急计划。

她从口袋里掏出手机,打了一个电话。铃声响了五次,电话接通了。"我是泰维纳,"她说,"很抱歉打扰您,但是我刚和杰克逊·兰姆聊过,有件事让我很在意……"

她一边说,一边沿着河岸向前,很快就消失在了阴影之中。

现在很晚了,非常晚,但晚宴还在继续,多亏了可卡因,宾客们情绪高涨。贾德决定暂时不予追究,但这周他会找时间和带毒品的人好好聊几句,让他们明白这种行为是不可接受的。在野党可以找乐子,执政党能找的乐子更多,不会有人刨根问底。但进入内阁之后,就必须要遵守规则。那些参加晚宴的小狗都比他级别低,还以为他不会发现?太小看他了。

但这些都不着急。霍布顿离开后的半个小时,贾德一直在琢磨故事的真伪,最后得出的结论是:很可能是真的。如今互联网这么发达,阴谋论发酵的速度比网民脸上的青春痘还要快,但贾德依然相信五处的某些人确实和这场年度大戏有关。这甚至让他产生了一丝敬意。不再是老一套的秘密行动,而是更像一场大型真人秀。只有这样才能抓住群众的注意力,血案就是最佳题材。

但他还没决定该如何应对。虽然霍布顿说得很夸张,但他觉得选民能分清极端右翼和普通右翼政党的区别。再说了,按照霍布顿的逻辑,这次行动成功或失败结局都是一样的:极端右翼在民众眼中会变成嗜血的混蛋。他并不在意某个移民二代的死活，他的目标是成为首相，届时安全局就会是他的左膀右臂。他还没想好要不要因此和安全局结下梁子。

但问题是那张照片。如果真的有照片。贾德不会自欺欺人地假装它从未存在过，但若还有尚未销毁的备份就另当别论了。他曾经花了大笔资金，许下了很多个承诺，最终靠一起暴力犯罪解决了照片危机。事情过了这么久，很难想象照片还存在，但如果真的存在，罗伯特·霍布顿就是最有可能找到的人。且不论他和极右组织的联系，霍布顿当年就是靠揭露政治犯罪出名的。身败名裂之前，他用自命不凡的笔调扳倒了不少政治家，那些身居高位的人见到他都要避让三分。霍布顿似乎并不知道事件的全貌。尼古拉斯·福斯特在国民阵线的集会中被刺杀绝非巧合。如果他知道，不可能闭口不谈。这反而让贾德觉得他不是在虚张声势。所以，假设照片真的存在，霍布顿手上还有一张备份，他又该如何行动？PJ会怎么做？

不能等墙裂开了再去补。他推开椅子，抱歉地对夫人挥了挥手，向她比了一个"电话"的口型。她以为这和被绑架的孩子有关，事实上也的确有关。是的。

塞巴斯蒂安在楼上，坐在椅子上看着外面安静的街道。有人说他像事务总管，也有人说他像大管家，甚至有人说他像密使。最后这个形容其实很贴切。身披斗篷的远征军，为正义而行的必要之恶。正义的化身就是PJ。

如果照片真的存在……虽然内阁成员必须遵守某些规定，但规定也是有底线的。底线就是你不能被别人用刀架在脖子上。

身居高位的人曾经对罗伯特·霍布顿避之不及，但此刻他可以像捏死一只虫子一样碾死他。在那之前，他要先补好裂开的墙壁,把消息传出去,就像霍布顿要求的那样。他不会和极右组织保持联系,也并不需要。不然留着密匙有什么用呢?

"赛巴,"他说,"你要帮我打几个电话。"

12

杰德·穆迪的尸体还躺在地上,在裸灯泡的灯光下显得有些凄凉。兰姆看都没看他一眼,径直上楼去自己的办公室。进屋后,他从门边捡起软木板,挂回墙上,然后打开抽屉的锁,拿出了一个鞋盒。里面是一把用布包住的德国HK手枪。他在台灯下仔细检查了一番,把枪放进了大衣口袋里。枪太沉了,大衣尴尬地向一侧倾斜。他把鞋盒留在桌面上,还留下了一盏亮起的台灯,转身回到了楼下。

"他的枪呢?"兰姆问。

"在我这里。"瑞弗说。

兰姆伸出一只胖手,瑞弗把枪放在他的手心里。枪消失在了兰姆的大衣口袋中,和另一侧口袋里的枪达成了一种诡异的平衡。

兰姆看向躺在地上的穆迪,说:"好好看家啊。"

尸体没有回答。

兰姆走下楼,出门前点上了一根烟。他呼出白色的烟雾,问:"你们谁还有车?"

路易莎·盖伊有。

"你们两个有谁能开车吗?"

"没问题。"

"那就跟上我。"

"去哪儿?"瑞弗问。

"你跟我走。"兰姆又对另外两人说,"去罗佩尔街,知道在哪儿吧?"

"在南岸。"

"现在去?这么晚了。"

兰姆说:"你是在开玩笑吗?"

"到了之后呢?"瑞弗问。

"把哈桑·艾哈迈德救出来。"兰姆说,"然后我们就变成了英雄。"

瑞弗、明和路易莎相视无言。

兰姆说:"你们有意见吗?还是有什么别的安排?"

他们没有别的安排。

拉瑞、摩尔和库里。

库里、拉瑞和摩尔。

这些人是谁,为什么要抓他?

你以为我们在乎你的身份吗?

之前很长一段时间,哈桑都以为自己停止思考了。他的大脑被情绪淹没,无法运转。但并不是这样,他没有停止思考,只是想法变成了情绪,在他的脑海里翻腾不息,像一群翩翩起舞的蝴蝶。他的思绪四处飘散,无从捕捉。一个、两个、三个想法接连跃入脑海,又变回最初的模样。但他也不确定,因为他已经忘记最初的想法是什么了。这个想法是源自恐惧、饥饿,还是孤独?他不知道。儿时他觉得观察蚂蚁很有趣,现在他又发现了另一件有趣的事：他能穿越时空。虽然只有几秒钟，但他可以让自己离开这里，前往某段悲剧尚未发生的过去。

比如，他想起了第一次问母亲那个问题的时候。家里床头柜上有一张照片，照片里是一个男人，哈桑问母亲：那个人是谁？他看起来像个军人，面部线条棱角分明，眼神高深莫测，仿佛他也知道时间旅行的秘密。他透过镜头，看向未来，隔着照片与哈桑对望，似乎在思考这个尚未出生的孩子是谁。

"那是你的舅舅，马哈茂德。"母亲告诉他。

当时哈桑五岁左右。

"他在哪儿？"他问。

"他在家，巴基斯坦。"

但哈桑的家不在巴基斯坦。他的家是他住的地方。他每天早晨在这里醒来，和父母还有兄弟姐妹一同生活。他的家是这栋房子，是房子所在的街道，街道所在的城市……他觉得很奇怪，为什么母亲会觉得家在别的地方？如果同一个词在不同人心中的含义也不同，他还能相信语言吗？

如果这个人真的是他的舅舅，为什么哈桑从未见过他？

"他为什么不来看我们？"

因为他舅舅身居要职、十分忙碌，他的工作让他无法跨越半个地球来探望。

幼时的记忆会留下更深的印象，这段回忆给哈桑带来了些许慰藉，但也仅此而已。几年后，他在BBC新闻上看到了一个和舅舅长得一样的男人，正在与出访各国的美国总统会面。这证实了母亲的话，他舅舅确实是个身居要职、十分忙碌的人。

回忆结束，哈桑又回到了地窖里。

他的舅舅是个大人物，因工作繁忙无法来英国探望。这是小时候母亲告诉他的。长大后，父亲和他说了另一个版本：舅舅之所以不来探望，是因为他不赞同母亲的婚姻选择，不赞同他们世俗化的生活方式。但他确实很忙碌，他是巴基斯坦的高级军官。

哈桑不由得想道：忙碌且身居要职的舅舅是否能带给他足够的筹码？拉瑞、摩尔和库里会怎么想？

你以为我们在乎你的身份吗？

他们是这么说的，但这可能并不是真心话。毕竟，他们攻击并绑架了他。这些人给他下了药，把他关在潮湿的地窖里，冷酷地宣布要砍掉他的头。除了一瓶水和一根香蕉，什么都没给他。他们是坏蛋，所以也很可能是骗子。身居要职意味着财富，也许这只是一次普通的绑架案。虽然嘴上说着要斩首，实际上却是想从他舅舅那里拿钱。这比勒索他父母更合理，毕竟他父母虽然忙，却并不重要。他家不穷，但也不富裕。此刻哈桑几乎可以肯定，那些人就是想要钱。

你这个该死的巴基佬。

对，呃，他们是这么说了，但只是为了吓唬他。

我们要把你的头砍掉，放在网上直播。

这句话的意思其实是：我们真的会撕票，除非你舅舅付赎金。

他看过很多电影，知道接下来的剧情。警察会趁着交赎金的时候出动，直升机在上方监控，地面人员潜伏跟踪，然后突然发起进攻！无数的闪光和呼喊声后，地窖的门被打开，楼梯口照进手电筒的光……

他想：不，放弃幻想吧。这种事不会发生的。

然后他又想道：但是想一想又怎样呢？不然他该怎么打发等待死亡的这段时间？

这些念头蝴蝶一般盘旋在他的脑海中。地窖上方有人在跺脚,然后是愤怒或惊讶的呼喊声——是打起来了吗?好像是。短暂的爆发后又是"砰"的一声,他的脑海中立刻浮现出了另一幅图景:

特警队冲了进来……

武装警察冲进了这栋房子……

他的舅舅和军队找到了他……

任谁都好……

哈桑放任自己沉浸在希望的幻想中。

路上不堵,只有出租车和大巴。伦敦算是不夜城,但这要算上那些加班到半夜的上班族,或者在又黑又冷的凌晨去扫大街的环卫工人。瑞弗看着窗外,回想起兰姆之前说的话:绑匪有三个人,其中一个是卧底,但具体是哪个只能靠猜,谁都不知道对方会作何反应。

"他们有武装吗?"

"肯定有某种锋利武器吧,不然用小黄瓜斩首不是很傻吗?"

"为什么是我们?"瑞弗问,"为什么不派特警小队或者执行员去?"

兰姆没有回答。

窗外,瑞弗看到有人蹲在商店门口,被一堆纸盒挡在后面。车子快速驶过,瑞弗甚至来不及记住眼前的景象。他看着玻璃上自己的身影,头发凌乱、胡楂又长了出来。他记不清上次去剃须店是什么时候了,但医院应该会先剃掉希多的头发。没了头发,她的头看起来肯定很小,就像好莱坞电影里的外星人。

眼前的画面逐渐模糊，瑞弗眨了眨眼，眼前的画面再次恢复清晰。

事件之间相互关联。霍布顿、穆迪、哈桑·艾哈迈德，还有希多中枪……这都是某人设计的陷阱。兰姆发现了。他去见了戴女士。他没有明说，但还能是谁？自从跟踪她两天之后，瑞弗再也没见过她本人，那已经是好几个月前了。而兰姆，无论他是否在斯劳部门，才是那个和她在半夜约谈的人……

他们路过了一家文具店，蓝白色的商标很眼熟。瑞弗忽然想明白了之前很在意的一件事。

"那里面是钱，对不对？"他问。

"什么？"

"穆迪从你办公室拿走的那个信封。里面装的是钱，你的潜逃资金。"

兰姆抬起一边眉毛，说："潜逃资金？好久没听过这个词了。"

"但我说的没错。"

兰姆说："哦，对，是你外公告诉你的吧？这个说法。"

他点点头，好像终于破解了一桩谜题。

当然，兰姆说得没错。瑞弗确实是从外公那里听说的。每个特工都需要一笔潜逃资金。老家伙说。几百块，几千块，看你需要多少。普通人管这个叫跑路钱，因为有了这笔钱随时可以辞职跑路。糟糕，我不该跟你说这些的。唉，不要告诉你外婆哦。

当时瑞弗十二岁，他还记得听到这句话时激动的心情。不是因为外公说了不能说的事，而是因为他说"不要告诉你外婆"，并且也相信他不会那么做。这是属于他们两个人的秘密。在那个瞬间，他们都是特工。

活在刀尖上的人需要潜逃资金,因为他们随时有可能跌入万丈深渊。这笔钱可以帮他们减缓冲击,给他们一次逃离的机会。

"没错,"兰姆出乎意料地承认道,"那确实是潜逃资金。"

"嗯。"

"如果你在打歪主意的话,我可以告诉你:这不是什么巨款。"

"我没打歪主意。"

"一千五百英镑,一本护照,还有一把保险柜钥匙。"

"瑞士银行?"

"什么瑞士银行。就是法国某个村里的小银行,从巴黎开车四个小时。"

"四个小时。"瑞弗重复道。

"我为什么要告诉你这些?"

"为了能有个借口除掉我?"

"你说得对。"

兰姆看起来并没有什么不同。他还是那个粗野的胖子,身上的衣服也像是从慈善商店的橱窗里穿出来的。但是他是个不折不扣的间谍。他把潜逃资金藏在软木板后,正面订满了无人在意的打折优惠券。他误导了所有人,这正是间谍会做的事。老家伙曾经告诉瑞弗:你的一举一动都被人看在眼中,所以你不能让他们看到想要的真相。

车子驶过泰晤士河,无数的玻璃大楼伫立在对岸。大部分塔楼都黑着灯,反射着来自地面或天空的点点星光。偶尔会有亮起的窗户,隐约能看到里面的人影,坐在办公桌前或者站在屋里发呆,不知在看什么。世界永不停歇,总有新的事件在发生。而若非当事人,有些事情是永远无法理解的。

当然，最后将你击垮的是希望。

比噪声更可怕的是随之而来的寂静。

哈桑气都不敢喘一声，仿佛他不是被藏匿的人质，而是在主动躲藏。如果那些混蛋知道他其实是个英国人，只想低调地生活，他们会忘记他的肤色、笑着接纳他吗？不，不会的。他们永远不会无视他的肤色。哈桑·艾哈迈德希望特警队、武装部队和舅舅的军队能追查到这里，毫不留情地把他们一网打尽。

拉瑞、摩尔和库里。

库里、拉瑞和摩尔。

哈桑也不在乎他们是谁，不是吗？

但一分钟后冲进地窖的并不是他舅舅。

"你。"

他们指的是他。

"快他妈的站起来。"

但是哈桑站不起来，地心引力把他黏在了椅子上。于是他们来帮忙——抓住他的胳膊，一把将他拽了起来。哈桑拖着颤颤巍巍的双腿被强行拉到了楼上。他不知道自己有没有说话，也许他在祈祷。人在生死关头总会回到宗教的怀抱中。被关在地窖的这段时间，他一直在向安拉祈祷，许下出去后会践行的承诺。如果他足够虔诚，安拉是不是就不会抛弃他？他就不会因信仰而死了吧？但哈桑没有时间细想，他被拖拽着走上楼梯，命运就在上面等待着他。

他以为斩首会发生在地窖。

但其实是在厨房。

* * *

房子所在的平台破旧不堪,大部分是战前建成的。二楼的窗户被木板挡住,一楼的被厚厚的窗帘遮盖,没有一丝光亮。外墙上沾着水渍。

兰姆低声说道:"今晚没喝酒的举手我看看。"

明和路易莎对视了一眼。

"给。"兰姆把穆迪的枪递给瑞弗,是一把点二二口径的小手枪,"你要是敢把它对准我,就别怪我没收。"

这是瑞弗第一次持枪上街,他是不是应该更郑重其事一些?

他说:"你觉得他们在里面吗?"

那栋房子透出一股死寂的气息,不像是在沉睡。

"我们以此为前提行动。"兰姆说。他们驶过房子,停在了二十码远的位置。明和路易莎紧跟其后。现在四个人都蹲在兰姆的汽车旁。瑞弗看了眼手表,如果兰姆估计得没错,执行员大概五分钟后就会到场。更准确一点说,是七分钟后。

"我们进去吗?"他问。

"进去。"兰姆说,"你和我,我们两个进去。你去前门。"最后这句话是对路易莎说的。"后备厢里有一根撬棍。你负责后门。"他对明说:"如果有人出来,不要让他们看到你,但也别跟丢了,明白吗?"

所有人都点了点头。这是等了好几个月的外勤任务,他们不可能放弃这次机会。

"好,记住别中枪,别把自己弄死。会记入我的档案的。"

路易莎拿出撬棍,几人纷纷走向目的地。明径直向前走去,绕到房子后方。路易莎来到正门前,把撬棍插进门锁边的缝隙中,像个天生的盗贼。她几乎将全身力气用在撬棍上,门被撬开了。兰姆双手握着 HK 手枪,动作快得不像个胖子。他冲进门向右走了两步,踢开一扇门,门后没有人。"武装警察!"他喊道。瑞弗三大步跨上了二楼,楼上一片漆黑,门缝中没有黄色的灯光。他俯身,快速走进第一个房间,转了三百六十度,举着枪。"武装警察!"但是屋里什么都没有,只有几张床垫,还有一只拉开的睡袋,像蜕下来的皮一样蜷在地上。楼下传来了呼喊声。他离开房间,踢开第二扇门,同样没有人。楼下再次传来呼喊声,是兰姆在叫他的名字。最后一扇门后是浴室。他拉开灯,浴缸下有一摊绿色的锈迹,淋浴的挂杆上挂着一件湿衣服。兰姆又喊了他一次,瑞弗跑下了楼。

兰姆站在走廊里,看向厨房地板。他手里拿着枪,但是胳膊垂在身体两侧。

瑞弗说:"楼上没有人。"

兰姆说:"我们得走了。"

他的声音沙哑又干涩。

路易莎·盖伊从瑞弗身后走来,双手握着铁撬棍,问道:"怎么了?"

"我们必须立刻离开。"

瑞弗向前几步,走进厨房。

倒在厨房地板上的尸体曾经更加高大,但现在他躺在血泊中,几只硕大的苍蝇在他身边嗡嗡作响。

他身后,路易莎说:"天哪。"

厨房餐桌上摆着一颗头颅,切口参差不齐。

瑞弗转身,推开路易莎,刚跑出去就吐在了下水道里。

他们坐在蓝色的车里,红色的记忆留在脑海中,缓缓驶过黑色的河水。他们的衣袖和鞋子上沾满了血,一看就十分可疑,实际上也确实犯了罪。

开车的人说:"你真的有必要……"

"有。"

"他只是……"

"只是什么?"

"我只是……"

"你只是什么?"

"我只是没准备好。"

"得了吧。"

"真的。"

"但他也没准备好,不是吗?但是你猜怎么着?结果还是一样的,他已经死了。"

是的,他确实死了。他们把他的头留在了厨房餐桌上。

他已经死透了。

13

"电话,快点。"

他们手忙脚乱地翻出了手机。

"哈珀呢?"

他小跑着追了过来。"怎么了?"

"你的手机。"兰姆说。

"我的手机?"

"快拿过来,该死的!"

明·哈珀翻出手机,交给兰姆,然后惊恐地看着他把四部手机扔到地上,狂风暴雨般用脚踩碎。

"好了,走吧。去把何、罗伊和怀特找来。我去接斯坦迪什。"

瑞弗觉得自己好像在做梦,声音在耳边来来去去,附近的街灯朦朦胧胧。他感觉自己只剩下一副空壳,一阵风就能把他吹倒。他不想去看身后敞开的房门,门后的厨房里有一具尸体,餐桌上是一颗被砍下的头。头颅摆在餐桌上——头颅可以被摆在餐桌上吗?

"振作点,卡特怀特,现在不是走神的时候。"

瑞弗说:"我见过他。"

"我们都见过他。"兰姆说。

路易莎·盖伊用一只颤抖的手梳着头发。明·哈珀把手搭在她的胳膊上,被她甩开了。

"他是我们中的一员,卡特怀特。他也是下等马。现在快点行动起来。去找其他人,别回家。"

瑞弗看向明和路易莎,准确地解读了两人的表情。"我们不知道他们的地址。"

"老天爷啊。"他报了一串地址:巴尔汉姆、布里克斯顿、陶尔哈姆莱茨。

"然后呢?"

"去威廉·布莱克的墓碑集合。"

他们开着各自的车离开了。

不到一分钟,两辆黑车开了过来,身穿黑衣的人影从中蜂拥而出。

"他是个卧底。"

"但是……"

"去你妈的但是,他是个卧底,没什么好说的。"

他用手做了个斩首的动作。

"我……"

"你怎么了?"

"我只是……"

"你怕了。"

"你杀了他。"

"我们杀了他。"

"我甚至不知道你打算动手。"

"你以为这是在过家家吗？"

"但是这下就全都变了。"

"你个娘炮，什么都没变。"

"没变吗？我们杀了一个警察……"

"是间谍。"

"间谍和警察有区别吗？你觉得他们会放过我们吗？你觉得他们——怎么了？"

他惊讶地看着库里突然昂起头，开始尖声大笑。

戴安娜·泰维纳在办公室里。现在刚过凌晨三点，情报中心里没什么人。只有几个年轻人趴在控制台前，监控某个动物权益保护组织的坐标。她刚刚挂掉电话，战术小队——也就是执行员——已经到达滑铁卢附近的那栋房子。屋里没有人，但是有一具尸体。他们把他的头砍了下来。好消息是（如果可以这么说的话）：他是在死后才被斩首的。

指纹报告之后才会呈上来，但她知道那是谁的尸体。死的人不是哈桑·艾哈迈德，所以肯定是艾伦·布莱克，她的卧底。杰克逊·兰姆和他的手下不见踪影，她之前的预感成真了，事情在朝最糟糕的方向发展。还好她准备了应急方案。

刚想到这里，电话就响了起来。是她的老板，英格丽德·蒂尔尼。她们刚才聊过，泰维纳在运河边给她打了电话。蒂尔尼此时在大西洋沿岸，比起伦敦离纽约更近。

"英格丽德。"她说。

"我听到了传言，发生了什么，戴安娜？"

"和我之前说的一样，是杰克逊·兰姆。"

"你确定吗？"

"至少看起来是这样。"她往前坐了坐，把手放到额头上。动作到位后声音也随之到位："滑铁卢的那具尸体是艾伦·布莱克。他曾经是兰姆手下，去年辞职了，但他可能根本没离开。也许兰姆一直在背后指使他。"

"天哪，别告诉我传言是真的。"

"根据我的观察，这次绑架案应该是兰姆一手策划的，为了给自己赢得声誉。或者，谁知道呢，可能也是想给安全局赚点名声。总之，计划失败了，他的特工被杀害，其他人失踪。哈桑·艾哈迈德同样下落不明。现在绑匪也没道理坚持之前提出的最后时限了。"

"天哪，戴安娜，这可是归你管的——"

"我？斯劳部门可不归我管，不是吗？我们先别急着互相指责，开诚布公地谈谈。事实就是：那具尸体是兰姆的人。兰姆甚至知道要去哪里找他，天哪。"

英格丽德·蒂尔尼说："他当时在滑铁卢吗？"

"是的。我不知道他现在在哪儿，但我们会查到的。"

"赶在时限之内？"

"英格丽德，现在无论是兰姆还是我们都对哈桑·艾哈迈德的下落一无所知。他的计划失败了，我们要做的是把损失控制在最小范围内。我知道你很震惊，但他从来就不受管控，自从帕特纳的事之后——"

"小心。"

"我不知道当时具体发生了什么，但我大概能猜到。他要是真的干了那样的事，肯定会觉得没什么能威胁到他。我一直很担心他会干傻事，所以才派希多·贝克监视他。"

"她得出的结论是?"

"她说兰姆像个疯狂的隐居者,整天在顶层的办公室里,从不拉开窗帘。他会做出这样的事我一点也不惊讶,英格丽德。"

她喊了太多次局长的名字,必须要谨慎点了。

"贝克今晚的汇报如何?"

"她目前无法汇报情况,她是今晚的伤亡人员之一。"

"天哪,我是错过了什么开战宣言吗?"

"我们在做善后工作。现在楼下就有一个兰姆的手下等着见我,很快我们就能得到铁证了。只要有人能证实兰姆在布莱克辞职之后见过他,几乎就可以肯定我的猜测。毕竟他不是那种会心血来潮去见老朋友的人。"

"你似乎很急着下定论。"

"因为一切都乱套了!一个前特工,死在了关押哈桑·艾哈迈德的房子里。哈桑的舅舅会怎么想?我们当然可以发誓此事与安全局无关,但他不会相信的。这可是政府希望能够建立良好关系的高官,我们必须做好清理工作。"

"你派人去现场了吗?"

"是的,但执行员不是调查员,也不懂刑侦学。所以除非把线索给他们标出来放在眼前,不然他们……"

"不然他们就什么都发现不了,然后错过所有能帮警察追踪哈桑的线索。"蒂尔尼帮她说完了这句话。

两人都沉默了。泰维纳的电话亮起了灯,又有人打进来了。她无视了信号,话筒似乎有些烫手,但她还是紧紧地握着。握得太紧,手都开始颤抖了。

"好吧,把他抓进来。"

"兰姆吗?"

"对。我们听听他有什么可辩解的。"

"哈桑·艾哈迈德呢?"

"我以为你已经解决了这件事?"

伦敦规则:明哲保身。她想道。记住伦敦规则。"我需要你的正式许可,蒂尔尼。"

有一些决策,她需要别人来做。

"天哪,让马哈茂德·古尔的外甥死在我们的领土上是一回事,但如果他的死和安全局有关就是另一回事了。把那孩子交给警察,祈祷他们能在规定时限内找到他。总之,我不想看到五处出现在书面报告中。"

"兰姆不会老实投降的。"

"他不是个傻子。让达菲去处理,把其他人也带进来。"

"全都带来吗?"

"斯劳部门全员,所有的下等马。在事态进一步恶化之前把他们抓过来,问清楚他们都知道些什么。我不想看到五处被牵扯进去,我们要面临的指责已经够多了。"

"没问题。"戴安娜说,"一路顺风。"

挂断电话之后,戴安娜安静地坐了一会儿,透过玻璃窗看着情报中心的员工。几个小时后,那些空着的座位上都会坐满人,继续做更多不会被感谢的工作。他们入职时当然被警告过,他们也装作相信了,但没有人真的信,至少一开始是不信的。所有人都在心底暗暗期待着一句感谢,但这是不可能的。她想给他们一次特殊的胜利,这个计划也落空了。至少她可以努力让他们不被失败的后果波及,把伤害都转移给弃子。

她给滑铁卢那栋房子里的团队打了电话,简短地吩咐了一句:"处理掉尸体,清理房子。"

要彻底清理一栋房子，就需要强壮的特工。最安全的选项是用火烧。

她给尼克·达菲回了电话。他回到了总部，但是在距离她办公室很遥远的地下。"是哪个？……好，我五分钟就到。"

"他是谁？"

"布莱克。艾伦·布莱克。"

瑞弗从来没见过他。曾经驱使布莱克加入安全局的热情被日复一日的单调工作消磨殆尽，他在瑞弗来到斯劳部门几个月前就辞职了。瑞弗并不知道他是犯了什么错才被发配到斯劳部门，问这种事有点像翻旧账，像是在问哪个舅舅非礼了哪个保姆。而且问这种问题意味着你想知道答案，但瑞弗一点都不在乎。

既然没见过，他为什么会觉得布莱克很眼熟呢？

他坐在车后座上。路易莎开车，明·哈珀坐在副驾驶。街灯照进车窗，他们看起来疲惫又悲惨，但至少没有身首异处。瑞弗能感觉到嗓子里胃酸的刺痛。几条街外，那颗头在厨房餐桌上看着他，也许这个画面会永远留在他心里。

瑞弗绝对见过那张脸，但他暂时无法拼凑起记忆的碎片。他见过那个人，当时他还活着。但他总会想起来的。瑞弗的记忆力很好，他正在回想各种可能的情景，就像在翻动乐透机里的双色球。目前还没抽出赢家，但总能抽到的。

"你确定吗？"

"确定他是布莱克？"

"对。"

"是的，我很确定。那个混蛋为什么要踩碎我们的手机？"

"这样我们就不会被追踪了。"

"多谢,但是我知道这个。我是说,他为什么会觉得有人想追踪我们?"

瑞弗边说边厘清状况:"这是一个陷阱。我们本来应该去营救哈桑·艾哈迈德,却找到一名死亡的前特工。这次绑架案应该是安全局策划的,现在行动失败了。"

"兰姆怎么知道要去哪里找人质?"

"他之前去见了戴女士,不是吗?"

"你是说,这些都是她告诉他的?"

瑞弗说:"他自己是这么说的。"

"兰姆负责这次行动?"

"我不知道。"瑞弗说,"也许吧。但我总觉得,如果是他……"

"如果是他?"

瑞弗看向窗外,说:"如果是他的话,应该不会失败得这么彻底。"

前面的两人沉默了。明·哈珀和路易莎·盖伊都不怎么喜欢兰姆。

"他带了潜逃资金。"瑞弗说,"如果行动失败,他可以直接消失,也不会让我们去喊其他人……"

他的同伴比他更早意识到了这句话背后的潜台词。

"真的吗?"

"所以他才要破坏我们的手机。"

"我们满伦敦城乱跑,而他呢?"

瑞弗说:"他当时没必要去医院接我的。"

"他去接你,是因为想知道发生了什么事。"

"如果这是他负责的行动,他当然会想知道。"

"那我们该怎么办?"瑞弗问,"照他说的做?还是去总部坦白从宽?"

车内再次陷入了沉默,明和路易莎的身体还没醒酒,精神却被惊醒了。

一辆拉响警笛的蓝黄色警车开了过去。也许是去他们刚刚离开的那栋房子,但瑞弗觉得应该不是。那栋房子的善后工作应该要保持低调。

然后他听到有人说:"我猜,如果他没去布莱克的墓碑,我们就知道他是在耍我们了。"

"如果横竖都要被耍,不如一起被耍。"

"节省时间。"

不知道为什么,瑞弗听了觉得很感激。

"好吧,所以你们谁记住地址了?"

路易莎看着前方的路况,完美地背出了地址。

"厉害。"瑞弗赞叹道。

"如果地址是错的,也算是某种提示,不是吗?"

"我们最好分头行动。"他说,"你们去接罗伊和罗德里克,我在这里下车去找怀特。"

"你怎么去?"

"我自有办法。"瑞弗说。车速渐缓,最终停了下来。他下了车,说:"待会儿见。"

另一辆车里,库里正在尖声大笑。

"怎么了?有什么好笑的?"

"如果我们把那个巴基斯坦混蛋的脑袋砍下来,你觉得他们会袖手旁观吗?"

"我们本来就没打算砍头。"

"是你,"库里说,"是你没打算砍掉他的头。"

哈桑在后备厢里。他们给他戴上面罩,绑住了他的手。如果你敢出声,我就把你的舌头割下来。

"你怎么知道的?"

"知道什么?"库里问。

"知道他是个……卧底。"

库里用手指敲了敲牛仔夹克的口袋,他的手机就在里面。"我接到了电话。"

"你不应该带手机的。"

"幸亏我带了。不然我们还跟那个该死的叛徒在原地等死,等着被空降特勤队抓进大牢。"

他确实不应该带手机的,这是拉瑞定下的规矩,因为手机信号可以被追踪。但前提是他们知道那是你的手机,不然就只是一个普通的手机信号,每个人都有。所以他买了一部预付费手机,每隔一小时就给阿尔比恩之声的格雷戈里·西蒙兹打电话。如果西蒙兹不接电话,就说明警察找上门了。

库里是通过英国爱国党的网站结识西蒙兹的。他在网站上的笔名是王者之剑88,88相当于HH,也就是"希特勒万岁"(Heil Hitler)的意思。当时恰逢洛克比爆炸案的主犯获释返乡,电视上群众挥着彩旗欢迎他,就像在迎接英雄归来。与此同时,英国爱国党被告上法庭,因为只接收"纯正英国人"的党派是违法的。追捧者的名单被公之于众,左翼暴徒顺藤摸瓜找上门来,朝他们的窗户扔砖头,还威胁他们的妻子和家人。

库里发布的帖子内容很单纯。白人男性在爆炸中遇难？那就从路边绑来一个穆斯林。必须当机立断，随便是谁都行。反正炸地铁的人也没调查过受害者，确保车上没有小孩或者护士。所以你就绑几个穆斯林，让他们看看谁是老大。你踢我一脚，我就踢你两脚，还要在你的头上跳舞。只有这样才能打胜仗，而这无疑就是一场战争。

于是阿尔比恩之声的格雷戈里·西蒙兹找上了他。西蒙兹个子不高，主意却很正。他靠物流配送赚了一笔钱，用以前的话说就是开卡车的。他说英国曾经是个伟大的国家，现在却任由那些被境外势力腐蚀的狗屁政治家拉着走下坡路，所以他才会加入阿尔比恩之声。他讲话就像政党广播，但绝非纸上谈兵的人。阿尔比恩之声是行动派，西蒙兹认识几个其他兄弟，商量了一个计划。库里有兴趣加入吗？

库里有兴趣。库里的梦想是从军，当一名军人，但是他未能如愿。他大部分时候都处于无业状态，偶尔会去给俱乐部打黑工，当保安。他当时在波士顿，内心向往着更刺激的生活和城市。

一般情况下，组织的领头人是不会亲自上前线的。但西蒙兹、摩尔和拉瑞商量了一个计划。

他们想在网上直播处刑。

大部分人听到这句话都会望而却步，觉得西蒙兹疯了。库里知道，西蒙兹正等着听他的答案。库里知道西蒙兹想听他说什么，但他最讨厌回应别人的期待，所以他只是一杯接一杯地喝着西蒙兹买的拉格，沉默地等待着。

直到西蒙兹说：其实不用真的动手，只要做做样子，让大家知道他们是认真的就行。让世界知道还有这样一种复仇方式，只要他们想，自己也可以动手。如果这真的是一场战争，两边总得势均力敌，不是吗？库里，你觉得呢？

库里想了想，没多久就同意加入了。

他唯一不满意的地方是不能真的动手。

他不认识拉瑞和摩尔，也不相信他们。只要和那两人一起，他就会装傻，然后背着他们联系西蒙兹。所以他才会在四十分钟前接到阿尔比恩之声打来的电话。这很不寻常，因为一般都是他主动打过去。电话里的声音急促又慌张。"有间谍。"那个人说。间谍通过英国爱国党潜入了组织，任务被渗透了，他们必须尽快撤退，逃离现场。

西蒙兹没有说拉瑞的名字，他甚至不用开口。如果他们中有一个间谍，肯定是拉瑞。因为他是整个过程中发号施令的人。

"去哪边？"他惊惶无措地问。

库里冷静地说："继续开。"他们还在南岸，只要不回头，去哪儿都行。

接到西蒙兹的电话后，他本可以逃跑的。他可以下楼，从正门走出去。其他人不知道他的真名，几分钟后他就会消失在夜色中，逃之夭夭。

但他留在了原地，一只手指抚摸着油腻的卧室墙壁。他在思考，努力理解现状，然后离开卧室，下楼，走向厨房。

斧头斜靠在一面墙上，就像一件普通的家具。手柄是木质的，斧刃红灰相间，仿佛出自某个动画片。库里向前走，左手拿起斧头，抛到右手上，步伐没有丝毫停顿。手感不错——沉甸甸的，很有分量。军人背着步枪前进一定就是这种感觉。

厨房里，坐在桌前的摩尔转过了身。拉瑞靠在水池旁，手里拿着一罐可乐。两人都和之前一样，没有变化。摩尔穿着黑色T

恤，脸上蓄着一缕愚蠢的山羊胡。拉瑞警觉地观察着四周。他留着板寸，穿着卷起衣袖的衬衫、修身牛仔裤，还有全新的球鞋，就像在饰演一个角色。好像这只是一场游戏：我们又不会真的砍掉他的头。拉瑞脸上挂着大权在握的自信笑容，笑容在他看到库里后逐渐消失。他说："什么鬼？"

"搞什么？"

"你他妈的在干什么？"

库里充耳不闻，这些对他而言只是噪音，他正在集中精力做好手头的事。

他挥起斧头，几乎要劈开天花板，斧刃在空中划出一道优雅的弧线，狠狠砍向了目标的后背。

他的双臂感受到了冲击的力量。

摩尔咳出了血，面朝下倒在了桌子上。

拉瑞总是高谈阔论，但摩尔才是出谋划策的那个。

于是库里对拉瑞说："别开得太慢，别引起注意。"

自信的笑容从拉瑞脸上消失了，短期内不会再浮现。他加快了车速。

库里还能感觉到手臂上的肌肉在震颤，并不是因为挥斧头时用的力气太大，而是因为劈到人时受到的冲击。他揉着肘部，感觉周围的皮肤滚烫，就像一个刚刚熄灭的灯泡。

后备厢里，哈桑被绑住手脚、封住了嘴。

他紧紧地绷着身体，仿佛这样就能保住性命。

在不同语境下，摄政公园的"地下"有着不同含义。地下有档案室，有停车场。但是在更深的底层，比楼高还要深的地底，有一个你绝对不想去的地方。

伦敦的地下体系几乎和地上一样庞大而复杂。有一些是公共设施，比如地铁。还有一些是观光地，比如战时政府的指挥室，还有各种防空洞。但也有其他不为人知的地点。有时人们能听到名字：棱堡、城墙、堡垒、品达——但这些地方都不对公众开放。伦敦地下的军事堡垒错综复杂，无数交错的密道构成了这座城市的"危机管理系统"。它并不是为了保护城市本身，而是为了保护其政府。如果城市遭遇毒气、核弹、自然或革命危机，政治要员就会藏身于此，从这里发号施令。这些地点是伦敦地理重要的一环，却从不会出现在任何地图或指南上。

当然，还有藏得更深的地底设施，比如摄政公园的地下。

电梯下行的速度十分缓慢，这是故意设置的。漫长的等待会动摇任何被强行带至此地的人，让他们变得紧张而脆弱。为了打发时间，戴安娜·泰维纳看向自己的身影。过去三十个小时里她只睡了四个小时，但她看起来还不错。她向来喜欢在危险边缘游走，即便在风平浪静的时期，她也总在全速运转。她的典型一日行程就是：办公室、健身房、办公室、酒吧、办公室、回家。她向来不怎么睡觉，人在睡觉时无法控制自己，有可能发生任何事。

但清醒时又何尝不是如此呢？她安排的卧底艾伦·布莱克死了，被阿尔比恩之声的暴徒杀死了。换作其他行动，此时肯定已经叫停。局里会召开听证会。特工死亡从来不是小事，有时波及范围之广，会让很多人的事业就此毁于一旦。

但这次行动遵循的是莫斯科规则，是潜入敌方领土进行卧底工作。档案上写着，布莱克去年就辞去了安全局的工作。开始卧底之后，泰维纳只和他见过一次。阿尔比恩之声虽是法西斯团体，却行事幼稚，掀不起什么风浪，并不在安全局的监控名单上——直到布莱克加入，煽动了他们，尤其是其中的一个高层和他的手下。与行动有关的一切细节：安全屋的地址、布莱克的同伙、他们开的车都不存在文件记录，当然也没出现在网上。昨天委员会上她没透露多少细节，监控摄像头恰好在维修，如果阿尔比恩真的逃跑了，也不能算是她的错……虽然很牵强，但她处理过更棘手的案子。一份密不透风的报告书比什么情报工作都管用。

电梯停下，戴安娜·泰维纳踏入了一条和地上截然不同的走廊。墙砖裸露在外，水泥地和人行道一样积了水，不时还有滴答落下的水声。这种氛围是需要刻意维护的。泰维纳觉得未免有些俗套，但实际投入使用时却是有效的。

尼克·达菲正倚在一扇门边等她。门上有一个猫眼，此时被遮住了。

"有什么问题吗？"

他的表情已经回答了这个问题，但他还是答道："没有。"

"好，去把其他人也抓来。"

"其他人？"

"其他下等马，所有人。"

他说了一句"好吧。"但是没有动，而是继续道："我知道我可能无权过问，但是到底发生了什么？"

"你说得对，你确实无权过问。"

"好吧，那我去了。"

他走向电梯，她喊住了他，于是他又回过头来。

"对不起，尼克。你可能已经发现了，现在的情况就像一摊烂狗屎。"这个粗俗的表达同时震惊了泰维纳和达菲。"这起绑架案不是表面上看起来的那样。"

"和斯劳部门有关?"

她没有说话。

他说:"天哪。"

"把他们分别带进来。还有,尼克——我对杰德·穆迪的事感到很遗憾,他是你的朋友,对不对?"

"我们是同事。"

"兰姆说他下楼时把自己绊倒了,摔断了脖子。但是……"

"但是什么?"

泰维纳说:"现在下结论还为时过早。但你要亲自去抓兰姆,不要大意,尼克,他比看起来难搞得多。"

"我听说过杰克逊·兰姆的事迹。"达菲说,"他不久前放倒了我的一个手下。"

"这么说吧,"她犹豫道,"如果他和绑架案有关,他肯定会在被捕之前潜逃。而且他在道上混过,身手不差。"

达菲等待着。

"我不能给你下达官方指令,达菲。但如果有人要因此受伤,我宁可受伤的是他们而不是我们。"

"他们和我们?"

"没人能料到事情会变成这样。去吧,我待会儿让人把他们的手机定位发给你,保持联系。"

达菲上了电梯。

戴安娜·泰维纳走到达菲刚才倚靠的门前,把手放到指纹锁上开门。现在哈桑·艾哈迈德已经不是最优先事项。他的结局只有两种:毫发无伤地出现在某个街角,或者被人抛尸到阴沟里。后者的可能性更高。既然杀了布莱克,阿尔比恩肯定不会留着哈桑。换作是泰维纳就会这么做。但也许只有她这么想，因为她更在意怎么保全自己。

指纹锁发出"哔"的一声，门打开了。

她走进门内，准备击溃一匹下等马。

他们给那孩子下了药，后备厢里一片寂静。氯仿是从摩尔那里找到的，他可能还有更多，但他们没找到。大部分事情都是由摩尔负责的：选目标、找房子，还有网上那些事。拉瑞觉得自己是老大，但其实那个该死的间谍一直都是摩尔。

"我们可以半路把他丢下。"拉瑞突然说。

"扔哪儿？"

"随便什么地方。我们可以把车停下，然后走人。"

"然后呢？"

"……然后销声匿迹。"

说是这么说，但没人能真的销声匿迹，只能从一个地方换到另一个地方。"继续开。"库里说道。

库里还能感觉到斩首时的震颤。他看着斧头消失在摩尔身体中，好像从后背又长出了一条手臂。到处都是血，他能听到自己血脉贲张的心跳声。拉瑞的嘴张开又合上，他可能喊了什么，也可能什么都没说，很难判断。整个过程持续了几秒钟，摩尔咳出最后一口血，吐在厨房餐桌上，挥斧的冲击在库里的手臂中游走。

把他的头砍下来，放在餐桌上……他为什么要这么做？

因为这样他就能成为传奇。

车子驶过一排排商店。即便不是耳熟能详的店铺，也曾经辉煌一时：堪萨斯炸鸡、JJL 运动……每个地方都差不多。他就是在这种地方长大的。格雷戈里·西蒙兹和阿尔比恩之声说得很对，曾经的英国完全不同。如果这座岛土生土长的子民要享受自己与生俱来的权力，就要让世界恢复原本的模样。

他看向后座，东西都好好地放在那里。数码相机、三脚架、笔记本电脑和一堆线缆。他不知道怎么用那些，但这不重要。他可以先录下来，然后再研究怎么发到网上。

斧头也在后座上，包裹在一块布里。他看过斩首的视频，他们用的是削铁如泥的剑。库里用的是英式斧头，每个地方有自己的习俗。

他忍不住乐出了声。

"怎么了？"

"没什么，看着前面，继续开。"

传奇。酒吧里、农田里、网络上，所有能畅所欲言又不用担心因言获罪的地方，他们都会成为英雄。他从此只能生活在阴影中，被警察追赶，但他会是英雄。他是罗宾汉，那一记挥斧会成为传说。那些狂热分子会知道，不是只有他们会动真刀真枪。不是所有英国人都胆小如鼠，不敢反抗。他们会反抗，而反抗者终会胜利。

他看向身边，拉瑞正在努力掩饰恐惧。没关系，拉瑞只要照他说的做就行。他会乖乖听话的，因为他现在没有独立思考能力。

如果他有，他就会发现：只有一个人的话，反而更容易逃掉。

但是拉瑞继续开了下去。

14

　　这里确实比地窖更小。哈桑又被蒙上了头罩，嘴里还被塞了一团布。他的膝盖蜷在胸口，双手也被绑住。稍微弯一下手，绳子就会勒进肉里。就算他能解开手上的绳索又怎样？他依然在绑匪的掌控下。现在绑匪只剩下两人，因为其中一人死了。他的头被留在了厨房餐桌上。

　　他们把他从地窖带到了厨房，那颗头就摆在餐桌上——人类的头颅，在一摊血泊之中。他还能说什么？那是一颗头，哈桑见过电影里被斩首的头颅，还嘲笑过特效做得"太假了"，却从未想过自己也没见过"真货"，根本无从比较。现在他见到了，要说真实的头颅和电影中有什么不同，那就是它是"真的"。血液是真的，头发是真的，牙齿也是真的。整颗头都是真的。也就是说，那些人威胁他的话也是真的。

　　我们要把你的头砍掉，放在网上直播。

　　你这个该死的巴基佬。

　　他尿裤子了，连体服黏在他的腿上。他很想脱掉裤子，擦干身体。他想洗个澡，换衣服，然后找个地方睡觉，最好不要是移动车辆的后备厢里。如果要许愿的话，他就会从这里开始。他应该祈求安全和自由，这样只要他想换，随时都可以换裤子。

　　脑海里那个喜剧演员的声音消失了。有些事不适合用来开玩笑。在学校的脱口秀社团，学生们每周都会把提出这个观点的人批判得体无完肤。只要你提起这个话题，就会被扣上法西斯主义的帽子。言论自由比礼节和品位更重要，哈桑·艾哈迈德是同意的。他怎么可能不同意呢？等轮到他，他就会走上台，拿起麦克风，一切都会顺理成章。他会讲一些大胆而前卫的笑话，百无禁忌。脱口秀演员和观众之间有一个不成文的约定，他们必须要知道你是在掏心掏肺。而现在，哈桑看到了那颗摆在餐桌上的头，立刻明白了一件事：这不是能拿来开玩笑的事。就算他能把这件事改成笑话，也讲不出来了。因为这些人真的会把他的头砍下来。

汽车颠簸不停，绑住他双手的绳子却纹丝不动。哈桑无法挣脱束缚，只能忍到车抵达终点。然后他也会抵达自己人生的终点。这是他的最后一段旅程。

所以就算他能讲出来，就算他能把被强行斩首的事迹改成世界上最棒的笑话，他也没有机会讲了。因为哈桑将永远无法开口，更别提讲笑话了。虽然他本来也没讲过多少。严格地说，根据那个不成文的规定，他甚至不算是个好笑的人。他当然可以讲笑话，没错，他甚至能表演出来。他能把日常生活中遇到的东西变得好笑，还写过一些关于老年人购物、青少年发短信、乘客不会在公交车上露出笑容的段子。但这些都只停留在他的脑海中，他从来没在观众面前讲出来过。现在他再也没有机会了，这将永远停留在他的二十岁待办清单上。这个清单永远不会再变短，因为哈桑的二十多岁永远不会到来了。

这些绑匪不会放他走，他们会杀了他。

我们要把你的头砍掉，放在网上直播。

你这个该死的巴基佬。

车子再次颠簸震荡,哈桑·艾哈迈德蜷缩起来,试图保护自己。他的精神已经用七十种不同的方式逃离了这里,肉体却仍被困在狭小的后备厢中。

据说偷车会让人感到亢奋。这话说得不错,但前提是你没有遭遇一系列血案、交火或者目睹身首异处的尸体。瑞弗从路边随便找一台破旧的奥斯汀,他觉得车主看到它遭窃会松一口气。杂物箱里、后视镜背面都没有钥匙,但瑞弗找到了一部手机。手机是灰色的,很有分量,像是他很久以前买过的款式。他花了七分钟搭线,如果有秒表记录的话应该是六分五十秒。点着火后,他沿着来时的路开回去,驶过黑衣修士桥,试图用那部灰色的手机给医院打电话,却发现手机是预付费的,而且话费用光了。

他不由得感到一丝焦躁,把手机扔到窗外也许能缓解情绪,但他忍住了这种冲动,选择破口大骂。骂出来好,帮他排解了焦虑,让他不去想希多是否还活着。同样可以让他不去想餐桌上的脑袋,或者脖子上参差不齐的断面。

但是他为什么会觉得那张脸很眼熟?

他不想去回忆,但他知道自己必须这么做。答案就藏在记忆中,他理应能回想起来。瑞弗想起自己是在执行任务,闭上了骂人的嘴。他在某个十字路口停下,努力集中精神。他现在在商业路,开往陶尔哈姆莱茨,去接凯·怀特。后面的车见他停着不动,不耐烦地按响了喇叭,绕过他向前驶去。他又骂了一声。有个能看得见摸得着的敌人是件好事。

因为天知道,他已经受够那种隐形的敌人了。

瑞弗不再去回想那颗头,继续开车。两分钟后,他来到了路口。左手边有一排三层楼高的房子，统一的砖块墙、窗户和水管表明这是政府的公租房。也许那辆对他按了三次喇叭的车就停在二十米外，凯·怀特家的双车位上，点着火，亮着灯。一个人影坐在方向盘后等待着。

瑞弗倒进车位，断开了点火线，下车走上主路，在街角拐弯，单膝跪下，不着痕迹地检查了一下身后，一个男人把凯·怀特带出家门，送上了一辆等在外面的车里。

她没有被铐上手铐，也没有被粗暴对待。那个人牵着她的肘部，如果你不知道发生了什么，可能会以为他只是在搀扶她前进。他把她带进车后座，自己也上了车。车开走了。早在瑞弗赶到之前，一切就已经结束了，他什么都做不了。就算能及时赶到，他也不知道能做些什么。上次他尝试介入时，希多倒在了人行道上。

车子开向下一个路口，转弯，消失在了视线中。

瑞弗回到那辆奥斯汀里，重新偷了一遍车。

今晚的斯图安·罗伊满怀期望。他有一场约会，三年来的第一次。他事无巨细地计划约会内容，像制定攀登珠峰的计划一样严密，几处营地分别在酒吧、意大利餐厅和她家里。第一步相当顺利，她真的来到了酒吧；第二步差一点，她中途离了场；第三步更是连影子都见不到。罗伊回到家，躺在乱糟糟的床上睡了三个小时，却被尼克·达菲叫醒了。

现在他来到了地下室。灯光刺眼，房间里装有防护垫，墙壁上黑色的合成材料有一股漂白水的味道。一张桌子摆在正中央，两侧各有一把直背椅，其中一把椅子被固定在了地面上，罗伊就坐在那里。

"所以,"他问戴安娜·泰维纳,"发生了什么事?"

他本想让自己听起来更游刃有余一点,却和戈登·布朗一样失败。

"你为什么要这么问,斯图安?"

"因为现在是半夜,你们却把我带到了这里。"

确实,他看起来就像是摸黑随便穿了一身衣服。

"是我让尼克·达菲把你带来的。"她说,"我选择了地下室,是因为我不希望有其他人知道你来了。我找你来不是因为你做错了什么,而是因为我知道你应该是清白的。"

她强调了"应该"两个字,暗示了不配合的后果。

他说:"你这么说我就放心了。"

泰维纳没有说话。

"因为我很确定,我什么都没干。"

"很确定?"

"基本上是吧。"

她什么都没说。

"至少在'那次'之后就没有了,你懂的。"

"你是说那封把我们的顶头上司——英格丽德·蒂尔尼说成是基地组织卧底的电子邮件?"

他说:"都怪她去录《提问时间》穿的那身衣服,那身沙漠长袍……"

她什么都没说。

"只是开个玩笑。"

"我们当然知道这是个玩笑,不然你不可能活着见到第二天的太阳。"

罗伊眨了眨眼。

她说:"开个玩笑。"

他不太确定地点了点头,好像人生中第一次知道世界上还有这么冷的笑话。

戴安娜·泰维纳看了看手表,并不介意让他知道自己不耐烦。他只有一次表明立场的机会。这不是那种能犹豫一晚,第二天再告诉她结果的决定。

"所以你现在在斯劳部门。"她说,"感觉怎么样?"

"呃,你知道的……"

"工作顺利吗?"

"不太顺利。"

"但是你还没有辞职。"

"是啊,但是……"

她等着他说完。

"说实话,我也不知道自己还能做点什么。"

"你还在想,自己什么时候能回到楼上,对不对?"

"楼上?"

"就是总部。你想听个笑话吗,斯图安?你知道有多少人去了斯劳部门之后还能回到总部吗?"

他眨了眨眼。他知道这个问题的答案,所有人都知道。

但她还是继续道:"没有人。从来没人做到过。"

他又眨了眨眼。

她说:"当然了,这也不是完全不可能的事。没有什么是永恒不变的。"

这次他没再眨眼了。她能看得出来,他眼中闪过了算计的神色,开始想象各种可能性。

他没有说话，但是往前坐了坐，好像他只是来这里聊天，而不是被绑来审讯的。

她说："根据你的观察，斯劳部门最近是否出现异常情况？"

"没有。"他斩钉截铁地说道。

她保持了沉默。

"我觉得应该没有。"他补充道。

她再次看了看手表。

"哪种异常？"

"行为异常，不应该出现在日常工作中的异常行动。"

他思考起来。与此同时，戴安娜·泰维纳伸手去拿她挂在椅背上的包。她从里面拿出一张三乘五英寸的黑白照片，然后把照片放在了两人中间的桌面上，翻过来面对罗伊。"认得他吗？"

"这是艾伦·布莱克。"

"你的前同事。"

"是的。"

"最近看见过他吗？"

"没有。"

"你确定？"

"确定。"

"你最近没看到他和杰克逊·兰姆见面？"

"没有。"

"是吗？这下问题就大了。"

她坐回椅子里，等待着。

"问题。"他重复道。

"是的，问题。"她赞同道，"告诉我，斯图安。你想要成为解决这个问题的关键吗？"

斯图安·罗伊的眼中再次闪过了算计的光。

"我们是不是应该绕到后面去？"

"能绕过去吗？"

"可能有条小巷。"

明·哈珀和路易莎·盖伊来到何的住址，停在了最近的车位里。这是最后一个空车位。没过多久就有另一辆车出现，减速，开向路的尽头，然后停下。两人安静地看着一个男人从车上下来。

这里是巴尔汉姆，距离铁路只有一步之遥。他们在布里克斯顿停车找斯图安·罗伊，但是失败了。他要么不在家，要么死在了梦里。和所有的下等马一样，罗伊是单身。这是个显而易见的事实，但在此之前明·哈珀从来没有注意到过。他不知道罗伊是主动选择了单身，还是被形势所迫，不知道他是否离异或分居。他对自己的同事了解如此之少，少得令人心寒。他想要不要和路易莎聊聊这个话题，但是她在开车。考虑到他们刚才摄入了那么多酒精，最好还是不要让她分心。他们还有其他更迫切的话题，但也只能等之后再说了。都怪这个莫名其妙的任务，事情到底是怎么发展到这一步的？

"所以……"

他们看着那个男人消失在视线中。

"好吧，咱们试试。"

过马路时，明能感觉外套在拍打他的大腿。是那个镇纸，他还带在身上。当时一个蒙面人入侵斯劳部门，为了对付他，明拿起镇纸当武器，结果面罩下竟然是杰德·穆迪。他隔着外套，用大拇指摸了摸镇纸，它没派上用场，没有这个必要。他和穆迪一起跌下了楼梯。上次他把光碟忘在车上，事业毁于一旦；这次他和同事一起滚下楼梯，只有一人生还。这件事可能也会被记录在案，他的两次失败肩并肩地排列在同一页上。

他不喜欢杰德·穆迪，但更不愿意成为他的死因。他觉得自己还没有充分意识到这件事的后果，因为那之后一切都发生得太快了，他还没时间仔细思考。

先别想了，他对自己说。之后有的是时间给你反省，现在先别想了。

"怎么样？"

"看起来没问题。"

两排房子中间有一条无人踏足的小路。没有路灯，杂草丛生，他们也没带手电筒。何就住在前面第四栋房子里。路易莎领头，草丛湿漉漉的，叶片上挂着蜘蛛网。脚下的地面泥泞不堪，两人挨得很近，如果其中一个摔倒，肯定会连累另一个。换作别的时候，那个场面一定滑稽透顶。

"是这栋吗？"

"应该是。"

二楼有光。何家里好像有一间温室。他们翻过脆弱的木质围栏，明摔在了花园地面上。他身后的木板"咔"的一声折断，响亮得像一发子弹。他愣住了，等待着报警的声音，但他弄出的噪声消散在寂静的黑暗中，什么都没发生。没人拉开窗帘，没有人大喊。路易莎·盖伊跳到了他旁边。

他们在原地等了片刻，明的手又摸到了外套口袋。他的拇指抚摸着镇纸光滑的表面，两人走向房子的后门。

走近之后，明似乎听到了音乐的声音。

*　*　*

楼上传来音乐的声浪，强光从天窗刺向夜空。现在是几点？凌晨四点？丹·霍布斯站在街上都能听见。

他想：如果我是这人的邻居，我肯定会把他的脖子拧断。朝他窗户上扔个垃圾桶，引起他的注意，然后扣住他的脖子，把他的眼睛像葡萄一样挤出来。

丹·霍布斯今晚心情不太好。

他按响了门铃。

他在医院遇到了杰克逊·兰姆，醒来时发现自己躺在地上。身上没有明显的瘀伤，他却觉得双腿发软。储藏室的门敞开，瑞弗·卡特怀特早已消失无踪。霍布斯起身，回到楼上，见到的第一个人就是刚赶到医院的尼克·达菲。

他这才明白，原来"祸不单行"是真的。

"他看着就是个胖子，我怎么可能知道——"

"你认得萨姆·查普曼吧？恶犬萨姆。"

他认识。

"他曾经说过，他什么人都不怕，除了穿着不合身的衬衫、满嘴口臭的胖子，知道为什么吗？"

他不知道。

"因为如果你不走运，这个胖子就会是杰克逊·兰姆。等你意识到这一点，你已经失去了胃里的午饭、嘴里的牙齿和脚上的鞋子。现在快给我滚回总部吧。"

生了几个小时闷气，他又接到了新的指示：去接另一匹下等马。

"他叫罗德里克·何，"达菲说了地址，"是斯劳部门的技术宅，你自己能应付吗？"

霍布斯深吸了一口气。说得好听点，安全局是个等级森严的地方。但闭上嘴乖乖听话的人是当不了看门狗的。"怎么可能？"他对老大说，"你自己也说过，连萨姆·查普曼都对付不了兰姆。我甚至不知道那是他。让我喘口气吧，行吗？"

接下来是整整十二秒的沉默，然后达菲说："我知道你就是个窝囊废，但我四岁的侄女都能干掉何，所以我选择相信你。"

听到这里，霍布斯松了一口气，但他小心地藏起了情绪。"我怎么处理？"

"街头快闪。"

意思就是"快速且不引人注目地行动"，不要惊扰路人。

"这次再搞砸，我就把你开除。明白吗？"

他不会再搞砸了。虽然这并不能弥补他之前的失误，但至少能让他证明自己。证明他还想留在队里。

下次再遇到杰克逊·兰姆……

他摇了摇头，把这个想法赶出脑海。在这种事上斤斤计较，最容易把人带歪了。

现在他来到了何的家。他本想从后门进入，听到音乐声后不得不改变方案。何还醒着，很可能还有客人。技术宅也有社交生活，谁能想得到呢？

但无论如何，现在没有人来开门。他又按了一次门铃，在原地等待。

他今晚已经失败了一次，所以事先做好了调查。或者说是让数据库的人帮他做好了调查。罗德里克·何的资料早早地就发到了他的黑莓手机上，看档案他绝不是运动健将的类型，为了避免尴尬，最好还是不要拿他和其他人比较。他看起来就像是那种会在地铁上戴着防霾口罩的人。就算数据不准确，罗德里克·何其实是李小龙某个不知名的表亲也无妨。霍布斯自己的身手也不赖。

音乐声是不是卡了一下？里面有情况。霍布斯的手放在门铃上，从大理石窗户向内看去，一个模糊的人影正朝门口走来。

罗德里克·何并没有睡觉。他本来就不怎么睡，但今晚他有事要做。今晚他要清算债务。

他在回家路上买了两大包墨西哥玉米片。过人行横道时，他不小心把玉米片掉到了地上，一个开雷克萨斯的混蛋对他按响了喇叭。他弯腰去捡玉米片时，眼镜也滑落了，那个混蛋又按了一次喇叭。他显然很享受这一过程，在等待行人过马路时给自己找点乐子。真他妈的。他显然觉得这条马路是他的，仅供车牌号SI123的雷克萨斯使用。何捡起了眼镜和薯片，那辆雷克萨斯飞驰而过，差点把他卷进汽车底盘。这时他可以肯定，那家伙不是不耐烦，而是在拿他开心：看那只黄皮猪跳脚的模样，真是笑死了。

彼一时，此一时。

SI123的车主是西蒙·迪恩，家住在科利尔伍德。但何并不是为了查他的资料才熬夜到凌晨四点，他熬夜是为了摧毁西蒙·迪恩的人生。西蒙·迪恩是一名保险公司的电话销售员，他现在可能还是这么以为的。但是根据他公司备份详尽的邮件系统，他在下班前给领导发了一封辞职信，并附有一份详细资料，描述了西蒙对领导十几岁女儿的不轨企图。之后，西蒙刷爆了自己的信用卡，取消了银行的自动扣款，更换了一个利率更高的房贷合同，换了电话号码，给通讯簿里的所有人寄了一捧鲜花，附赠一条宣布出柜的留言。他把所有的存款捐给了绿党，加入了科学教，在eBay上卖掉了自己的雷克萨斯。四十八小时之内，他会发现他成了注册在案的性侵犯，他的邻居们也会知道。总之，西蒙·迪恩的前景并不乐观。罗德里克·何却很久都没有这么心情舒畅了，而且他的墨西哥玉米片也没被摔碎，非常完美。

CD机仍在连续不断地播放音乐。罗德里克·何会废寝忘食地"工作"到现在并不奇怪，奇怪的是他的冲浪之旅被打断了，有什么在争夺他的注意力。楼下来了人，可能已经等了很久了。

天哪，何想道，大晚上的，就不能让人好好休息吗？他最烦那种不懂得体谅他人的家伙了。于是他关掉音乐，下楼去看到底是谁来打扰他上网。

路易莎·盖伊头疼欲裂，可能是近距离目睹了死亡的原因。今天晚上已经死了两个人，还都是同事。虽然艾伦·布莱克早在丢脑袋之前就丢了饭碗。她还没进厨房就闻到了血腥味，知道场面肯定不好看，但她本以为会看到那个人质——哈桑。结果反而看到了艾伦·布莱克的头。自从他离开后，她就没再想起过他。说实话，他在斯劳部门时她也不怎么在意。

眼前的场景让她窒息。时间的流速变缓了。但是她稳住自己，保持了清醒，没有像卡特怀特那样吐出来。卡特怀特出乎意料的脆弱让她改变了对他的看法。其实她一般都会避开自己的同事，但最近也开始和明·哈珀聊天了。斯劳部门的人都一样，命运把这群缺乏判断力的人带到了一起，他们从来没有作为团队行动过。讽刺的是，现在他们真的开始团队行动了，队伍立刻就开始缩水。

如今她再次身处黑暗，这次是在何的后花园里。她不禁想道，明明自己认识的人都住在鞋盒里，凭什么何能拥有一座后花园？为什么恶人总能得到最好的？但思考这个问题没有意义。明就在她旁边，她继续向前走到后门，努力控制住自己不要咬牙切齿。灯开着，她能听到音乐声。何大部分时候都很小心，但有时真是蠢得要命。他不惜一切掩盖自己的行踪，却又在深夜用音乐把邻居都吵醒。

她和明交换了一个眼神，不约而同地耸了耸肩。

路易莎伸手，敲响了何的门。

"有事吗？"

一个二十岁出头，身材瘦长，穿着切·格瓦拉T恤和夏威夷短裤的暴躁青年打开了门。

以上任意一种特质都能让丹·霍布斯痛恨一个人，但他最痛恨的还是面前的青年并非罗德里克·何。

"我想找何。"霍布斯说。

"你要找什么？"

"罗德里克·何。"

"你要找的人不在这儿，哥们儿。现在是凌晨四点，你跑来按门铃，是不是疯了？"

青年想关门，却被霍布斯的脚拦住了。霍布斯正在回忆他得到的信息，确定自己没有搞错地址，这里就是达菲说的地方。数据部的人也确认过了。暴躁青年再次把门打开，看起来即将爆发，但他没有机会了。霍布斯揍了他一拳，精准地击中了他的咽喉。面对平民，你当然可以先警告他们你要动手了，但其实没什么意义。霍布斯关上门，跨过青年，进屋开始寻找何的身影。

很久很久以前，刚进入安全局时，罗德里克·何入侵了数据库，篡改了自己档案里的地址。如果问他为什么，他肯定会觉得莫名其妙。他这么做的原因和他从来不用真名办会员卡的原因是一样的：不能把个人信息泄露给陌生人。看看西蒙·迪恩就知道了，那么大一个定制车牌挂着，几乎就跟把自己的银行信息晒给别人看一样。车牌号这种东西随便一点就好，没必要给敌人留下把柄。而对于罗德里克·何来讲，所有无法证明来意的人都是敌人。

但为什么明·哈珀和路易莎·盖伊会站在他的后院里？

"……什么？"

"你平时也公放音乐到这么晚吗？"

"邻居都是学生，无所谓的。"他挠了挠头。

他穿着和十个小时前离开斯劳部门时一样的衣服，但此刻毛衣上多了些玉米片碎屑。他不记得路易莎和明穿的什么衣服了，但这两人看起来也没睡觉。何不喜欢人，不擅长和人相处，但即便是他也能看出来这两人不对劲。首先，他们是一起来的。他想问发生了什么，但在那之前他还有一个更重要的问题。

"你们怎么找到我的？"

"怎么了？你在躲什么人吗？"

他又重复道："怎么找到的？"

"兰姆说的。"

"该死的兰姆。"何说，"我不喜欢他。"

"他多半也不喜欢你,但他派我们来接你。"

"所以我们就来了。"

何摇了摇头。他在想:兰姆怎么会知道他篡改过档案,又怎么会知道他的真实地址?然后他意识到了一个更加可怕的事实:兰姆对电子世界的了解少得可怜,不可能光明正大地用电脑挖出何的秘密。也就是说,世界上还有其他窃密的办法,电子战士很可能不再是无敌的了。

但是何不愿生活在这样的世界,不愿相信这种可能。所以他再次摇了摇头,把这个想法甩到夜空中,天色已经开始泛白了。

他说:"我去拿电脑。"

达菲说:"什么?"

"他不在那里。"

"所以他在哪儿?"

霍布斯说:"不知道。"

对话陷入了沉默,丹·霍布斯能听见他的事业土崩瓦解的声音,就像风卷草滚过摄政公园总部的走廊。

然后达菲挂了电话。

15

他从未去过凯瑟琳·斯坦迪什的家，没想过她家是什么样子，也就谈不上惊喜或失望。她家在圣约翰伍德某个装饰艺术风格的街区上，房子的四角被磨平，窗框是金属制的。当年乔治·奥威尔就住在附近，他可能偷了一些当地的细节写进小说里。不过在这个普通的清晨，街区看起来也平平无奇。每栋建筑都有公用大门，电子门铃不断闪着光。唯一让人想起老大哥[①]的只有此处有监控的标语，但标语毕竟比真的摄像头便宜。英国虽是世界上监控最多的国家，但花的都是人民的税金，私人公寓一般会换成便宜的假货。杰克逊·兰姆花了些时间开锁。锁虽然不像建筑物本身那么古老，但也没新到哪儿去。门厅铺了地砖，一不小心就会踩出嗒嗒声。兰姆向内走去，一楼只有一扇门后亮着灯。

他走上楼梯。楼梯比电梯更安静可靠，这种谨慎已经刻进了他的骨子里，就像穿上一件老外套那样熟悉。莫斯科规则。在运河边跟戴安娜·泰维纳见面之前，他决定了这次应该采取的策略。她是他名义上的同伴和老板，但她在背地里耍了花招，所以就要用上莫斯科规则。现在她的计划失败，像拼字板一样变得支

[①] 老大哥，出自乔治·奥威尔的《一九八四》，老大哥是书中社会的领袖。

离破碎，就该伦敦规则出场了。

莫斯科规则：小心背后。伦敦规则：明哲保身。莫斯科规则来自街头，而伦敦规则源自威斯敏斯特的办公桌。简而言之就是：总有人要付出代价。你要确保那个人不是你。没人比杰克逊·兰姆更能切身地体会到这一点，也没人比戴女士更擅于此道。

他走到凯瑟琳·斯坦迪什所在的楼层，停下了脚步。四周一片寂静，只有头顶电灯的低声嗡鸣声。凯瑟琳住在转角，是这层的第一扇门。他凑近猫眼看去，里面一片漆黑。于是他又拿出了撬锁工具。凯瑟琳给门上了两道锁，还挂上了防盗链，他对此并不惊讶。就在他打算撬开第三道防御时，微微敞开的门后响起了她的声音。

"无论你是谁，最好快点滚开，我有武器。"

他很确定自己没有弄出声音，但凯瑟琳还是醒了。她肯定睡得很轻，头顶飞过一只鸽子都能把她吵醒。

"你没有武器。"他对她说。

对面安静了一会儿，然后她问："兰姆？"

"让我进去。"

"你要干什么？"

"快点。"

她从来不喜欢他，这也正常，但至少她知道什么时候该听他说话。她取下防盗链，让他进屋，然后关上了门。关门的声音触发了走廊里的声控灯。她手里拿着一个瓶子，是一瓶矿泉水。但如果他真的是歹徒，这瓶水也能对他造成不小的创伤。

此时她看他的表情就像在看一名歹徒。"怎么了？"

"穿好衣服。"

"这是我家,你不能——"

"穿就是了。"

灯光下她看起来有些苍老,灰色的发丝落在肩头。她的睡裙仿佛出自某本童话书,长至脚踝,正面有一排扣子。

听到兰姆的语气,她明白了事态的紧急。这里依旧是她家,但她也是安全局的一员,而兰姆是她的上司。如果他半夜来到她家,就说明发生了一些不该发生的事。她指着门口说:"在这里等着。"然后转身回到了自己的卧室。

发现撬门的人是兰姆之前,凯瑟琳的想法很单纯:来者是盗贼或者强奸犯。她下意识地拿起了旁边桌上的水瓶。发现是兰姆后,她还以为他喝醉了,或者疯了,是来性骚扰的。如今她迅速换上衣服,却在思考为什么自己的第一反应不是打电话报警,而是拿起水瓶。面对刚才那惊险的一幕,她感到的不仅仅是恐惧。肾上腺素飙升的感觉让她十分畅快,而不是惊恐。好像几年来她一直在等待类似的事发生,而这次撬锁就是第二只落下的皮鞋。

第一只鞋是发现查尔斯·帕特纳的尸体。

她穿好为白天准备的裙子,梳起头发,看了眼镜子。我叫凯瑟琳,我有酒精依赖症。很长一段时间里,她都觉得自己是一个懦夫。许久之后她才明白,戒酒需要勇气,当众承认这一点也是。选择武器而非电话也是同一种勇气。她花费无数精力重新开始生活,割舍了许多东西。虽然大部分时候都不如意,但这毕竟是她的人生,她并不打算将之拱手让人。附近唯一的武器是个瓶子,想来也是挺讽刺的。

我叫凯瑟琳,我有酒精依赖症。她在戒酒会就是这么介绍自己的,这样她就不会忘记自己的身份。

准备好面对魔鬼上司之后,她走出了卧室。"发生了什么事?"

他正站在她的书柜边观察。"待会儿再说,快走吧。"说着他头也没回就向门口走去,默认她会跟在后面。

也许用瓶子把他砸晕才是正确的选择。"现在可是半夜。"她说,"除非你告诉我为什么,不然我是不会走的。"

"你穿好了衣服,不是吗?"

"什么?"

"你穿好了衣服,做好了出发的准备。"他又露出了那种表情,那种觉得她应该无条件服从命令的表情。"我们可以出发了吗?"

"你大半夜闯进我家,我去换衣服只是因为不想穿睡衣见人。如果你想让我跟你走,就快点告诉我原因。"

"天哪,你以为我想撞见你穿内衣的样子吗?"他从口袋里摸出一根烟,放进嘴里。"出大事了,很严重,你可以现在跟我走,或者待会儿跟另一群不那么友善的人走。"

"你不能在屋里抽烟。"

"不,一分钟之内,我马上就可以出去抽。来还是不来,选择权在你。"

凯瑟琳让开门,放他离开。

兰姆向来存在感十足,总会占据比自己体型更大的空间。有时她会在茶水间碰到他翻冰箱,搜刮别人的食物。在她能反应过来之前,她就被挤到墙边给他让路。也许他不是故意的,只是不在意。可能他被排斥了太久,已经习惯了别人见到他都退避三舍。

今晚更是如此。兰姆在她家里，身上沾着香烟、昨天的酒精和晚餐外卖的味道。他的衣服看起来就像要融化了一样，一双眼睛审视着她。但还是有哪里不同，今晚的兰姆好像肩负着什么东西。虽然他总是疑神疑鬼，但她从来没见过他焦躁的样子。也许他的妄想症终于成真了，也许他找到了一个真实的敌人，不再是过去的自己，也不是他庞大身躯投下的阴影。

凯瑟琳从碗里拿起钥匙，从挂钩上取下大衣，抓起包——包比她想得更沉。她仔细确认门是否锁好，然后走下了楼。

他就站在入口处，嘴里叼着烟。

她问："出了什么事？为什么我也要去？"

"因为你在斯劳部门，斯劳部门惹上了大麻烦，就在今晚。"

凯瑟琳回想了一下过去几天发生的事，没发现任何异常之处，她一直在整理数据。"别告诉我，"她说，"卡特怀特点燃了导火索，把我们都拉下了水。"

"八九不离十。"兰姆承认道。他推开门，率先走了出去，观察着周围的街道。"这些车平时都停在这里吗？"

"我怎么知道？"她说，然后又补充道，"没错，这些都是居民的车。"

他瞥了她一眼，然后说："贝克受伤了，穆迪死了。总部很可能对我们发起了闪电行动，我可不想花几天时间在摄政公园的地下回答那些愚蠢的问题。"

"希多受伤了？"

"穆迪死了。"

"伤得重吗？"

"不如穆迪伤得重。你听到我刚才说他死了吗？"

"我一直觉得杰德·穆迪不会有什么好下场,但是我喜欢希多。"

兰姆说:"你可真是惊喜不断啊。"他带她走出公寓,来到被矮墙和灌木围起的停车场,看到了停在人行道对面的SUV。

尼克·达菲看到兰姆的反应,说:"希望他不要为难我们。"

"能有多难?"詹姆斯·蜘蛛·韦布问道。和他的外号一样,他会这么问几乎是必然的。韦布才二十多岁,在他看来,任何比他大二十岁的人还活着都是一种奇迹。

达菲忍住没有叹气。他整晚都在做无用功,甚至不得不派丹·霍布斯独自去抓斯劳部门的宅男。结果如何?霍布斯打昏了一个平民。何失踪了,其他下等马要么扔掉了手机,要么正在罗佩尔街的下水道里开会。与此同时,达菲只能和蜘蛛·韦布这种非专业人士联手,以解决人手不足的问题。

往好处想,至少戴女士说得没错。兰姆亲自来接斯坦迪什,所以只要他不搞出什么意外,这次应该能成功,也不算是白来一趟。

他回答了韦布的问题:"你可不要小看他。"

他们下车,过了马路。

兰姆和斯坦迪什看着他们过来。达菲知道,他们别无选择。要么就回到屋里,当然这也无济于事。要么就试图逃跑,但是就算兰姆邋遢的外表之下藏了几手功夫,速度也绝不是他的长项。

走到两人附近时,达菲打招呼道:"晚上挺忙啊。"

"想要加班费?"兰姆说,"你找错人了。"

蜘蛛·韦布说:"我需要检查一下你们是否携带了武器。"

"没带。"兰姆说道,看都没看他一眼。

"我必须亲自检查一下。"

兰姆依旧没有看他,而是说道:"尼克,我没带武器。没带枪,也没带刀子,甚至连爆炸牙刷都没带。但如果你的小狗想搜我的身,最好先从我的同事开始。毕竟他如果两个手腕都断了,就什么都干不了啦。"

"天哪。"达菲说,"谁都别搜谁的身。韦布,快点上车。斯坦迪什女士,你坐前排。杰克逊,你和我坐后排。"

"如果我们不同意呢?"

"你要是不乐意,就不会这么问了。行了,我可没空跟你兜圈子。咱们快点回总部吧,好吗?"

他之后才发现自己被兰姆耍了。兰姆喊他尼克,他们确实认识,但绝对算不上朋友。达菲是看门狗的老大,没那么容易放松警惕。但兰姆和达菲不同,他当过真正的战时间谍,这一点毋庸置疑。在韦布这种年轻人眼里,他只是个油尽灯枯的老人,但达菲这代人还记得到底是什么燃尽了兰姆的生命……唉,这对兰姆而言肯定就像给手表上发条一样简单。但这些都是他回到总部之后才想到的,那时兰姆和斯坦迪什早就跑得无影无踪了。

四个人上车,韦布启动了引擎。

兰姆打了两次喷嚏,吸了吸鼻子。凯瑟琳坐在前排,看不到兰姆的动作,但是听声音,他好像把鼻涕擦在了袖子上。她很庆幸自己不用坐在他旁边。

路上只有零星几辆车,两个小时后水滴就会汇成溪流,进而演变成洪水,将整条马路堵得严严实实。城市依然被黑夜笼罩,但已经能隐约听到清晨的低语,路灯的光也渐渐失去魔力。她见过这样的景色。在无数个类似的清晨,她都沉默地等着阳光爬进窗户,尤其是刚开始戒酒的那几百天。但最近她很少醒得那么早了,有时甚至能睡到闹钟铃声响起。她对清晨并不陌生,只是没见过车里的清晨,还是在被逮捕的情况下。无论如何粉饰都改变不了这个事实:她和兰姆被逮捕了。但其实兰姆不一定会被抓到,他没必要来接她的,为什么要来?

她身后的兰姆问道:"是罗伊吗?"

达菲没说话。

"我猜是罗伊,他是最容易被收买的。泰维纳三分钟就能搞定了。"

坐在前排,韦布旁边的凯瑟琳说:"三分钟搞定什么?"

"让他同意她的说辞。她在重写时间线,打算让斯劳部门背锅。"

达菲说:"如果你能把这些话留到总部再说,我们路上就能少花点时间。"

凯瑟琳问:"背什么锅?"

"哈桑·艾哈迈德的公开处刑。"兰姆又打了一个喷嚏,说道,"泰维纳想毁尸灭迹,但是没用的。人们总是栽在善后工作上,尼克。她也知道这一点,但她觉得自己是个例外。所有人都这么想,他们都想错了。"

"我没记错的话,现在戴安娜·泰维纳还是那个发号施令的人。除非她下台,她说什么我就干什么。"

"你试试去和委员会这么说吧。真是,我以为你是看门狗的老大,你的工作不就是确保没人滥用职权吗?"

凯瑟琳看了眼身侧,达菲管这个开车的年轻人叫韦布。他看起来和瑞弗差不多大，给人的感觉也很相似，但如果你让他跳起来，他会毫不犹豫地问："多高？"他注意到了凯瑟琳的目光，微微瞥了她一眼，注意力仍集中在前方，嘴边却浮现了一抹笑意。

她大概明白了现状，她很庆幸能知道自己会选择站在哪边。

"听着，"达菲终于说道，"我只知道总部想要你过去，其他的一概不知。所以你就算问我也只是在浪费时间。"

"我知道这是怎么回事，没必要问你。泰维纳想掩盖自己的罪行，但她把全部精力都放在这件事上，根本没空去担心哈桑·艾哈迈德。还记得哈桑吗，尼克？"达菲没有说话。"泰维纳宁可让他被斩首都不会承认这是她的错，所以她才想要罗伊，他肯定已经签署了她提供的证言。穆迪也死了，她可以随意歪曲事实，他也不可能跳出来反对。"

凯瑟琳看向窗外，街道终于恢复了熟悉的模样。商铺开始营业，人们随意地在街上走动，从容自如，不必再穿梭于阴影之间。

兰姆说："但是该发生的总会发生，尼克。你最好忘记戴女士的伦敦规则，开始努力寻找那个孩子的下落，尽量赶在他被斩首之前完成任务。当然他也可能已经死了。"他又打了一次喷嚏。"天哪，你这儿是养了只猫吗？凯瑟琳，你包里有没有纸巾？"

凯瑟琳把包放在腿上，拉开拉链，掏出了兰姆的枪。这是他在她换衣服时放进去的。扳机上了锁，她用枪指向目标时顺手解除了保险。

"我们都知道，我不会杀你。"她对韦布说，"但如果有必要的话，我会瞄准你的脚。这样你就笑不出来了，对不对？"

"如果你们没有意见的话，"兰姆说，"可以从这儿走回家。"

16

威廉·布莱克的墓碑位于本希尔公墓，距离斯劳部门只有半英里远。墓碑不大，伫立在小径尽头一片开阔的空地上，四周是长椅和一圈低矮的树木。他的妻子凯瑟琳的名字也刻在上面。碑上没有写明夫妻二人具体的埋葬地点，但暗示了他们就葬在附近。不远处是一座丹尼尔·笛福的纪念碑，约翰·班扬的墓就在几米开外——全是一群离经叛道之人。也许正是因为这样，兰姆才选择在这里集合。真正的原因无人知晓，但他们还是聚集在了这里。

瑞弗是一个人来的，他没能把凯·怀特带来。墓园大门上了锁，他只能翻过围栏。瑞弗坐在一棵树下的长椅上，身后的街道逐渐热闹起来。这是一座不夜城，夜空亮如白昼，睡眠也断断续续。它的早餐是香烟、黑咖啡和阿司匹林，尝起来就像一场精心准备的死亡。

铁围栏发出"咔嗒"声，其他人也到了。

明、路易莎和罗德里克·何走了过来。何抱着一台笔记本电脑，明和路易莎的状态跟瑞弗一样糟。他们脸色苍白，却挺直了脊背。此时事态严峻，他们已不能置身事外。

何说："穆迪真的死了？"

瑞弗点了点头。

何说:"好吧。"然后坐在了对面的长椅上。他打开电脑,开机,插上了一个U盘。没人问他在干什么,如果他坐下来好好听,或者主动开启一场谈话,也许反而会有人问。但何沉迷于上网这件事稀松平常。

"怀特呢?"

瑞弗摇了摇头:"太晚了。"

"天哪——"

"什么?不,不,她还活着。她只是被带走了。罗伊呢?"

"他不在家。"

路易莎在瑞弗身边坐下,明站在一旁,突然做起了伸展运动,踮着脚,双手展开,像被钉在十字架上一样。

"是看门狗干的吧?"

"应该是。"

"他们觉得我们杀了杰德?"

瑞弗说:"我觉得,他们可能认为是我们杀了艾伦·布莱克。你们两个和他熟吗?"

两人都耸了耸肩。

"他在斯劳部门上班,但是不怎么说话。"

"但斯劳部门就没几个爱说话的人。"

"他有说过为什么要辞职吗?"

"据我所知没有,你不认识他吗?"

"我来之前他就走了。"瑞弗说。

"总部为什么会觉得是我们杀了他?"

"因为我们被陷害了。"瑞弗说,"那是一辆车吗?"

那确实是一辆车。车速减缓,停下,然后熄了火。他们看不到具体发生了什么,车子在墓园的西侧,被四周的树木挡住了。

瑞弗和路易莎站起身，何的视线黏在电脑屏幕上，没注意到发生了什么。路尽头响起了叮当声，门锁被打开了。

"是兰姆。"瑞弗说。

"他有钥匙？"

"所以他才会选在这里碰头吧。"

过了一会儿，兰姆和凯瑟琳·斯坦迪什出现了。

事情到底是怎么发展到这个地步的？库里觉得自己就像战时去敌国卧底的间谍。他竟然会对自己的祖国感到陌生。

他们驶过了一座清真寺，一座该死的清真寺！在大英帝国的首都里！编故事都编不出这么离谱的事。

这么多年，总有人在警告放任移民的后果，但是有什么用？屁用都没有。随便什么人都能大摇大摆地走进来，说这是他们的国家。我们给了他们工作、住房、金钱……就算他们不想工作，我们还是会给钱。福利国家？别开玩笑了！整个国家都自顾不暇了，还想着去救别人？

而且他们迷路了，完全不知道自己在哪儿。跟着路标向北开，能有多难？

但是拉瑞已经吓坏了，懦夫就是懦夫。我们只是想吓唬他一下。是吗，你就是这么打仗的吗？七月七号那群恐怖分子可没有只是打开装满炸弹的背包，说：看啊，只要我们想，就能炸死所有人。他们没有废话，直奔主题。至少这一点库里是佩服的，他们明白这是一场战争。卷入战争的双方都必须要战斗。

车子开到跟前他才发现这是一座清真寺。现在他看得清清楚楚，它弧形的顶端陌生而怪异，这不可能是别的东西。他们走错了路,到了最不想去的地方。他忽然有些慌张,那小子会不会认出这是哪儿?也许他能通过空气里的味道和周围的声音分辨出来,然后开始踢打后备厢。人群就会围住这辆车,疯狂地推动拉扯,把他救出来,然后呢?把他们烧死。人群会把他们拉到街上乱石砸死。一群中世纪的野蛮人。库里会参与这次行动,就是为了以牙还牙,让他们尝尝自己种下的苦果。

他强迫自己镇静,那个巴基斯坦人在后备厢里,他不可能知道这是哪儿。

没人知道。

"你知道你在往哪儿开吗?"

"你不是说开得远一点吗?我只是——"

"我没让你开到印度来。"

他们已经驶离清真寺。四周的建筑都是水泥浇筑的,窗户上装着栅栏。唯一的绿色是一镑店的金属卷帘门。

"我们必须出城。"

兰姆靠在班扬墓碑的栏杆上吃培根三明治。他的另一只手上拿着第二个三明治,包在油纸里。其他的下等马都围在他身边。

他说:"布莱克在给泰维纳办事。绑架事件是计划好的,现在事态失控,泰维纳在找替罪羊。"他停下来,咽下嘴里的三明治,"也就是我们。"

"为什么?"明问。

凯瑟琳说:"因为没人在乎我们。"

"她肯定让布莱克签过字了。"路易莎说,"所以下等马已经背上了黑锅。"

"而且他也不会跳出来反对。"兰姆同意道,"泰维纳很可能已经准备好了说辞,布莱克是在为斯劳部门,而不是为她或者总部工作。"

"她真是不遗余力啊。"瑞弗说,"所以现在死了两个人,被绑架的孩子状况也不乐观。但是以前也发生过任务失败的情况,为什么这次她这么慌张?"

兰姆说:"你知道马哈茂德·古尔吗?"

"他是一名上将,"瑞弗条件反射一般地说道,"是巴基斯坦的情报机构,三军情报局的副局长。"

兰姆意外地看了他一眼:"你以前是不是和你外公玩卡牌游戏,把赛车卡都换成了世界各地的间谍?"

何把电脑放在腿上,就像一个卖雪糕的人捧着托盘。"古尔在三军情报局,"他说,"相当于我们的二把手。"

瑞弗在脑海里搜刮更多细节,但是只能想到大概的描述。

"他作风比较强硬。"

"他们不都是吗?"

何说:"之前战时,有传闻说三军情报局里有人把导弹袭击的消息泄露给塔利班,古尔就是嫌疑人之一。没人起诉他,但总部的分析员写了一份报告,说他确实有可能做出这种事。"

"但是另一方面,他在公开场合向来是支持政府的。"瑞弗说,"而且当人们聊起下一任局长候选人时,他的名字总会出现。"他对古尔的了解也就止步于此了。"他和这次事件有什么关系?"但是在兰姆回答之前,他就说:"等等,先别告诉我。"

"好极了,"凯瑟琳说,"现在我们要开始玩'二十问'了吗?"

路易莎看了她一眼。这不像凯瑟琳会说的话,但她看起来也不像平时的她。她的鼻尖和颧骨冻得通红,眼中却闪着一种奇异的光。也许她很享受这次冒险。然后凯瑟琳对上了她的目光,路易莎立刻移开了视线。

兰姆吃完了第一个三明治,满足地打了一个嗝。"真不错。"他说,"五星好评。"

"这个时间还有店开门吗?"路易莎问。

他挥手指了指老街的方向。"二十四小时开门,顺路就去了。反正你们应该也不介意多等一会儿。"

"很抱歉打断你们。"瑞弗说,"哈桑·艾哈迈德,他是古尔的人?"

"他不是特工。"

"你确定?"

兰姆缓缓呼出了一口气。

"好吧,那——天哪,"瑞弗一个激灵,突然意识到了什么,"他是古尔的家人?"

"他妹妹的儿子。"

"所以我们——泰维纳让法西斯暴徒绑架了古尔的外甥?她到底想干什么?"

"她在耍小聪明。'就当我们是在联合不同的势力。'"兰姆引用道,"这是她的原话。'等我们救出哈桑,就能交上一个新朋友。'"

明·哈珀问:"他们关系怎么样?"

何正在翻阅总部数据库里古尔的文档。"哈桑的父母在卡拉奇相识,当时男方已经定居伦敦了。她跟着他来了英国,再也没回过巴基斯坦,没有记录表明古尔去拜访过他们。"

明说:"但他是个特工,没有记录也正常。"

兰姆说:"无论如何,他肯定不愿意看到那孩子被直播斩首。"他打开了第二个三明治,香肠的热气飘散在空气中。

瑞弗努力忽视掉这诱人的香味,说:"所以她的计划是?从一群狂热分子手中救下马哈茂德·古尔的外甥,借机拉近和他的关系?"

"本国的狂热分子。"兰姆说,"这才是重点。"

路易莎说:"这样他就欠我们一个人情。如果他真的当上了三军情报局的局长,很可能会站在我们这边。"

"好极了。"瑞弗说,"但是万一我们没能救下哈桑呢?她没有想过这种可能性吗?"

"显然没有。"兰姆说,"目前看来,在二十四小时之内,英国情报局就会暗杀一个友方国家情报局二把手的外甥。"

"除非绑匪按计划行事。"凯瑟琳说,"但有什么必要呢?反正他们的计划已经乱套了。"

"所以他们会直接杀掉那个孩子。"明说,"天哪,人可是会为了更微不足道的理由开战的。"

兰姆说:"所以戴女士才要竭尽全力让我们背上这口黑锅。哈桑死了是一回事,被公众知晓始作俑者是安全局又是另一回事了。这可不是在简历上留下污点那么简单的事。"一小块肉掉了下来,蛋黄酱沾到了他的裤子上。"该死,我最受不了这个了。"他愤怒地盯着那块黄色污渍看了一会儿,这块污渍并不比他裤子上的其他污渍更显眼。然后他抬起了头,说:"泰维纳不会和斯劳部门一起被拉下水,她会站在监狱外面看我们,除非她先被处理掉。"

"安全局的副局长?这怎么可能?"

杰克逊·兰姆说:"也不是没有先例。你可以去问问你外公。

现在没人在找哈桑的下落,泰维纳一开始就知道他在哪儿,却没想过要告诉其他人,所以警察也只能自力更生。布莱克潜入之前,阿尔比恩之声从未出现在任何人的雷达上。"

何说:"准确地说,雷达是——"

"闭嘴。"

"如果他们真的那么外行,会不会更容易失败?"凯瑟琳问,"他们可能会自己绊倒在……"

"楼梯上?"

路易莎说:"她说得也有道理。"

"不一定,无名小卒的身份是一种掩护。没人注意过他们,所以没人知道他们是从哪儿来的。"

"但是艾伦·布莱克找到了他们。"

"是啊。"兰姆说,"他确实找到了。"

瑞弗有些心不在焉。他的大脑正在处理这些最新得到的情报,将其和已知情报整合到一起。有些事情他本该知道,却忘记了。而且他饿坏了。兰姆那个混蛋,他明明可以给所有人都带一份三明治,任何一个去墓地参加清晨会议的上司都会这么做……瑞弗想不起来自己上次进食是什么时候了,可能是和希多坐在霍布顿家外面盯梢的时候。那时她还活着,而不是躺在医院病床或者手术台上,脑袋上也没盖着无菌巾。他仍然对她的现状一无所知,也无法接受这件事真的发生了。更无法接受她很可能是泰维纳安插进斯劳部门监视他的特工。这到底是怎么回事?

兰姆提到了无头苍蝇,瑞弗突然感到一阵头晕,血糖太低了,他必须要补充一些热量。

天哪,他真的太想喝一杯咖啡了。

突然之间,他感觉茅塞顿开。

兰姆咬了一大口香肠三明治,边嚼边说:"关键在于,布莱克和你们一样,是个训练有素的特工,也就是说他是个废物,所以他肯定会犯错。"

"谢谢夸奖。"路易莎说。

明·哈珀说:"有什么区别吗?他已经死了。其他人一有机会就会干掉哈桑,然后爬回自己的老巢。"

"如果他们真的一有机会就要……干掉哈桑,"凯瑟琳说,"你就会在布莱克旁边找到他的尸体。"

明若有所思地点了点头。

何说:"无论他是不是废物,绑人那天晚上是布莱克帮他们逃出利兹的。监控摄像头故障了好几个小时。"

兰姆说:"这可能是戴女士干的好事。但现在没人帮他们开路,布莱克也没法帮他们做决定了,他们就像一群无头苍蝇,抓住救命稻草一样抓住原本的计划。也就是说,他们应该会按照布莱克设计的蓝图继续行动。"他逐一审视他们,除了瑞弗,所有人都看着兰姆。瑞弗抬起头,盯着天空,好像在等一架直升机。"如果你是艾伦·布莱克,你会怎么做?"

明说:"如果我是布莱克,我……"

"嗯?"

"我是不会让自己卷入这种烂摊子的。"

"还有其他人能提供一些有建设性的意见吗?"

"我一直都不喜欢他。"何说。

"谁?"

"布莱克。"

"几个小时前,他的头刚被人砍下来。"兰姆说,"放在了一张桌子上。"

"我只是说说。"

"天哪,你们就这点能耐吗?"

瑞弗突然说:"我想起来在哪儿见过他了。"

每部恐怖片里早晚都会出现走廊的镜头:长长的走廊,顶灯一盏接一盏地熄灭——咔嚓,咔嚓,咔嚓。然后你就会被黑暗笼罩。

哈桑现在就在黑暗中。

漆黑一片。

上一个他见到的颜色是鲜红色。在那间堪称人间地狱的厨房,中间是一张桌子,摩尔的头摆在上面,就像一颗万圣节南瓜。但是他眼中再也不会亮起光了。单凭一根蜡烛肯定是不行的。咔嚓,咔嚓。地板就像一条深红色的河流,墙上沾满了肉泥。我们要把你的头砍掉,放在网上直播。这件事已经发生了。接下来就轮到他了。

他脑海中的灯光熄灭了。

就算取出塞在嘴里的布,他也喊不出声。他失去了发声的能力。他的身体已经变成了一摊烂泥。

咔嚓。

不同的东西发出了不同的噪音。他们砍下摩尔的头时,他就在厨房下的地窖里。他听到了混乱的声音,不知道上面发生了什么,任何事都有可能。但他从未想过那就是斩首的声音。在他的想象中,斩首的声音是人头落地的闷响,加上缓缓滚动的尾音。

他脑海里的灯光接连熄灭,这些黑暗的想法也随之而去了。咔嚓,咔嚓,咔嚓。每个人都有自己的身份,而他只是哈桑。最后的灯光熄灭时,他被定格在了这里。咔嚓。咔嚓。

他变成了一件悄声无息的行李。

咔嚓。

瑞弗说完后,他们都沉默了。不远处,一只小鸟啾啾地叫了起来,它肯定是得到了破晓将至的密报。城市路上亮着颜色各异的光,街对面隐约有光在闪烁,这些光点都透过树枝洒向地面。

兰姆说:"你确定吗?"

瑞弗点了点头。

"嗯。"他陷入了沉思。

明·哈珀说:"对寻找哈桑没有什么帮助。"

"你可真会说话,是不是?"

"我只是指出事实。"

何说:"附近有正在营业的地方吗?有无线网的那种?"

"还有早餐。"路易莎补充道。

"天哪,"兰姆说,"你们就不能想点吃以外的事吗?"他吞下最后一口三明治,把油纸团成球扔到附近的垃圾桶里。"有个孩子今天就要死了,能专注一点吗?"他拿出了一根烟。

瑞弗说:"不能就这样放过泰维纳。"

"真高兴能知道你最关注的问题是什么。"兰姆说。

"我不是指她对我做的事。她是幕后主使,如果我们要救哈桑,就要对她施压。"

"我们?"

"没有其他人在找他了。"

"好吧,那小子死定了。"

凯瑟琳·斯坦迪什说:"你本可以让看门狗把我们都抓走,但是你没有这么做,为什么?"

"你觉得我想让你们发挥作用?"

"我只是觉得,你不会无缘无故行动。"

"要我被总部当猴耍,还不如让我戒酒呢。"兰姆说,"如果看门狗要偷我的转笔刀,我就会把它藏好。就算我没有转笔刀也一样。"

何说:"转笔刀是什么?"

"哈哈,真好笑。"

何看起来十分困惑。

"所以呢?"路易莎问,"你为什么要把我们聚在这里?"

兰姆点起一根烟,他的脸藏进了烟雾中,就像一个从墓碑里现身的鬼魂。"咱们也别太高估自己的能力。我敢说,你们吃早饭之前就会被看门狗抓走,但至少你们知道发生了什么。泰维纳手上有罗伊和怀特,现在肯定已经把他们都收服了。他们会无脑地接受她喂到嘴边的信息,也就是说,在他们看来,整件事的始作俑者是斯劳部门,也就是我。"

"真高兴能知道你最关注的问题是什么。"瑞弗说。

"是啊,我跟你们不一样,我曾经做出过一番事业。可不想让泰维纳糟蹋了我的光辉形象。"

"就这样?"明·哈珀说,"所以我们就要在这儿等着看门狗过来抓人?"

"你有更好的计划吗?"

路易莎说:"哈桑还没被找到,绑匪可能没跑远。我们不能只是坐在这里,等着他的尸体被发现。"

"我还以为你只想去吃早饭呢。"

"你是想对我们用激将法,对不对?"

"太对了,这样你们才能发掘出真正的自我。"他顿了顿,"听着,我一般不会说这种话,但是有件事我必须要告诉你们。"他深深地吸了一口烟。"你们全他妈的是一群废物,所有人都是。"

他们在等着他说出"但是"。

"不,我是认真的。你们要不是废物,就不可能离开总部。如果寻找哈桑·艾哈迈德只能靠你们几个,我只能祈祷那孩子信仰够虔诚了。"他把烟头扔到地上,踩进湿乎乎的树叶中。"现在,考虑到卡特怀特是唯一能提供有价值信息的人,他可以跟我来。"

"去哪儿?"

"去给泰维纳的轮胎松松气。"兰姆说,"其他人爱干什么干什么吧。"

兰姆领先半步,两人一同走向大门。瑞弗说:"你是想刺激他们,让他们下定决心,对不对?"

"不是,"兰姆说,"我说的都是真心话。"

"但他们确实被刺激到了。"

"也不算坏事吧。"兰姆说,"但也不一定是好事。"他把钥匙丢给瑞弗,瑞弗打开门锁,让兰姆出去,然后跟着来到人行道上。

兰姆大步跨过马路,一辆巨大的黑色SUV就停在街对面。

瑞弗说:"你从哪儿弄到的这辆车?"

"公家的。"兰姆说,"你回去过斯劳部门吗?"

"我们一起离开之后就没回去过。"

"所以没人知道'清洁工'是否去过。"

有一瞬间,瑞弗以为他说的就是字面上的意思。斯劳部门脏成那个样子,不像有清洁工打扫。然后他想起了穆迪。"已经过去好几个小时了,他们可能去过又离开了。"

"或者它可能还在原地。"它指的是杰德·穆迪的尸体。兰姆发动了车,说:"我们去看看就知道了。"

其他人看着兰姆和卡特怀特消失在树丛中。

路易莎说:"混蛋。"

凯瑟琳·斯坦迪什说:"他说我们是废物,是想让我们证明他是错的。"

"怎么可能,他只是在忙着给自己擦屁股。"

"但如果不是呢?"凯瑟琳问道。

"那又怎样?"

"那就说明,他想让我们证明他是错的。"

"我又不想要他的认可。"

"但哈桑·艾哈迈德会感谢你的。"

明说:"全国的人找了哈桑·艾哈迈德整整两天都没找到,我们怎么可能找得到?"

"我们知道他刚才被关在哪儿。而且,我们不用找他,"凯瑟琳说,"只要找到绑架他的人就行了。"

"有什么区别吗?"

"如果你是艾伦·布莱克。"她说,"兰姆被卡特怀特打断之前是这么说的。所以,假设我们是艾伦·布莱克,我们会怎么做?"

路易莎说:"确实,这算是一条线索。"

何说:"真的吗?"

"为什么不算?"

他耸了耸肩。"我从来没跟他说过话。"

"那你为什么讨厌他?"

"他会开窗户。"

凯瑟琳冷冷地说:"原来如此,你一定很难受吧。"

何拔出U盘,合上电脑。"总之我们不能留在这里,外面又湿又冷,那家餐馆在哪儿?"

"老街。"

"快走吧。"

"我们全都要去吗?"

"必须得有人跟我来,我没带钱。他们有无线网吗?"

路易莎看向明,又看向何。"你想试着寻找哈桑的下落?"

他耸了耸肩:"算是吧。"

"别告诉我你想让兰姆认可你。"

"认可?"何说,"怎么可能?我只是想证明那个混蛋是错的。"

* * *

车停了下来,哈桑的身体撞到了后备厢盖上。他完全没意识到,受再多的伤又怎样呢?

毕竟,他即将面临的命运要悲惨得多。

17

兰姆在斯劳部门对面的公交站停下。瑞弗记得这里是穆迪常巡视的地点之一，他总在观察车站的人来人往。瑞弗问："接下来怎么办？"

"看到亮着的灯了吗？"

"四楼。"

"是你打开的？"

"我没印象了。"

"再想想。"

瑞弗想了，但是没有用。"我不记得了，你当时也在，为什么要怪我没关灯？"

"因为我有其他要担心的事。"

窗边没有人影，也没有其他灯亮起。清洁工可能正在里面移动杰德·穆迪的尸体，也可能已经走了，却没有关灯。但也可能还没有来。

没准儿几分钟后就来了。

兰姆看出了瑞弗的心思，说："想弄清楚到底是怎么回事，只有一个办法。"

"我们要进去？"

"是你要进去。"兰姆说，"没必要两个人一起冒险。"

"如果我不想被抓住的话,进去应该干什么?"

兰姆告诉了他。

"所以呢?我们要去想象自己在他们的立场上会怎么做?"

"我们可以试着推测,如果安全屋暴露了,布莱克的备用方案是什么。"

"但暴露安全屋本来就是布莱克的计划啊。"

"没错。"凯瑟琳耐心回答道,"他可能没有提起过,但其他人应该会好奇他的备用方案是什么。"

"他们发现布莱克是个卧底,把他杀了。"路易莎说,"应该不会再考虑他的提案了吧。"

"确实。"明·哈珀插嘴道,"但别忘了他们是一群白痴。"

"你怎么知道的?"

"他们加入了一个叫阿尔比恩之声的组织,除了白痴还有谁会这么做?"

"他们发现了布莱克的身份。"

"但布莱克又不是詹姆斯·邦德。"

"这样根本没有进展。"凯瑟琳说。

他们在老街的一家咖啡厅里。店铺狭长,窗边有一排吧台,一面墙上挂着镜子,旁边摆了几张桌子。他们点好了早餐,咖啡已端上桌。何对着电脑露出了那种熟悉表情:屏幕中的世界开始变得比身边的世界更加舒适和真实。

他说:"他们可能已经把他杀了,现在还有必要遵守时限吗?"

"就当是一场练习。"凯瑟琳说,"先假设我们还有机会救下他,不然还不如直接回去睡觉呢。"

路易莎说:"监控呢?我以为英国遍地都是监控,尤其在马路上。"

何对她做了个鬼脸:"就算不考虑其他的难点,我们也不知道他们开的什么车。"

"那怎么查出来?"

他们陷入了沉默。

"他不太可能用信用卡。"明最终说道。

"但肯定会留下文字记录。"

"是数据记录。"

"秘密行动也会留下记录吗?"

"黑色行动也需要资金,除非泰维纳自掏腰包,否则就会有——"

"数据记录,"何重复道,"不是文字记录。"

"随便吧。"

"这不是一次黑色行动。"凯瑟琳说,"这是一次灰色行动。两者是完全不同的。"

"怎么不同?"

"官方可以否认黑色行动,但是灰色行动从未发生过。"

凯瑟琳思考了片刻。"我听说有一次行动用到过安全屋,应该是在沃尔索尔。所有的设备花费、市政税,全都是常规缴付的。但是那栋房子并不存在。钱直接从预算部门汇款到房产账户里,为行动提供资金。"

"等我查清楚这些,"何说,"花都谢了。"

"不用从零开始查,"路易莎转向凯瑟琳,"你说的那个安全屋从未存在过,但是我们知道的那座确实存在,不是吗?"

"罗佩尔街。"明说。

他们看向何。

"在查了。"

库里说:"我们必须出城。"

"我们应该把车丢下,然后离开。"拉瑞说。

库里能看出来,他是做足了心理准备才开口的。他在心里排练了无数遍,直到这句话听起来更有说服力:我们应该这么做,因为我这么说了。

"我们杀了一个政府特工。"他说。

"是你杀的。"

"他死了,你也在场,你还有什么可说的?"

"在法庭上——"

"什么?你他妈的说什么?"

"因为——"

"你觉得我们会上法庭?你穿的那条牛仔裤已经够傻了,没想到你本人更傻。"

拉瑞说:"我的牛仔裤怎么了?"

"我们杀了一个特工,你觉得他们会逮捕我们?"

"什么意思?"

"他们会直接开枪,把我们就地处死。没有逮捕,没有庭审,你也没机会跟法官告状,说你只是看着我把他的脑袋砍了下来。"他说这句话时能感觉到滚烫的血液流经手臂,直到指尖,让他整个人都血脉贲张。"每人两发子弹。砰,砰。双连击。"

拉瑞在发抖。

"所以法庭的事你想都不要想。我们不会上法庭的,懂吗?"

拉瑞没有说话。

"懂吗?"

"我知道了。"

"很好。"他不再逼迫拉瑞,"但我们是不会走到这一步的,我们不会被抓到。"

"我们队里有一个卧底,你觉得——"

"我知道他是卧底,但这不意味着我们会被抓。你觉得我们是在孤军奋战吗?不是!人民站在我们这边,你觉得他们会抛下我们不管吗?"

拉瑞说:"可能不会吧。"

"可能不会,可能不会。如果你的信念只有这种程度,你就应该坐在酒吧里怨天尤人,眼睁睁地看着国家被别人夺走。你他妈的就是个软蛋。"

"我不是在这儿呢吗?我不是那种光说不练的人,你知道的。"

"得了吧。"库里还想说什么,向拉瑞解释他们光明的未来:他们会是英雄,是罗宾汉,是法外正义使者。他们会成为反抗伊斯兰的象征。战争开始后,他们就会是人民的领袖。但是他没有说,因为拉瑞没有那个能耐。拉瑞以为自己是个军人,但他只是个胆小鬼。喜欢大放厥词,却不敢行动。库里也没必要告诉他,最后活下来享受这种未来的只会是自己。

拉瑞现在还不知道,但他很快就会知道了。

反观罗佩尔街,众人依然一筹莫展。

"从二十世纪五十年代起就是国家财产了。"何浏览着屏幕上的记录说道,"先是财政部,然后变成了'特殊用途'房产。"

"也就是安全屋。"

"现在被列为出售房屋了。"

"应该就是字面上的意思。"凯瑟琳摇了摇头,"不会有文字,抱歉,数据记录的。泰维纳只要看一下被标记为出售房屋的都有哪些,随便选一间空房子就行了。"

"所以他们只是擅自占用了那间房。"明说。

"是吧。"

"如果买家突然来看房,会不会把他们吓一跳?"

"现在这个季节会有人买房?"

"好吧,但这样毫无进展。接下来怎么办?"路易莎说。

"凉拌。"何说道,"那孩子完蛋了。"

"闭嘴。"凯瑟琳厉声说。

何警惕地看了她一眼。

"记住:我们要继续找下去,除非能确定他已经死了。我们不知道绑匪的计划是什么,他们也许会想遵循原本的时间安排,因为那天是希特勒的生日之类的,可能对他们有特殊含义。我们还有时间。"

何张开了嘴,仿佛想要说希特勒的生日是几号,但还是闭上了嘴。

路易莎说:"我们不会放弃的。"

早餐也端上来了:三份英式全餐,一份蘑菇煎蛋卷。何把电脑挪到腿上,盛了一大勺豆子送进嘴里。

"你在哪儿学的吃饭?"路易莎问,"还是你正在学?"

何快速咀嚼着嘴里的豆子,冲她点了下头,仿佛在说等下他就要回敬一句更精彩的。

明说:"好吧,就算他们能免费使用那栋房子,肯定还需要其他的钱,用来买车之类的。"

"车可能是偷的。"

"用偷来的车去绑架一个人?太危险了。"

"他们可能用了自己的车。"

"布莱克是专业的,他肯定会搞辆新车。"

凯瑟琳表示赞同。

"然后用现金付款。"明说。

"很有可能。"路易莎同意道。

"如果真是现金付款就不可能查到了。"

凯瑟琳把煎蛋卷切成等分的小块,其他人目不转睛地看着。

切好后,她安静地吃掉了两块,抿了一口咖啡,然后说:"不一定。布莱克用的是假名。为了让假身份变得更加可信,就要拥有一张信用卡,很简单就能搞定。收到信用卡后为什么不用呢?可以增加效度①。"

"增加什么?"何问。

凯瑟琳看了他一眼。

明说:"听起来不错,但是怎么查?我们都不知道他用的什么名字。"

"兰姆不是搜了他的口袋吗?有没有钱包?"

"如果有的话他应该会提到的,毕竟那算是线索。"

"我们再好好想一下。"路易莎提议道,"如果你负责这次行动,你需要什么?"

---

①效度(Validity),心理学概念,即有效性。

"背景故事。"何说。

"而且需要至少三个保证人。"

"保证人?"

凯瑟琳说:"就像你在简历上写的推荐人的地址和电话,如果有人想核实你的身份,就会给他们打电话。"

"但灰色行动里怎么设置保证人?"

"找外包。"

他们思考了片刻。

"肯定很贵。"

"行贿基金。"路易莎说。

"米洛·韦斯那件事之后,这种事都管得很严。"

指的是用来重建伊拉克的两亿五千万英镑不翼而飞的事件。

"好吧,那怎么削减成本?"

"找朋友。"

"没人能有这么铁的朋友。"何反对道。

"在你的世界里,确实没有。"路易莎同意道,"但肯定有人欠泰维纳人情。我是说,这有什么难的?你只要接一通英国小混混打来的电话,对方问你布莱克的身份时只要帮他确认就好了。说个'没错'连两分钟都用不了。"

凯瑟琳说:"不。你必须要准备一部专用电话,还要时刻准备进入角色。一般这种任务都是交给数据中心的人来做的。如果有人打来电话,系统会提示他们应该进入哪种角色。"

明再次提醒自己,凯瑟琳·斯坦迪什曾经是查尔斯·帕特纳的秘书。明加入安全局时帕特纳已经不在了,但他本身就是一个传奇人物。

他开口道:"那——"但是没能继续说下去。

"该死。"凯瑟琳说。

这是他们第一次听到她骂人。

"我知道他们是怎么做到的了。"

库里说:"我以为我们要出城。"

"我在努力。"

他看起来并没有努力,他们又驶过了一座清真寺。除非他们是在原地绕圈,路过同一座清真寺。

"这地方他妈的到底有多大?"

"伦敦吗?"拉瑞说,"挺大的。"

库里看向他,拉瑞并不是在开玩笑。他怕得要命。如果警察路过,肯定会来确认他是不是要在驾驶席里背过气去了。

"我以为你在跟着路标走。"

"我以为路标是你指给我的。"

"这里有地图吗?"他打开储物箱,里面除了租车协议和几本使用手册之外别无他物。

"有那个东西。"拉瑞说。

"什么。"

"那个。"他指着说道。

原来如此。

库里说:"很好,总算有点进展了。"

瑞弗进门,停在了原地。四楼的灯光幽幽地照亮上方,但大楼里一片寂静。这里可能只有他一个人,也可能有其他人在,但他们非常小心地没发出声音。

他当然可以在门口站着犹豫不决,也可以选择直接上去看看情况。

他小心翼翼地爬上最初的几级台阶,警觉而谨慎。他的身体很沉重,过去几个小时飙升的肾上腺素还有那些恐怖的景象让他疲惫不堪。关键不在于你能否承受那种场面。老家伙说过。关键在于事情结束之后,你该怎么面对它。

但是还没有结束。他想起泰维纳对他做的事,怒火再次燃烧起来。

爬上二楼更简单一些,等到三楼时,他甚至希望屋里有人。清洁工也好,看门狗也好,他不在乎。几个小时前他会乖乖投降,但是现在他不会了。

然而屋里除了杰德·穆迪谁都没有。那具冰冷的尸体安静地躺在地面上。

瑞弗没管穆迪,直接上到兰姆的办公室。一只鞋盒放在他的书桌上,就像他说的那样。瑞弗按照指示把鞋盒拿到楼下。

回到穆迪所在的楼层后,他在尸体旁边蹲了下来。穆迪死了,也许他应该感到难过,但他只觉得诧异。他和穆迪都成了别人棋盘上的棋子,只不过穆迪的游戏已然结束。如果这真的是游戏就还能反悔,但他跌下了致命的楼梯。

穆迪有一把枪——不只是他从软木板后拿走的那把。如果他真的开枪了,瑞弗此时就会蹲在明·哈珀或者路易莎·盖伊的尸体旁。穆迪会带着兰姆的潜逃资金远走高飞。

但是穆迪不想对他们开枪,也许下等马之间真的有某种情谊。在这个漫长的黑夜开始之前,他们不是朋友,相处得也不算好。但穆迪还是没能对他们开枪。

但他确实对另一个人开了枪。他击中了希多，虽然这是一个意外。

瑞弗在心里默念了一句安息。

然后把尸体的衣服扒了下来。

"假身份是不会失效的。"凯瑟琳说，"不然就不叫假身份了。如果一个特工要去做长期卧底，就会拥有一整套护照、出生证明之类的文件。包括银行卡、借阅卡，所有会放进钱包里的卡和证件。"

"嗯。"

"我们知道。"

"而且很费钱。"

何翻了个白眼。他今天早上参与的谈话比过去两个月都多，而谈话内容已经开始重复了。"这些我们都知道了，所以呢？"

"他们要节省成本。"

"真是谢谢你了，最强大脑。所以怎么？他们要从菜市场买张假证件？没准儿乐施会就能领到。"

"闭嘴，何。"

"是啊，何你别说了。你说节省成本是怎么做到的，凯瑟琳？"

她说："可以直接用已经做好的假身份。布莱克以前执行过卧底任务吗？"

这还差不多，他们终于有导航了。

"前方一百米,左转。"

拉瑞说:"这是那个有名的女星。"

"导航全是这个声音。"

"你知道我说的是谁。"

"是吗?我不知道你说的是谁,也不在乎。"

现在是凌晨五点,他们迷路了整整一个小时,后备厢里也没有声音。库里不由得想道,那个巴基斯坦人是睡着了还是死了?可能他突发心脏病然后直接死在了后备厢里,正好逃过了处刑。如果他已经死了,会对斩首计划有影响吗?不,应该没什么影响。摩尔在被斩首之前也已经死了,把他的头砍下来可不是闹着玩的。无论如何,世界还是能收到他们想要传达的信息。

他突然笑了一声,尖锐的笑声吓了拉瑞一跳。他手中的方向盘一滑,差点蹭到旁边的车。发生车祸就会引起警察的注意,警察会拦下车辆,说:请下车,先生。你们后座上放的是什么?

后备厢里的声音是怎么回事?

但是拉瑞稳住了方向盘,没有撞上旁边的车,也没有引起警察的注意。

"你笑什么?"

库里已经忘了。但是他有了新的感悟:只要出现一点小小的差错,他们就会失败。一个简单的错误就能毁掉一切。

所以别管时限了,快点找个安全的地方,把事情做完吧。

斩首、录像,然后销声匿迹。

何点开了布莱克的个人档案。他辞职之后档案的保密级别下降了,但依然是激活的状态,可以访问。和他本人的状态正相反。但是何并没有说出这句话。虽然他不喜欢布莱克,但他们都是斯劳部门的一员。而在今天早晨,这个身份似乎有了某种特别的含义。

"看我们的档案也这么简单吗?"

"你能随便翻我们的档案?"

"当然不是。"何回答了第一个问题,然后又回答了第二个问题,"没错。"如果真的那么简单,随便什么人都能查到这些档案。但是对他来讲,是的,这简直是小菜一碟。

"我以为他们会定期更换保密设置。"

"确实。"

但是何直接黑进了保密系统,而不是数据库。他给自己留了一个后门,所以无论他们换多少次密码都没用。就像每个月都换一次门锁,但大门一直是敞开的。

他说:"艾伦·布莱克,找到了。他大部分时候负责监控外交人员。"

"这工作不错。"

"有当过卧底吗?"

"我在查!"

"抱歉。"

"你慢慢来。"

"我们只是觉得既然你这么厉害,应该很快就能查到。"

何抬起头,看到三人交换了一个眼色。他说:"知道了,先别废话,好吗?"

但他还是挺受用的,这几乎等同于有人喊了他"克林特"。

凯瑟琳说:"只要你在查就好。他为什么会到斯劳部门?"

何说:"他睡了委内瑞拉大使的夫人。"

"档案里是这么写的?"

"更含蓄一些。"

凯瑟琳回想起艾伦·布莱克,他在斯劳部门待了六个月,她对他没什么印象。他总是神情沮丧,对自己的末路心怀不满,但所有人都是这样——除了斯图安·罗伊和凯瑟琳自己。他体型偏胖,身高中等,相貌平平,甚至连性格都很普通。她实在难以想象他会与大使的妻子通奸。但是话说回来,他并没有真的辞职,他被泰维纳雇作卧底,她肯定是看中了他的某种特质。

虽然最后的结局并不美好。

"找到了。"何抬起头,"他的假身份是德莫特·雷德克里夫,全套伪装。"

"他的工作是监控大使,为什么会需要假身份?"

"有时也需要近距离监控,和对象建立私人联系。"凯瑟琳说。

"你试试跟委内瑞拉大使这么说,看他有什么反应。"

凯瑟琳无视了他。"和外交人员一起工作就需要各种文件,毕竟是在他国领土。"

"毕竟很私密,所以工作时最好不要用真名。"

"你们有完没完?"

"抱歉。"

何说:"既然我们查到了证件,接下来就是银行账号了。"

"但是账号还能用吗?"

凯瑟琳说:"我说过了,假身份是不会失效的,也不会被删除。如果他还有最基本的常识,离开总部时就会带好全套伪装证件,作为保险。"

"万一他需要成为其他人?"

"或者回想起自己曾经的辉煌时刻。"凯瑟琳说。

"我们先来看看雷德克里夫先生的银行信用记录吧?"何说着,手指飞速敲打起键盘。

哈桑?

声音穿过黑暗。

哈桑!

他知道这是谁的声音,他只是不敢相信。

亲爱的,快睁开眼睛。

他不想睁眼。

他已经精疲力竭了。脑海里的开放麦现场渐渐消失,聚光灯也变成了灰色。取而代之的是无尽的黑暗和汽车引擎声,还有这口金属棺材震动的声音。

哈桑,快睁眼!

他不知道自己能不能睁开。有人决定了他的命运。哈桑·艾哈迈德已经无法自己做出决策,变得越来越虚弱。很快他的生命之火就会熄灭,让他获得解脱。

但他还是被人从黑暗中拽了出来。

哈桑!睁眼,快点!

他不能,他做不到,他紧紧地闭着眼。

但是他却忍不住感到疑惑:为什么乔安娜·林莉在对我说话?

18

凯瑟琳·斯坦迪什好像变了一个人。路易莎·盖伊看着何像人猿泰山一样在虚拟丛林中游荡，不禁觉得今天大家都不一样了。但凯瑟琳才是那个发号施令的人。她之前就像斯劳部门的幽灵，总是在处理文件、抱怨脏乱的房间。她就在那里，你却注意不到她。不知为何，大家都知道她在戒酒，她看起来好像失去过什么重要的东西，变得一蹶不振，就像一颗烧坏的灯泡。路易莎从没想过凯瑟琳马力全开的模样。她曾经是查尔斯·帕特纳的秘书，对不对？天哪，那她不就是钱班霓？

路易莎应该把精力集中在工作上。兰姆觉得他们是一群废物，如果真是这样，哈桑就死定了。就算他们不是废物哈桑也很可能会死，他们的胜算很低。

但是看着何，路易莎意识到他并不是"废物"。虽然他性格糟糕，但他确实是个高手。他从以太网上搜集信息，透过那副厚厚的黑框眼镜看向他们。路易莎·盖伊此时才忽然惊觉，自己并不希望这个黑客窥探她的工作和生活隐私。

但他很可能已经看过了。

摄政公园的大楼亮着灯。一楼的蓝色聚光灯在大门前投下椭圆形的光晕，仿佛在强调这栋楼的重要性。曾几何时，没人知道这是什么地方。但是今天你可以直接从官网上下载求职表格，这栋大楼的照片就明晃晃地贴在上面。

杰克逊·兰姆把偷来的SUV停在外面的人行道上，耐心等待着。

他没等多久。十五秒之内，这辆车就被包围了。

"请您下车，先生。"

他们没有携带武器，没有这个必要。

"先生？"

兰姆打开车窗，看向一个身材健硕的年轻人：深灰西装下是紧绷的肌肉，他肯定经常去健身房。一根白色的数据线从西装衣领连向左耳耳麦。

"请下车，先生。"他重复道。

"把你的老板叫来，小子。"兰姆愉快地说道，然后关上了车窗。

"他租了一辆车。"何说。

"开玩笑的吧。"

"没开玩笑。3D租车公司，地址在利兹。"

"他在出任务，却租了一辆车？"

凯瑟琳说："其实他这么做也有道理。"

现在凯瑟琳是队长，大家都等着她继续说下去。

"没错，他是在出任务。但是我们也不要忘记，这个任务的结局已经注定了。那个孩子肯定会被救下，布莱克不必担心掩盖行踪的问题。"

"所以租一辆车就是最简单的。"

"是的。"

"谁有手机吗?"何问。

"兰姆让我们把手机扔了。"

"卫生间有公共电话。"凯瑟琳说,"他们的电话号码是多少?"

何对着屏幕念出了租车公司的电话号码,凯瑟琳记在了一张纸上,起身去打电话。

"现在天还没亮,租车公司营业吗?"

"他们有二十四小时报修服务。"何说道。

"估计就是个开面包车,拿扳手修车的小哥。"明说。

"我赌十块钱,她什么都问不到。"何说。

"我赌她能问出来。"路易莎说。

"我也是。"明附和道。

何警觉地看向两人:"昨天晚上到底发生了什么?为什么所有人都变得这么奇怪?"

"斯劳部门终于开始活跃了。"明说道,"她会带着有用的信息回来的。"

"她比你想得厉害多了。"路易莎说。

詹姆斯·韦布一辈子都在劝别人不要叫他"蜘蛛",但无奈总是失败。此时他正坐在自己的办公室里。不久前,杰克逊·兰姆把他和尼克·达菲丢在了人行道上。一个中年妇女还拿枪指着他:我会瞄准你的脚,这样你就笑不出来了。回来的路上,达菲几乎没有说话。韦布想说:这不是我的错。但反正他也已经回到了自己的办公室，达菲也不需要他继续帮忙了。

韦布本来就不是达菲的手下。他毕业之后进了安全局，完成了两年轮岗，参加了讲座和考试。他在天气恶劣的荒野值过夜，接受过评估测试，参与过一线工作：在泰特美术馆追捕疑似携带自杀式炸弹的人。瑞弗·卡特怀特搞砸评估测试那天，韦布负责担任总部联络员。后来泰维纳将他收归麾下，所以他还留在总部，瑞弗却被扫地出门。

他和瑞弗不同，从来都不想当一线特工。外勤组就是棋盘上的棋子，韦布则希望成为执棋人。瑞弗嘲笑他在人事部工作，但这也是通向高层的一步。他面试毕业生，管理文件，一步步成为掌管秘密的人。文职工作虽然不像一线特工那么光鲜亮丽，但风险也更小，不必在实战中检验抗刑讯训练的成果，也不太可能被中年女性用枪指着。外勤组和管理层的对立由来已久，但近十年来的游戏规则变了，情报工作变得越来越像其他行业。虽然还是会有刀光剑影的战场，但在管理层面，今天的情报战和可口可乐跟百事可乐的商战没什么不同。韦布并不介意投身于这样的战场中。

而此刻，站在这一连串事件中心的人是瑞弗。从昨晚开始，所有人都因为那些"下等马"绷紧了神经。希多·贝克躺在手术台上，还有一个人死了。传闻说杰克逊·兰姆一手策划了那起网上的绑架案。无论真相如何，所有人都知道大事不妙了。但是处理事件的只有内部人员，没有政府参与。不然他肯定能发现，每次内阁大臣来访他都能听到风声。

然而这次他被排除在外了。如果泰维纳不喊他，他就不能随便去情报中心找她。这是接受她庇护的代价，她不希望有人知道韦布是她的人。但此刻他坐在这里，盯着无数档案和文件发呆，不由得感到没能通过测试的人反而是自己，而不是瑞弗。

他实在等不下去了，但是他又不想惹怒戴女士。于是他决定再坚持一会儿。

"怎么样？"

凯瑟琳·斯坦迪什说："德莫特·雷德克里夫三周前租了一辆沃尔沃，说是为了家庭度假。他想要一辆后备厢足够宽敞的车。"

路易莎记下细节，心脏在胸腔里怦怦直跳。

"他们就直接这么告诉你了？"

"为什么不能告诉我？我是他姐姐，母亲住院了，我急着要找他。"凯瑟琳坐下，拿起自己的咖啡。杯子有些冷了，她又放下，然后背出了那辆车的车牌号。

"当然，我们不能确定他们是不是还在用这辆车。"

"他们是匆忙离开罗佩尔街的。"明·哈珀说，"所以要么开走了那辆车，要么又偷了一辆。如果是偷了车，那辆沃尔沃肯定还在附近，失主很快就会报警了。"

"在伦敦开车不可能不被监控拍到。"

"如果我们在特罗卡罗德当然很方便。"何说的是伦敦市的监控中心，无数的屏幕覆盖了城市的每一个角落。"但是我手上只有一台电脑。"

"有一台电脑就足够了。"凯瑟琳说。

三双眼睛看向了她。

"3D租车公司的车上有配备卫星导航。"她说。

* * *

乔安娜·林莉是一位很有影响力的女性,也是廓尔喀人[①]的救星。廓尔喀人接连被数任英国政府迫害,为国家打过仗的军人都无法在英国定居。乔安娜·林莉对此表示公开谴责,事件因此迎来了一次英式转折:政府被她说服了。英国政府屈服于她的魅力之下,对廓尔喀人开放了居住权。相应地,廓尔喀人也像崇拜神明一样崇拜她。

所以哈桑怎么可能无视她的命令?

哈桑,亲爱的,睁开眼睛。没错,真是个好孩子。

他不想睁眼的。

我不会再说第二遍了。

他睁开了眼。

当然,这里什么都没有,但至少是现实世界,而不是他脑海中那片无尽的虚空。

什么都没有变。他依然被关在车后备厢里,捆住手脚,封住嘴,还戴着头罩。他依然像筛子里的米一样颠簸不停。他还能听到乔安娜·林莉的声音,但她并不是在和他讲话,而是在给其他人导航。前方直行两百米。哈桑终于意识到,这是卫星导航的声音,用了乔安娜·林莉的配音。比常规版本更贵一点,但总有人愿意为此花钱。

乔安娜·林莉并不是在和哈桑说话。

但是至少他又回到了活人的世界。

* * *

[①] 廓尔喀人(Gurkhas),专指居住在廓尔喀等地的人,又称尼泊尔人。

尼克·达菲说:"你是在开玩笑吗?"

"我把你的车还回来,怕他们从你的工资里扣钱。"

"你拿枪指着我。"

"不,我只是默许了这个行为。而且她并没有把枪对准你,她对准的是你带的那个年轻人。"杰克逊·兰姆坐在驾驶席上,圆润的胳膊撑在打开的窗边,嘲讽地小声道,"别误会,我见到你没那么开心,我口袋里放的是一把枪。"

"下车。"

"你不会对我开枪吧?"

"在这里不会。"

"很好,我想和戴女士说句话。"

兰姆靠回座位上,按下关窗按钮。

达菲拉开车门,朝他伸出一只手。

兰姆气喘吁吁地下了车,达菲并没有被这场夸张的演出骗到。兰姆站在人行道上,从大衣口袋里拿出了枪。

有那么一瞬间,所有人都绷紧了神经。

兰姆把枪放在达菲手中,又放了一个响亮的屁。"香肠三明治,"他说,"今天要排一早上气了。"

身后,穿深灰色西装的年轻人坐进SUV驾驶席,整套动作行云流水,一气呵成,就像排练过一样。他把车开回主路,拐过街角,消失在斜坡下。他要把车开到摄政公园的地下停车场。

"那么,"车被开走后兰姆说道,"我真的很想喝一杯咖啡,我们进去吧?"

"在这里转弯。"

"这里?"

"我难道是在自言自语吗?"

拉瑞驶入高速出口,乔安娜·林莉表示反对。

"计划变了,兄弟。"库里说着关掉了卫星导航。

"变成什么了?"拉瑞问。

这条岔路通向艾坪森林。如果他们一开始就向北行驶,不可能开到这里。但迷路也有迷路的好处。库里没来过这个地方,但他听说过。大家都知道这个名字。这里死过很多人,经常会出现在真实罪案类节目上。年轻的黑帮混混就是在这里埋葬敌人的。有时他们甚至懒得埋,只要对着司机来上一枪,再放一把火将车点燃就可以了。事情办完后,他们就会吹着口哨回家,回到水泥丛林中。这片森林见过的死人比野餐布还多,再多一个也没什么——如果有必要的话,就多两个。

路两旁是茂密的树林,树枝遮蔽了天空。迎面驶来的车关掉了远光灯,擦身而过时,库里觉得声音像是从水里传来的一样。

"我们直奔主题。"他说。

一团气泡从他内心深处涌起,变成了一串刺耳的笑声。

拉瑞瞥了他一眼,但是不敢开口说话。

惹怒戴女士并非明智之举。但是蜘蛛·韦布的选择有限,基本上都需要去找她。不一定要去楼上的情报中心,他也可以去楼下。摄政公园和其他办公楼一样,有什么情况都是前台的人最先知道。所以和其他精明的文职人员一样,蜘蛛会跟前台的人搞好关系。

他离开办公室,穿过走廊,打开防火门,走下楼梯。窗外有动静，他停下看了一会儿。两层楼下，一辆黑色的SUV正沿着坡道驶向大楼下方的停车场。虽然SUV都长得差不多，但是韦布还是不禁想道：也许这就是之前被兰姆劫持的那辆车。若真如此，就说明兰姆终于被捉拿归案，或者前来自首了。蜘蛛希望是前者，要是用粗暴的手段强行将其制伏就更好了。当然还有那个女人。我会瞄准你的脚。他短期内是不会忘记这件事的，她说这句话时听起来很认真。

车子消失了。他从这里看不到司机是谁，所以也可能是兰姆本人。没有总部的安全许可，兰姆理应无法通过大门。但韦布听说过杰克逊·兰姆的传说。也许他本来就不需要许可。那么此时他就有可能正在大楼的某处。

这种可能性微乎其微，却恰好给了韦布一个借口，让他去看看到底发生了什么。

凯瑟琳·斯坦迪什看着罗德里克·何继续表演虚拟杂技，心情又激动起来。当然这跟何没什么关系，凯瑟琳对技术并不感兴趣。这个技能固然很有用，但有人擅长就足够了，她不用亲自去学。在她看来，这只是一种技能，并不是一种特质。拥有一项技能就像拥有某个品牌的汽车一样。

这种激动是今天早些时候出现的。当时她从包里拿出了兰姆的枪，指向身边的年轻人。我会瞄准你的脚。这样你就笑不出来了，对不对？有时可怕的事也会发生在其他人身上。

明·哈珀或者路易莎·盖伊说了一句话，凯瑟琳说："抱歉，我没听清。"

哈珀说："你觉得我们能及时查到他吗？"

这也是一种全新体验。他们都看着她,仿佛她知道答案,或者能提供一些有用的建议。桌子下方,她再次握住了右手,就像再次握住了枪柄。"我们应该以营救哈桑为前提行动,而不是为了找到他的尸体而行动。"她说。

明和路易莎对视了一眼,显然没有她可以插话的空间。

天色越来越亮了,外面的车也多了起来。同样变多的还有咖啡厅里的客人。许多人来买早餐券和外带咖啡,还有夜班结束回家的人顺便来买一顿晚饭。凯瑟琳睡得很轻,起得很早,对这样的景象并不陌生。但是今天她的心情与以往大相径庭。她松开了手。戒酒时她感受到了成瘾的力量,她知道自己抓住的是一段病态的回忆。但是现在她感觉很好,她只希望别人不要发现她的这种激动。

何说:"接下来只要等待就好了。"

路易莎说:"你查到卫星导航系统了?"

"当然,他们用的是智能寻路导航,只要黑进去就行了。"

"只要等着就能黑进去了?"

"我在问已经黑进系统的人,比我自己重新来一遍要快。"他又埋头到电脑前,直到同事们的沉默打破了他的专注。

"怎么了?"

"可以解释一下吗?"

他叹了一口气,稍微有些夸张。"黑客是有社区的,知道吗?"

"就像邮票收藏家。"

"或者火车爱好者。"

"或者诗人。"

"差不多吧,"何居然赞同了他们的说法,"但是要酷得多。

黑客黑进系统只有一个原因：因为系统存在。有些人会玩填字游戏，有些人玩数独，"他的表情说明了他对这些爱好的态度，"我们黑进不同的系统，然后分享给社区。"

"所以也会有人黑进——你刚才说的是什么来着——智能寻路导航？"

"智能寻路。当然了，只要它存在，就一定被破解过。而破解这个系统的高手肯定会在社区里。"他对着电脑点了点头，仿佛那里面装着全世界的人。"他们随时有可能回复我的帖子。"也许是在他们眼中看到了疑虑，他又补充道："我们从来不睡觉。"

凯瑟琳说："有一件事，我还是没太明白。"

何等着她说下去。

"所以你是说，你也有朋友？"

"世界上最棒的朋友。"何说，"永远不用见面的那种。"

他的电脑发出了"哔"的一声。

"顺风车来了。"

凯瑟琳看着他埋头工作。我们应该以营救哈桑为前提行动，而不是为了找到他的尸体而行动。这是他们唯一的选择。

如果能再快一点就更好了。

哈桑的时间不多了。

车子停下，熄灭了引擎。

在那个瞬间，寂静比噪音和颠簸还要吓人。哈桑的心怦怦直跳，努力想要挣脱束缚。他还没准备好，还没准备好实施逃跑计划，因为他根本没有计划。他没有计划是因为——他没有准备好。他还没准备好离开后备厢，迎接自己的死亡。他还没准备好。

他闭紧双眼,努力回想起乔安娜·林莉的模样,却想不起来。他此刻孤身一人。

然后来了其他人,后备厢被打开,他被粗暴地拖拽出来,像袋土豆一样被丢在冰冷的地面上。

他的第一反应是摘下头罩。虽然双手被绑住,动作十分笨拙,但他还是成功了。摘下头罩后,他仿佛第一次看到这个世界。他在一片森林里,车停在旁边的土路上,周围全是树木,覆盖着青苔的树桩就像一个个藏在洞里的地精。地面的土壤干燥而坚硬,上面铺着一层枯枝败叶。空气里有清晨的味道。阳光渐强,映着头顶裸露的树枝,刻画出精美的纹路。

剩下的两个绑架犯居高临下地看着他,他率先看到了他们的靴子。这似乎很合理,他们的靴子应该比大脑见过更多世面。这让哈桑变得好受了一点。虽然他现在很冷,浑身瘀青,身上又脏又臭,但他至少离开了地窖。他不是这群混蛋的狗,没打算乖乖听从他们的每一句话。无论从哪方面来看,他都比他们更强。

然后一只靴子狠狠地踩上了他的肩膀。是哈桑起名叫库里的那个人。靴子上方,库里的脸上露出了一个残忍的微笑。

"我们到了。"他说。

泰维纳说:"很高兴你终于恢复了理智。"

兰姆无视了她,转而看向她手下的团队。每个人都坐在自己的工位前,埋头工作,偷偷地观察他的一举一动。柔和的灯光照在他们身上,空气中有微弱的电流声——一种白噪音,就像一张声波织成的帘幕。他很怀疑,就算没有这张玻璃墙,也不会有任何人听到他们的谈话。

尼克·达菲就不同了。尼克·达菲和他们一样在泰维纳的办公室里,能清楚地听到每一个字。

如果有人怀疑戴安娜·泰维纳会读心,她此刻打消了这份疑虑。她说:"辛苦了,尼克,你可以走了。"

他不情不愿地离开了。

"给我的咖啡里加三包糖,谢了。"兰姆对着他离开的背影说道。

泰维纳说:"我就直言不讳了。"

"求之不得,亲爱的。"

"我们找到了布莱克的尸体,他曾经是你的手下。显然,他和哈桑·艾哈迈德的绑架事件有关。他离开斯劳部门很久以后,夏天时有人目击你们私下见面。你的两个手下已经签署了证词。你还想继续听下去吗?"

"我就是为此而来的。"兰姆说道,"签署这份声明的人是罗伊和怀特,对不对?"

"他们是可靠的目击证人,这样布莱克和你就脱不开干系了。加上昨晚穆迪犯下的命案,斯劳部门现在可是跳进黄河都洗不清。但如果你不希望事情发展到这一步,我们也可以安排。前提是你必须配合。"

兰姆说:"命案?"

泰维纳的脸上闪过一丝阴影。她说:"抱歉,你还没听到消息。"

他露出了微笑,但这并不是一个真正的微笑,只是面部肌肉紧绷。"至少又解决了一个悬而未决的问题,不是吗?"

"在你眼里,你的团队就是'悬而未决的问题'吗?"

"但贝克从来不是我的人,不是吗?她是你派到斯劳部门的,但并不是因为她和某个高层上了床。她是在监视瑞弗·卡特怀特。"

"你的证据呢?"

"她亲口说的。"

"但她不太可能再重复这份证词了。"泰维纳看着他说道,"我有一个提议,杰克逊。我们都可以全身而退。只要你签署确认罗伊和怀特的证词无误,这件事就结束了。"

"我这个人比较直接,听不懂谜语。你得给我解释清楚:我为什么要接受你的提议?"

"你的作风很老派,杰克逊,这不是件好事。你的做法已经过时了。我只要给委员会提供一个活祭品,结果比证据更重要。这才是如今的做法。如果能和平解决,委员会肯定会批准的。名义上你只是退休了,又不会丢掉退休金。"

杰克逊·兰姆把手伸进大衣口袋里,满意地看到戴安娜警觉地瑟缩了一下。当他把手放到腋下瘙痒时,她的表情变成了厌恶。"我好像在运河边被叮了。"

她没有说话。

他收回手,闻了闻手指,又把手放进口袋。"所以,你的计划就是说服我包庇你的过失?不然呢?"

"场面会变得很难看。"

"已经很难看了。"

她说:"我只是想找到一个对大家伤害都最小的解决方案。无论你是否乐意,斯劳部门这次都难逃一死,杰克逊。你们的嫌疑最重,所有人都要接受调查。所有人。"

他说:"你又要说斯坦迪什的事?"

"你以为我忘记了吗?"

"你知道我,我一向是个乐观的人。"

"查尔斯·帕特纳的一切事务都有她密切参与,他在坦白叛国的文件里明确指出她是共谋。她没被逮捕都算幸运了。"

兰姆说:"她就是个酒鬼。"

"这不是叛国的借口。"

"我也没说是。她是个酒鬼,所以帕特纳才觉得自己不会被发现,所以她崩溃之后,他还让她留在身边。戒了酒的酒鬼照样是酒鬼。她忠心耿耿,他利用了这一点,让她看起来像是在帮他出卖国家机密。你刚才说的那个什么?那个坦白文件,所有看过文件的人都不相信里面写的内容。他当时孤注一掷地想要拉人垫背,那份文件根本就是无中生有。"

"而且很快就被处理掉了。"

"那当然。局里问题已经够多的了,帕特纳的罪行从一开始就被捂得严严实实。委员会里有一半的白痴都不知道事件真相。你如果现在旧事重提,那场面才叫难看。你确定要这么做吗?"

"掩盖叛国罪本身就是犯罪。这次他们会举行一场正式听证会。"戴安娜·泰维纳知道自己的状态明显更好。但是就算杰克逊·兰姆刚薰完桑拿,穿着全新的衣服也比不上状态最糟糕的她。"你当时保住了她,不然她今天只会坐在床边把自己喝得烂醉。但是你没法救她第二次。我给你的就是这样一次机会。"她的目光越过兰姆,看向他身后的情报中心。她的团队毫不掩饰地观察着她的玻璃办公室。她放低了声音,这是她用来诱惑人的声线,几乎从不会失败。她不敢相信,自己竟沦落至此。"放弃挣扎吧。这是一次光荣的尝试,计划失败不是你的错。公众永远不会知道真相,而在安全局里,你会是大家的英雄。"

她没再继续说下去。她很擅长阅读人心,但兰姆比一般人更棘手。他将自己的情绪藏得很好,但戴安娜·泰维纳还是能看出来,他在思考她刚才说的话。他正在计算利弊:是选择同归于尽,还是接受条件全身而退。她觉得自己就像一个捕鲸人,第一把鱼枪正中目标。虽然只是一个小小的伤口,并不致命,但能确保收获。接下来她只需要耐心等待。她相信自己已经赢得胜利,直到兰姆弯下腰,从她桌子上拿起金属纸筒,近乎优雅地单脚旋转一圈,将它砸向了身后的玻璃窗。

"找到了。"

"找到什么了?"

"还能是什么?"一瞬间罗德里克·何又变回了平时的他,一脸不耐地看着无知的凡人。"那辆车啊。德莫特·雷德克里夫的沃尔沃。"

为了更好地看清屏幕,明·哈珀把椅子往桌边蹭了蹭。他还以为何要挡住他的视线,就像班级里不让人偷看作业的书呆子一样。但是何控制住了自己,甚至把屏幕微微转向他,方便明看清楚上面的内容。

明半期待着能看到地图上一个闪烁的红点,但是他的期待落空了。屏幕上是一幅失焦的画面,画面中只有一堆树冠。

"在那底下?"

"对。"何说,"应该是吧。"

凯瑟琳·斯坦迪什说:"可以详细说一下吗?"

"三周前,德莫特·雷德克里夫从 3D 租车公司租了一辆车,车上的卫星系统显示车就在这里,上次刷新是五十秒之前。"他看向桌子对面的凯瑟琳,"稍微有一点延迟。"

"谢谢。"

"当然他们也有可能扔掉了导航系统,几个小时前就把它扔出窗外了。"

路易莎说:"如果布莱克都能当他们的军师,他们应该想不到要这么做。"

"还是不要太小看他们了。"凯瑟琳说,"布莱克死了,但是他们还活着。现在定位在哪里,罗迪?"

他脸红了一下,手指碰了一下触摸板,屏幕上弹出了一张地图。又点了两下,地图放大了两倍。

"艾坪森林。"他说。

库里移开靴子。哈桑掏出嘴里的布,用力把它扔到远处。他躺在地上,大口呼吸着湿冷的空气。他都没意识到自己这么缺氧,后备厢里的空气太过污浊,只有他身上的臭味。

他坐起来,身上的每一块肌肉都在抗议。拉瑞站在库里身后,他的身材更高大,不知为何存在感却更低。他手中拿着一捆棍子。哈桑眨了眨眼,视线模糊了片刻,随后又恢复了清明。那是一个三脚架。拉瑞手里另一个火柴盒样的东西就是相机。

库里手中的东西则完全不同。

哈桑曲起膝盖,身体前倾,把手撑在冰冷的地面上。坚实的大地令他安心,却又让他感到无比陌生。他对外面的世界了解多少?他只认得城市的街道和超市。他颤颤巍巍地站了起来。我在发抖,他想道。我在发抖。在这片森林里,树木如此高大,我却如此渺小。我受伤了,还在发抖,但是我还活着。

他看向库里,说:"所以,到此为止了?"他的声音听起来也很陌生,就像有另一个人在扮演他。好像某个从未和哈桑说过话的演员拿到了一张褪色的照片,然后试图从中推测出他的声音应该是什么样。

"没错,"库里说,"到此为止了。"

他手上的斧头就像来自中世纪的遗物。也许确实如此:弯曲的木柄柔和光滑,灰色的斧刃一端宽大,另一端磨得锋利无比。几个世纪来总有人在用它,因为它几乎从不出错。有的时候手柄磨坏了,就会被换掉;有的时候斧刃钝了,就会被打磨锋利。

乔安娜·林莉的声音早已消失不见。哈桑内心的喜剧演员也迟迟没回到台上。但当他开口时,他终于找回了自己的声音。被绑架了这么久,他第一次准确地表达了自己的心情:"你们就是一群懦夫。"

库里是畏缩了一下吗?他没想到哈桑会反击吗?

库里说:"我是一名军人。"

"你?军人?你管这个叫战场?你绑住了我的手,把我拖到一片森林里,然后你现在打算干什么?把我的头砍下来?别让人笑掉大牙了。"

"这是一场圣战。"库里说,"是你们先起头的。"

"我们?我家人是卖软装家具的。"一阵风吹过树林,树叶的沙沙声就像观众的掌声。哈桑能感觉到血液在体内流淌,恐惧像一个泡泡,在胸口越涨越大,随时都有可能炸开,或者变成一只氢气球让他飘向天空。他看向拉瑞。"还有你,你呢?你就打算站在那里让他为所欲为?你也觉得自己是个什么狗屁军人吗?"

"闭嘴。"

"得了吧。我不闭嘴你还能怎样?把我的头砍下来?去你们的！你们想录视频？不如把我现在说的话都录下来！你们两个都是懦夫，该死的英国国家党就是一群愚蠢的废物！"

"我们不是英国国家党的。"库里说。

哈桑仰起头，大笑出声。

"你笑什么？"

他说："你觉得我在乎吗？我在乎你们到底是谁吗？无论你们是英国国家党，还是保卫英国联盟，还是其他什么纳粹组织，我都不在乎！你们什么都不是，没人知道你们是谁。你们接下来的人生都要在监狱中度过，却依旧会是无名小卒！"

拉瑞说："够了，我受够了。"

达菲立刻赶到现场。当然，他从来没有走远。进屋后，他看到那只金属废纸筒无力地在地毯上滚动，被砸到的玻璃也完好无损，看不出任何暴力痕迹。但泰维纳脸色苍白。看杰克逊·兰姆的表情，他的目的似乎已经达到了。

兰姆说："负责人永远不会供出自己的特工，这是最严重的背叛行为。但帕特纳还是这么做了，他把斯坦迪什当成自己的人肉盾牌。你现在也在做同样的事。我的手段确实更传统，但我不会眼睁睁地看着同样的事情发生第二次。"

尼克·达菲问："帕特纳？"

"够了。"泰维纳说，"他把斯劳部门当成自己的私人军队，甚至还在组织未授权的行动。把他带到地下去。"

她说话时兰姆从外套口袋里摸出了一根香烟，正在努力把它捋直，表情相当认真，仿佛这才是他现在最关心的问题。

达菲没带武器，也不需要。他说："好了，兰姆。把那个放下,大衣放到地面上。"

"好吧。"

达菲不由得看向泰维纳,对上了她的视线。

"不过我还有件事要告诉你们。"

两人的目光都看向兰姆。

"还记得我开过来的那辆ＳＵＶ吗?你们的人把它停到地下了,那辆车的后座上有一颗炸弹。威力相当强大。"

一秒钟后,达菲说:"你是在开玩笑吧?"

"可能是,也可能不是。"兰姆耸了耸肩,目光锁定了泰维纳,"我说过了,我这个人比较直接。"

蜘蛛·韦布和前台的关系并不如他期望中那么好,但没人会拒绝更多情报。有人开车到安全局门口,不可避免地被一群达菲的手下包围。他们之中有很多人都是刚出完任务回来。他们将车围住,直到达菲本人出现。

"开车来的是谁?"

"杰克逊·兰姆。"年长的接待员说道。

"你确定?"

"我在这里工作了二十年,不可能认错杰克逊·兰姆。"

虽然他没有喊他"小子",却此时无声胜有声。

兰姆被达菲带到楼上的情报中心。前台的监控屏幕上并不显示那里的情况,但他还没有下来过。

蜘蛛咬着嘴唇。无论兰姆打的什么算盘,这次都没带上那个举枪的疯女人,也没带上瑞弗。他对前台道了声谢,转身上楼,并没有看到他们交换的眼色。他在中途停下看了一眼窗外,街上什么都没有。他眨了眨眼，突然就出现了一辆急刹车的黑色货车。车子还没停稳，后门就打开了，从里面钻出了三五个黑衣人，宛若一团烟雾。很快，他们就消失在了地下停车场。

大家都管他们叫执行员。蜘蛛·韦布觉得这个称呼不太合适，不应该成为官方术语，但事实就是如此。他们是安全局的战术小队，一般负责营救或者排爆。他只在演习时见过他们行动，但这次看起来并不像演习。

他不禁想道：大楼是不是被袭击了？如果是的话，应该会响起警报，也会有更多紧急行动指示。

窗外又恢复了安宁。偶尔有风吹过行道树的树梢，一辆出租车开了过去，什么都没有发生。

韦布摇了摇头。考虑到这里没人能看见他，这个动作实属多余。但他的整个人生都是如此：没有几个人能真正看见他。最好笑的是：上一个他亲近的人其实是瑞弗·卡特怀特。有些训练课程相当艰难，不和人结成同盟——也就是交到所谓"朋友"——是不可能撑下去的。他曾经以为他们实力相当，后来他却渐渐意识到，瑞弗在大部分方面都比他更强。强到他甚至不需要刻意去展示。就在那个瞬间，同盟瓦解了。

他继续上楼，又爬了一层，打开门，拐进走廊，一个执行员拿枪对准了他的太阳穴。

拉瑞说："我受够了，我退出。你要是想继续就自己继续吧。"

"你退出？"

"全都乱套了，你看不出来吗？我们本来只是想吓唬他一下，录下来，让他们知道我们是认真的。"

"吓唬人不能叫认真。"

"我觉得已经够认真的了。你杀了一个特工啊，老兄。我要走了，回利兹，或者……"

或者躲在床底下。回到家，祈祷这件事会自行解决。只要他把眼睛闭得够紧，这一切就没有发生过。

"不行。"库里说，"你他妈的哪儿也不能去。"

拉瑞把三脚架丢到地上，扔下数码相机。相机滚到了库里的脚边。"你还想录像就自己动手吧。"

"我怎么可能自己——"

"我不管。"

拉瑞转身，开始沿着小路往回走。

"给我回来！"

他没有说话。

"拉瑞！你他妈的给我回来！"

哈桑说："你们是军人，对吧？"

"闭嘴！"

"士兵临阵逃脱是要被射杀的，不是吗？"

"闭上你的臭嘴！"

"不然呢？"哈桑反问道。心里那团恐惧的泡泡再次冒出头来。这几天他吓得大小便失禁、浑身冷汗、哭泣不断，但现在他已经渡过了那个阶段。他已经直面过死亡最恐怖的时刻——得知自己即将死去，并且无力阻止那个耻辱的瞬间。现在他冷眼看着凶手的计划分崩离析。"你倒是把现在这段拍成视频放上网啊，死纳粹。哦，对了，你做不到，是不是？你只有两只手。"

库里怒火攻心，拿起斧头猛地挥向了他。

* * *

四人围坐在桌边，餐盘已经被收走了。凯瑟琳打完电话回来，另外三人彼此看了一眼，知道她已经办完了刚才说的事：她给警察打了电话，解释了自己的身份，提供了已知的情报，说明了获得情报的方式。没有人说话。何关上了电脑。路易莎身体前倾，双手捂着脸，紧紧咬着牙。明·哈珀抿起嘴唇，陷入了沉思。任何细微的声音都会惊动凯瑟琳，仿佛每一次茶杯的碰撞，每一只掉在地上的勺子都有可能引发灾难。

窗外街道上，车辆在红绿灯的指挥下飞驰而过。

明清了清嗓子，似乎想要说些什么，却还是没能开口。

何说："你们知道吗？"

他们不知道。

"我的手机就在口袋里。"他拿出手机，放在桌面上，摆在他们面前。"凯瑟琳一趟一趟地跑去打公共电话，但其实我的手机一直在口袋里。"

凯瑟琳看向路易莎，路易莎看向明，明看向凯瑟琳，然后所有人都看向了何。

明说："作为一个电脑天才，你也太粗心了吧。"

四人再次陷入了沉默。

一名黑衣执行员出现在了情报中心。他腋下夹着一个纸盒，走进了戴安娜·泰维纳的办公室。他把纸盒放在她的桌子上，纸盒里发出了响亮的嘀嗒声。

"这个应该不是炸弹吧。"泰维纳说。

他摇了摇头，掀开纸盒的盖子，把兰姆的座钟放在泰维纳的桌垫上。那是一座木质钟表，看起来亲切可爱，和周围高科技的环境格格不入。

泰维纳说："这个东西不可能是炸弹。"

达菲和兰姆也在办公室里。虽然兰姆的惊人发言招来了执行员，但外面情报中心的人还和之前一样在埋头工作，或者至少还在假装工作，只是演技没有之前那么令人信服了。玻璃墙后发生的事早已吸引了他们全部的注意力。

兰姆说："理论上——当然我说的可能不对，但我毕竟收到过不少人事发来的垃圾邮件——理论上，你还是应该疏散整栋大楼。"

"这就是你的目的吗？"

"我是说，如果这真是一枚炸弹，你现在的麻烦就大了。"

达菲对泰维纳说："如果我的人把车开进停车场时那个东西就在嘀嗒响，他不可能听不见。"

执行员离开了办公室，边走便对着耳麦小声汇报。

泰维纳指着兰姆，说："你根本不想让我们离开大楼。你偷偷带了一个人进来。"

兰姆说："你现在还觉得能瞒天过海吗？还是说，你终于发现自己的计划行不通了？"

蜘蛛·韦布跌跌撞撞地退回自己的办公室，绊倒在地毯上，摔了一跤。瑞弗摘下穆迪的巴拉克拉瓦盔式帽，把穆迪的枪塞回腰带。他想过要不要给蜘蛛的脑袋来上一拳，但这个想法只是一闪而过。他从后备厢里爬出来，把兰姆的假炸弹放在车后座上，然后上楼来到这里,总共也没花多少时间。但是他没时间磨蹭。如果兰姆按计划行事,很快这栋楼就会被真正的执行员围得水泄不通。

他说:"我的评估报告呢?"

蜘蛛说:"卡特怀特?"

"你留了一份,放在哪儿了?"

"你想干什么?"

"在哪里?"

"你是疯了吗?"

瑞弗弯下腰,抓起蜘蛛的衬衫领。"我不是在跟你开玩笑。"他在安全局总部,佩戴了武器,穿着执行员的制服。如果真正的执行员出现,他就会被当场射杀。这是沉重的事实。他再次掏出了穆迪的枪。"我再问你一次:我的评估报告,你放在哪儿了?"

蜘蛛说:"你不会开枪的。"

瑞弗用枪柄砸向蜘蛛的下颌,蜘蛛惊呼一声,牙齿碎片飞了出来。"你确定吗?"

"你这混蛋——"

"蜘蛛,我会一直揍到你坦白为止,明白吗?"

"我没有你的评估报告,我怎么会有那种东西?"

"还记得伦敦规则吗?"瑞弗说,"你那天亲口说过,你遵循伦敦规则,你要保住自己的饭碗。"

蜘蛛吐了一口血到浅褐色的地毯上。"你觉得自己还有多长时间?你的脑花很快就能和我的牙齿在地板上相聚了。"

瑞弗又揍了他一下。"你我心知肚明,搞砸国王十字车站演习的人是你。无论是蓝色衬衫、白色T恤还是反过来,都是泰维纳让你故意说错的。因为她想除掉我。但是你并不知道为什么，对不对？你也不在乎，只要你能拥有舒适的办公室，能和内阁大臣开会，能拥有光明的职业前途就万事大吉。但是你知道要留一个备份，因为你遵循伦敦规则。你刚刚帮助过的人就是你最不信任的人。所以报告在哪儿？"

蜘蛛说："你去死吧。"

"我不会再问一遍了。"

"杀了我，接下来死的就是你。然后你就永远都找不到了，不是吗？"

"所以你确实留了备份。"

走廊里响起了脚步声，蜘蛛张开流血的嘴巴想要大喊。但瑞弗又用枪柄砸了他一下，将他击昏，确保了他的沉默。

哈桑应该是昏过去了。任何人被斧子敲么一下都会昏过去的。库里用的是斧头的钝边，用斧柄狠狠地击打他的额头。应该是三十秒之前的事了。形势在这段时间内发生了改变：拉瑞沿着小路走远，库里转身去追上了他。弥漫着苔藓味的冰冷空气里回荡着他的呼喊声：你这个愚蠢的胆小鬼……

库里手中的斧头无力地垂下。他们正在争吵——他们已经不再是活宝三人组了。他们现在是劳莱和哈代，是斯坦和奥利。又闹出了一场笑话。

有趣的是，被砸了一下脑袋竟然让他的思路变清晰了。

这当然是不可能的，但有一个瞬间哈桑假装相信这是真的，开始思考自己应该怎么做。他想：他应该站起来。于是他就这么做了。

嗯，这样好多了。

他的腿在打战。站起来后他才意识到周围有多么开阔。虽然树木丛生，却没有墙壁阻隔，头顶上是一片无垠的天空。他现在能看清了，树枝的轮廓变得分明起来。太阳肯定也在天空的某处。哈桑已经想不起来上次看到太阳是什么时候了。

他开始走路。

地面就像是海绵，踩在脚下的感觉很陌生。一方面是因为他的双腿发软，但更主要是因为这里是森林。但哈桑还可以继续行走，他还能动。他几乎跑了起来。关键是要看着脚下，看着地面，这样他就会有一种自己跑得比实际速度更快的错觉。

如果他此时回头，就会看到库里和拉瑞停止了争吵，转而冲向哈桑，库里手中还拿着斧头。他将注意力集中在脚下，尽可能地跑远。无论他是在向着森林深处进发，还是即将跑到开阔的马路上……不，后者似乎不太可能发生。茂密的树林层层叠叠，很难穿行，但这由不得哈桑。他能控制的只有自己的动作。想到这里，他突然被绊倒了，两只手撑住地面，钻心的疼痛让他大喊出声。疼痛比他弄出来的动静更加致命。

他终于转过了头。原来他没能跑出去多远，比他想象中近得多，只有他期望的一半左右。如果他现在朝库里和拉瑞扔出一把椅子，就能砸中他们。那两人都盯着他。

哈桑发誓他听到了库里绽放笑容的声音。

脚步声匆匆经过了韦布的办公室，瑞弗终于松了一口气，松开了蜘蛛的衣领。蜘蛛瘫倒在地毯上，显然已无法继续谈话。

瑞弗等待着，但外面一片寂静。他突然想到，真正的执行员是不会发出声音的。他们的特别之处可不只是那身制服。想到这里，他突然灵光一现。于是他花了两分钟实践自己的想法，然后才开始继续搜查。

这里有整整七个书柜的文档和文件，一直延伸到远处的墙面。每一个柜子里都至少有上百份文件，而瑞弗要在三分钟内找到他需要的那份。一般这种文件都会放在柜子上，而不是锁在某个抽屉里。于是他先试了试抽屉，里面只有一些破烂，只有一个抽屉上了锁。瑞弗从蜘蛛的口袋里翻出钥匙，但是抽屉里只有银行账单和一本蜘蛛的护照。他丢下钥匙，重新开始搜查书柜。他记得去年提交的训练报告装在一个黑色的文件夹里，但至少有三分之一的文件夹都是黑色。剩下的分别是橘色、黄色和绿色。他随手抽出一个黑色文件夹，右上角标注的名字是艾尼斯。这应该是一个姓氏，于是他开始翻C开头的文件，找到了一个卡特怀特，但并不是他。他又翻了翻R开头的文件，但是没有找到瑞弗。然后又找了P开头的"评估"文件，虽然确实有不少，但没有一个是他的。

他后退了一步，观察一整面墙，嘴里念叨着："蜘蛛啊蜘蛛，你到底把文件放在哪儿了？"然后嘟囔道，"伦敦规则……"韦布自己说过，他遵循伦敦规则。所以如果他在泰维纳的指示下搞砸了国王十字车站，肯定会留下证据，这样他才能保证自己不会遭遇同样的下场。这是一个聪明的决定，因为泰维纳最擅长的就是把曾经的盟友扔给看门狗。

"蜘蛛啊蜘蛛……"

伦敦规则。但他还说了别的什么。瑞弗在回忆中寻找蛛丝马迹，门突然打开了。执行员冲进了办公室——真正的执行员。他的手枪对准了瑞弗的脑袋。

* * *

库里并没有笑。他听到哈桑的尖叫声后转过了头,看到哈桑试图逃跑,不屑地哼了一声。他对拉瑞喊了一句话,一句近乎威胁的命令,然后冲向了哈桑。

拉瑞站在他身后。他知道那个家伙只会傻傻地留在原地,庆幸自己不用参与行动,希望自己可以直接消失。

我不干了,我退出。

胆小鬼。就是因为有他这样的士兵国家才会打败仗。不,他甚至不敢上战场,只会信誓旦旦地吹牛。

但库里在战场上。如果拉瑞不知道该选哪边站,那是他的问题。而斧头的好处就是:它不需要重新填装子弹。

我们要把你的头砍掉。

这是他的开战宣言。

他的右脚突然踩到了什么又湿又滑的东西,一瞬间他失去了平衡,向后仰去,斧头飞向天空——不,这些并没有发生。他没有摔倒。他和自然融为一体,左脚紧紧地抓住了坚实的大地,胯部旋转的角度恰好维持住躯干的平衡。现在他跑得更快了,和猎物之间的距离越来越短。

他真希望那个巴基佬能回头看到刚才的那一幕,知道他面对的是什么样的对手。

我们要把你的头砍掉,放在网上直播。

但是哈桑还在继续跑,跑得像个小女孩,又仿佛一只受惊的老鼠,四处鼠窜。

库里放慢了脚步。这种感觉太美妙了,值得慢慢享受。他终于明白了什么叫作追逐的快感。

我们要把你的头砍掉,放在网上直播。

尼克·达菲用一只手挡住了话筒,说:"他们抓到人了。"
"在哪儿?"
"韦布的办公室。"
泰维纳看向兰姆,兰姆耸了耸肩:"如果我的手下真能派上用场,就会是你的手下了。"
"为什么去韦布的办公室?"她问,然后又说,"算了。"她转而对达菲说道:"告诉他们,不管那个人是谁,先把他带到楼下。通知韦布来找我。"
"他在路上了。"
"谢谢,你可以先出去了。"
达菲离开了,路上又对耳麦说了几句。
泰维纳说:"无论刚才发生了什么,那都是你最后的机会了。希望你好好享受了今天早晨的阳光,因为接下来的一周里你都见不到它了。等你回到地面上时,你已经签完了认罪供词,以及任何我递到你面前的文件。"
兰姆坐在她对面,若有所思地点着头。他似乎有什么重要的事想说,最后说出口的却是:"天哪,你家蜘蛛好像很喜欢彩色领带。"
她身后的门打开了。
"当然了,我家瑞弗也是真的不知道该怎么打领带。"
看来他用来和昏厥状态的蜘蛛互换衣服的时间并没有白费。瑞弗·卡特怀特从头到脚都穿着韦布的西装,脖子上系着韦布的领带。他关上身后的门,胳膊下夹着一个黑色文件夹。

哈桑不能回头，也无法看向前方，只得看着地面。他看着地面上的树根、石头和凹凸不平的起伏，寻找那个把他绊倒的罪魁祸首。而对于其他威胁他生命的危险，他只能听天由命。

"玩得开心吗，巴基佬？"

库里一步步逼近他。

"游戏该结束了。"

哈桑想快点起身，但是失败了。他把最后的一丝力气都用来逃跑，用来继续向前，不要停下。他要从森林中逃走，逃开这一切。他要永远比这个想要用斧头取他性命的纳粹领先一步。

想到那把斧子，他又感到一阵战栗。他本该借此振作起来，但他实在太累了。

他努力站起身来，脚下忽然一沉，险些再次摔倒。一根树枝拦住他的脚踝，差点将他绊倒。短短几秒钟里他两次死里逃生，但他气运已尽，一根树枝打中了他的脸，他踉跄几步，跌倒在一棵树下。虽然没有受伤，但也足够将他留在原地。他的腿不听使唤，身体也不协调，他真的没有力气了，无法再奔跑了。哈桑扶着树干站了一会儿，然后转身面向那个杀人凶手。

库里站在土坑对面，微微喘着气，露出了鬣狗一般的笑容，牵动着脸上所有的肌肉——除了眼睛。他缓缓地挥动着手中的斧头，仿佛在展现他精准的控制力。拉瑞并不在视线范围内，也没有电子相机和三脚架。但哈桑还是有一种结局将近的预感。库里已经不再需要录像了，他现在更想直接动手。他现在只需要那柄斧头，只要斧头和哈桑。

但即便如此，哈桑使出全身的力气还是无法移动半分。

库里摇了摇头："你们这群人的问题就是，你们对森林一无所知。"

而你们的问题是……哈桑想道，你们的问题是……你们的问题实在太多，根本没法用简单的一句话概括。你们最大的问题就是有你和你这样的人，就这么简单。

库里向前踏了一步，走进土坑里，然后从另一侧出来。他把斧头从一只手抛向另一只手，猛地挥了一下想要吓唬他的猎物，然后恰好绊倒在哈桑避开的那根树枝上，面朝下摔到了地上。哈桑惊讶地看着库里吃了满嘴的泥土和枯叶，被眼前不可思议的景象震撼了整整一秒钟，才注意到那把斧头落在了他的脚边。

虽然双手被束缚，但他还是瞬间将斧头捡了起来。

犯错？一败涂地还差不多。

他想起了蜘蛛·韦布那天说的话。就在他发表过"伦敦规则"那套演说之后。一败涂地还差不多。谢谢你，蜘蛛。这是一条线索。

他手里文件夹的标签就是一败涂地。

"而这个，"他对泰维纳说，"这就是你让蜘蛛把我烧掉的原因。"

"烧掉？"

兰姆说："孩子还小，喜欢乱用术语。"

"我要喊达菲进来了。"

"请便。"兰姆说道。他又在折腾那根香烟了，香烟和瑞弗手中的文件夹在他眼中的地位相差无几。但瑞弗还是等到兰姆对他微不可见地点了点头之后才继续。

他说："去年冬天我参加了评估测试。"

"我记得，"泰维纳说，"你搞砸了国王十字车站。"

"不，是你搞砸了才对。你让韦布告诉我错误的信息，让我去追一个假目标。一个你预先安排的假目标，而不是我应该追的目标。"

"我为什么要做这种事？"

"因为那次演习之前我还有另一次评估测试，任务是跟踪一位公众人物，为其建立侧写档案。"瑞弗说，"我原本的目标是文化部长，但他前一天晚上突然中风，进了医院。于是我把目标换成了你，觉得这样能显得我更积极进取。但是你猜怎么着？"他打开文件夹，从里面拿出了几个月前拍的照片，也就是国王十字车站演习之前的那天。"照片里你去了一家咖啡厅，还记得吗？"

他把照片放在桌子上，摆在大家面前。照片里的咖啡厅是一家星巴克，戴安娜·泰维纳坐在窗边，手里拿着一只瓷杯。她旁边坐着一个留着平头，穿黑色外套的男性。第一张照片里他用手帕捂住了鼻子，看不清脸；但是第二张照片里他拿开了手，是艾伦·布莱克。

"他当时应该正准备去卧底吧？那是你们最后一次见面吗？"

泰维纳没有说话。兰姆和瑞弗能看出她正在盘算，好像即使在这样一间玻璃房里，她也能以一种出乎意料的方式逃出生天。

兰姆说："你发现卡特怀特拍的照片后立刻采取了行动。国王十字车站那次本来应该直接把他踢出局的，但因为他家里有个传奇人物，你最多也只能把他送到斯劳部门。当你的计划开始实施、阿尔比恩之声开始活动之后，你把希多·贝克也送了过来，为了保证卡特怀特不要动什么歪脑筋。考虑到他外公的身份，他肯定会有所行动，对不对？"

她并没有回答兰姆的问题，而是说："我让韦布处理掉了那份文档。"

"他学得很快。"

"你到底想干什么，兰姆？"

兰姆说："管理层一般都是特工出身，这是有原因的。这样他们才知道该怎么处理各种问题。你一败涂地，就算是故意想搞砸也不会比现在更糟糕了。"

"别说了，你到底想要什么？"

瑞弗说："你知道我想要什么吗？"

她看向了他。这让他明白了特工和管理层最根本的差别：当一个特工看着你时，如果他足够专业，你根本不可能意识到。但如果是管理层，你就能感觉到他们的视线像火烧一样，让你的胃里翻江倒海。

但他毕竟是老家伙的外孙。"如果哈桑死了，"他说，"你就无路可逃了，一切都会真相大白。不只是在局里，整个世界都会知道你干了什么。是你那个愚蠢的计划害死了哈桑。我会当着所有人的面把你钉在十字架上。"

泰维纳发出了半是哂笑半是冷哼的声音。

她对兰姆说："你想亲自教他认清现实，还是我来？"

"你已经教训过他了。"兰姆说，"现在再补理论课有点晚了吧？但我可以告诉你我会怎么做。"

她等待着。

他说："如果哈桑死了，我会在卡特怀特做他认为有必要的事时保护他。"

瑞弗又学到了特工的一个特点：如果一个特工想要引起注意，他一定会成功。

过了一会儿，泰维纳说："如果那孩子得救了呢？"

兰姆对她露出了鲨鱼般的微笑。"如果他得救了，我们可能会帮你保守这个秘密。毕竟我们还可以互惠互利。"

他脸上的笑容说得很明白：只有一方能从中得利。

"我们都不知道他在哪儿。"她说。

"我的人在找他。要我说，有百分之六十的概率他完蛋了。"他看向瑞弗，"你觉得呢？"

瑞弗说："我觉得还是不要拿这种事来开玩笑比较好。"

但他默默地想道：哈桑的生还概率是百分之五十。那孩子能活到午饭时间的概率最多只有百分之五十。

库里断断续续地呻吟着，他的脚扭曲成了一个奇异的角度。也许他扭断了脚踝，哈桑想道。一个人摔断了脚，另一个人被绑住双手，这下他们终于可以公平对决了——前提是哈桑手里没有拿着一把斧头的话。

总的来讲，现在是哈桑占优势。

他狠狠地踩住库里的手，将斧刃悬在他的头顶。

"给我一个不杀你的理由。"他说。

库里说了什么，但是淹没在了满嘴的泥土和疼痛的呻吟中。

"给我一个理由。"哈桑重复道，将斧头抬高了一英寸。

库里扭过头，吐出嘴里的泥土和树叶。"脚……嗯。"

"我听不懂。"

库里又吐了吐嘴里的东西。"脚疼。"

哈桑手中的斧头放得更低了，尖锐的金属碰到了库里的太阳穴。他用斧刃紧紧贴住库里的脑袋，看着他闭紧了眼睛，身体因恐惧而绷起。他不禁想道：此刻库里内心的恐惧，是否就像不久前的自己？也许是吧。但哈桑现在已经不害怕了。这件事能改编成笑话吗?观众会爱听吗?库里正在经历他曾经施加给哈桑的恐惧,观众能理解吗?也许不能,也许只有亲历者才能理解。

哈桑用力将斧头贴近库里,一丝鲜血淌过他的面颊。

"你刚才说了什么?"

库里哼了一声。

"你说什么?"

他又哼了一声。

哈桑紧紧地抓住斧头的手柄,蹲了下来。锋利的斧刃紧贴库里的头部。他狠狠地问道:"你有什么想说的吗?"

库里说:"动手。"

但他说的也可能是:"别动手。"

哈桑等待着,两人之间的距离只有六英寸。他希望能看清库里在想什么,让他不用把这个人的脑壳掀开也能明白那里面都装了些什么。但是没有用。根本没有可能。于是他又凑近了一些。

"你知道吗?"哈桑说,"和你同为英国人让我感到耻辱。"

然后他站起身,离开了这里。

他走回车子所在的位置,沿着小径回到马路上。他不知道自己被带到了哪里,也不在乎。他很渴,很饿,也很累——这些都是危险信号。他浑身又脏又冷,这也很糟糕。但他的双手已经自由了,因为他用斧头斩断了绳索。恐惧也不再蚕食他的内心,他把那些情绪都留在了森林里。他还活着,没有人拯救他,他拯救了自己。

当然,也有乔安娜·林莉的功劳。

他看不到拉瑞,但是这不重要。他同样看不到兔子,也听不到鸟鸣声。他不知道现在是什么时候。但他还没走上马路,前方就亮起了耀眼的灯光。明亮的椭圆形把树木照成了一片片蓝色。很快人群就呼喊着冲向了他。

"哈桑·艾哈迈德?"

有人轻轻拿走了斧头,手臂搀扶着他。

"你是哈桑·艾哈迈德吗?"

这是一个简单的问题,他很快就找到了答案。

"我是。"他对他们说道,"我还活着。"

他们听到这个答案似乎很开心,哈桑想道。然后任由他们将他带回现实世界。

19

艾德门大街上的车辆变少了，道路再次畅通起来。如果之前那名乘客今天路过时再看向斯劳屋，她就只能匆匆瞥上一眼。但她毕竟坐在一趟伦敦巴士上，谁也说不好何时会出现延误。无论如何，这次她只有一瞬间的机会。她会看到一个华裔青年坐在屏幕前，戴着厚厚的眼镜，然后斯劳部门就会被远远地抛在她身后。那里之前是什么样，如今还是什么样。盘踞在那座褪色建筑中的鬼魂游荡不息。

自这位窥探者上次路过以来，又多了不少新的观察地点。比如，她可以在马路对面的公交车站找个位置坐下，花一整天的时间盯着斯劳部门紧闭的前门。杰德·穆迪不会再来把她赶走了。然而坐在这里盯梢并没有什么乐趣，再说了，还有其他地点等待探索。过马路之后，爬上巴比肯站的楼梯，走过天桥，沿着砖路向前几步，如果天气好的话，她就能找到一面干燥的墙。她可以靠在墙上，点燃一支香烟，肆无忌惮地观察窗内的景象。

从这里当然比在巴士上看得更清楚。比如，她现在能看到华裔青年身边摇摇欲坠的由比萨盒堆成的小山丘。那座易拉罐金字塔则是喝空的可口可乐。更明显的是，办公室里只有他一人。虽然还有另一张桌子，但那张桌子的表面干干净净，就像被消过毒一样。仿佛有一个敬业的清洁工彻底抹去了前任主人存在的痕迹，而他的前同事并不会因此感到困扰，青年的注意力依然集中在屏幕上。

这份整洁与隔壁房间的状态正相反。乍看之下，这里就像被废弃了一样。桌面上散落着常见的杂物：摊开的日志本、没合上盖的钢笔、一台闹钟、一台收音机，还有一个毛绒玩偶。如果员工突然离开，这些东西都会被收进纸箱送回家。但所有物品都完好地摆放在桌上，说明这里的两个员工离开后，出于某种原因选择了不回来。也许是罪恶感使然，因为他们做了件让所有人反感的事。或者只是单纯地害怕来自楼上的怒火。

继续向上，来到巴比肯的另一侧，你就能看见三楼的景象。这层明显更忙碌，人更多一点。从窥探者的角度看去，左手边的房间里有两个人坐在同一张办公桌前。不，准确地说是一个人坐在桌前，另一个人靠坐在桌子边缘。两人都在聚精会神地听着收音机里的播报。与此同时，隔壁那间窗户上写着W.W.亨德森律师事务所，承接公证业务的房间里，一个年轻人独自坐在桌边。他面容整洁，中等身高，有一头浅金色头发和一双灰色眼睛。他的皮肤苍白，鼻子棱角分明，上唇还有一颗小小的痣。他一动不动地坐着，盯着房间另一侧空旷的书桌。这张桌子和之前那张一样，被收拾得干干净净，只留下了统一制式的电脑、键盘、电话和一张历经沧桑的桌垫。但是仔细一看，就能看到桌上还有一只发卡。青年也许并不知道那是什么东西，此刻却全神贯注地看着它，还有那张书桌。

目前为止，窥探者对自己看到的还算满意。但即便是站在这样绝佳的观景地，她也看不到最上层的景象。紧紧闭合的窗帘将视线隔绝在外，为其中的居民确保了隐私。既然没什么可看的，也许就该离开了。但我们的窥探者依旧留在原地，仿佛掌握着某种能穿透墙壁的神秘监控设备，让她不仅能看到里面的人，还能看清他们的想法。她会知道罗德里克·何费尽心思翻遍安全局的档案库却找不到的答案是什么。他想知道自己为什么会被发配到斯劳部门，他觉得自己什么都没做错。他的想法不错，却找错了地方。他会来到斯劳部门并不是因为他"做了什么"，而是因为他烦人的性格。就像他讨厌所有其他人一样，那些人也讨厌他。将他赶出总部就像赶走一只苍蝇。如果哪天何真的意识到了这一点，其源头很可能始于老街上的那家咖啡馆——凯瑟琳喊他罗迪的时候。

与此同时，楼上的明·哈珀和路易莎·盖伊在共用一张办公桌。如果明还在时不时地拍着裤子口袋，确认自己没有弄丢东西，那么他目前控制住了这种冲动。如果路易莎还会在紧张时咬牙，那么她可能是在有意识地抑制自己，或者此时并未感到压力。虽然两人之间还有许多亟待解决的问题，但此刻他们的注意力都集中在广播上。新闻正在播报罗伯特·霍布顿的死讯，他死于一场肇事逃逸。霍布顿的时代已经过去了，但他的死讯还有新闻价值。彼得·贾德的致辞证实了这一点。和每况愈下的霍布顿不同，这位政客的事业蒸蒸日上。他说：虽然霍布顿的信念和观点很荒谬，但他确实为新闻事业做出过贡献。而那些极端分子，无论打着什么旗号，都应该以霍布顿悲剧的一生（没错，他用的就是这个词）为戒。至于他的志向？既然有人问起，那么彼得·贾德当然愿意为了人民的福祉离开当前职位，肩负起更重大的责任。人民的福祉——现在很少有人提及这个词，但它有着相当的历史和文化底蕴。请原谅他的离题。

窥探者不再思考盖伊和哈珀的关系，转而将注意力放到了瑞弗·卡特怀特身上。瑞弗·卡特怀特正在想：重写历史是安全局最擅长的事，老家伙给他讲过上百个类似的睡前故事。但他之所以想起这些，是因为消失的希多·贝克。她不仅从办公室里消失，也从医院的档案中消失了。那天她在院中突然死亡，痕迹被抹除得如此彻底，不光是医院的档案，就连国民医保都变得一干二净。就像她从未存在过一样。确实，且不论瑞弗和他同事们的回忆，他唯一找到证明她存在过的证据就是那只留在车里的发卡。他把发卡放在了她的桌子上。至于她已经离世的证据，他更是完全没有。于是他就有了推测——不，自欺欺人的空间——也许她并没有遭遇那些惨剧，一切都只是他想象出来的。他还在想，也许今晚他可以坐车回一趟汤布里奇，和外公聊一聊，甚至给母亲打个电话。明天他会回到斯劳部门，继续也许不再那么枯燥的工作。毕竟，现在安全局的二把手已经被杰克逊·兰姆捏住了把柄。

至于兰姆自己——他没什么变化，脾气还是一如既往地臭。此时他和平日早晨一样，靠坐在向后倾斜的椅子里，保持着岌岌可危的平衡。兰姆看着布告软木板，一度被杰德·穆迪拿走的潜逃资金再次回到了原处。当然了，瑞弗·卡特怀特已经得知潜逃资金的秘密，但兰姆还有其他的秘密。其中最重要的一个就是：特工都会屈服于某种诱惑。瑞弗可能会反对，但兰姆知道这才是真相。到头来，他们就像狡猾的妓女，都会为了心目中的价码而出卖自己。比如最近的几位"下等马"中，希多·贝克想要完成任务，罗伊和凯·怀特屈从于欲望，杰德·穆迪想要归队。但兰姆见识过更可怕的背叛。毕竟，曾经军情五处的局长——查尔斯·帕特纳——会为金钱出卖自己的国家。

他身后响起了动静，凯瑟琳·斯坦迪什端着一杯茶走进屋。她默默地把茶放在兰姆的桌上，又一言不发地离开。斯坦迪什并不知道，她在兰姆心中是有一席之地的。如果一定要说，兰姆会承认那是自己的良心。多年前他学到过一个教训，并不局限在工作范围内：人的行为是有后果的，这些后果可能会伤害或拖累他人。之前请罗德里克·何帮忙时，兰姆曾坦白过他来到斯劳部门的原因。他说是因为他害死了一名特工。就像所有无懈可击的谎言，这句话其实是真的，只是省去了细节。比如他杀害的那名特工叫查尔斯·帕特纳，而批准行动的人正是瑞弗·卡特怀特的外公。兰姆完成任务的报酬就是斯劳部门。他接受了这份安宁的诱惑。他杀死了自己的朋友和导师，却不会在梦中惊醒。他厌恶这样的自己，而在这座避难所中，他可以尽情地放任和沉溺。但凯瑟琳·斯坦迪什竟然是发现尸体的那个人，这让他措手不及。兰姆自己也经历过类似的情境，知道这会给人留下怎样的阴影。他无法补偿，也不愿尝试，但他至少可以试着不让她被伤得更深。

如今，他在考虑手头的选项。斯劳部门是他的领地，最近发生的事件并未动摇这一点。如果出了意外，他还可以动用潜逃资金。但他似乎看到了第三条路。他发现自己并未完全对日渐腐败的摄政公园失去希望。也许他退出得太早了。赢过戴安娜·泰维纳并不困难，既然他能打败她，应该也能找出其他更加旗鼓相当的对手。目前这些都还只是幻想，是这杯茶和下杯茶之间小小的消遣。但是谁能说得准呢？来日方长。

我们的窥探者终于看够了，打算起身离开。如果她在吸烟，此刻她捻灭了烟头；如果她戴着手表，她便低头看一眼手表。她站起来，原路返回，走过铺砖小路，穿过天桥，下楼回到巴比肯站，到艾德门大街上。这个转角的天空总是阴沉沉的，好像又要下雨。她没带伞，但是无妨，她的目的地很近，走得够快就不会被淋湿。

如果再来一趟巴士,她就会上车。

Slow Horses
© Mick Herron 2010
First published in Great Britain in 2010 by Constable, an imprint of Constable & Robinson
First published in 2015 by John Murray (Publishers)
Simplified Chinese edition copyright: 2024 New Star Press Co., Ltd.
All rights reserved.
著作版权合同登记号：01-2023-4193

图书在版编目（CIP）数据

弩马 /（英）米克·赫伦著；郑雁译 . —— 北京：新星出版社，2024.4
（"流人"系列；01）
ISBN 978-7-5133-5589-6

Ⅰ . ①弩… Ⅱ . ①米… ②郑… Ⅲ . ①侦探小说 – 英国 – 现代 Ⅳ . ① I561.45

中国国家版本馆 CIP 数据核字 (2024) 第 052622 号

午夜文库
谢刚 主持

"流人"系列 01

弩马

[英] 米克·赫伦 著；郑雁 译

责任编辑　曹晓雅
责任校对　刘　义
责任印制　李珊珊
装帧设计　@broussaille 私制

出 版 人	马汝军
出版发行	新星出版社
	（北京市西城区车公庄大街丙 3 号楼 8001　100044）
网　　址	www.newstarpress.com
法律顾问	北京市岳成律师事务所
印　　刷	北京天恒嘉业印刷有限公司
开　　本	910mm×1230mm　1/32
印　　张	11.5
字　　数	268 千字
版　　次	2024 年 4 月第 1 版　　2024 年 4 月第 1 次印刷
书　　号	ISBN 978-7-5133-5589-6
定　　价	79.00 元

版权专有，侵权必究。如有印装错误，请与出版社联系。
总机：010-88310888　　传真：010-65270449　　销售中心：010-88310811